A
LIVREIRA
DE PARIS

KERRI MAHER

A LIVREIRA DE PARIS

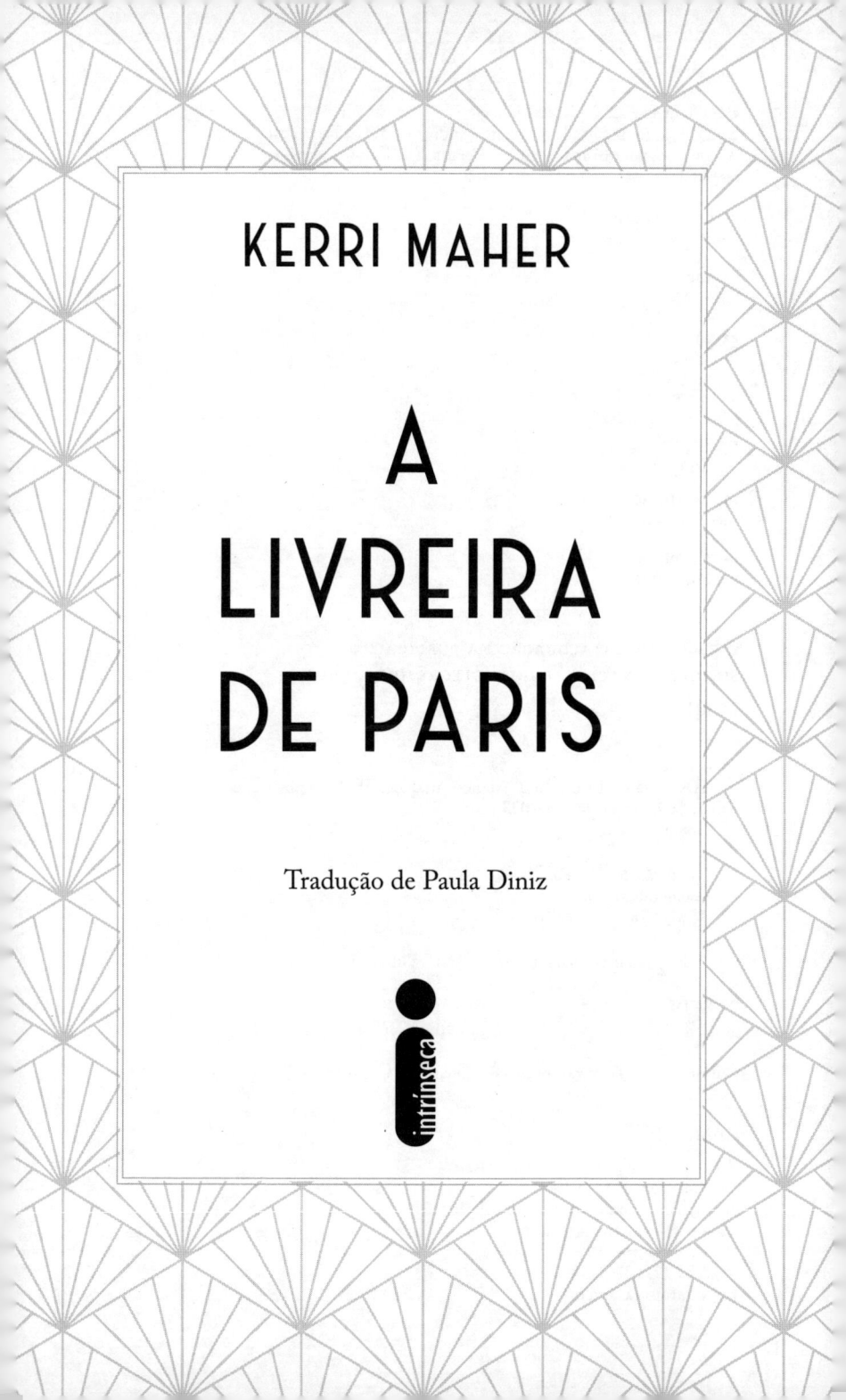

Tradução de Paula Diniz

intrínseca

Copyright © 2022 by Kerri Maher
Esta edição foi publicada mediante acordo com Taryn Fagerness Agency e Sandra Bruna Agencia Literaria, SL. Todos os direitos reservados.

TÍTULO ORIGINAL
The Paris Bookseller

COPIDESQUE
Clara Alves

PREPARAÇÃO
Iuri Pavan

REVISÃO
João Sette Camara
Rayana Faria
Theo Araújo

DIAGRAMAÇÃO
Inês Coimbra

DESIGN DE CAPA
Jiří Pros, 2022

CIP-BRASIL. CATALOGAÇÃO NA PUBLICAÇÃO
SINDICATO NACIONAL DOS EDITORES DE LIVROS, RJ

M181L

Maher, Kerri
  A livreira de Paris / Kerri Maher ; tradução Paula Diniz. - 1. ed. - Rio de Janeiro : Intrínseca, 2023.
  368 p. ; 21 cm.

  Tradução de: The Paris bookseller
  Inclui bibliografia
  ISBN 978-65-5560-668-3

  1. Ficção americana. I. Diniz, Paula. II. Título.

23-84045   CDD: 813
                            CDU: 82-3(73)

Gabriela Faray Ferreira Lopes - Bibliotecária - CRB-7/6643

[2023]
Todos os direitos desta edição reservados à
EDITORA INTRÍNSECA LTDA.
Av. das Américas, 500, bloco 12, sala 303
22640-904 – Barra da Tijuca
Rio de Janeiro — RJ
Tel./Fax: (21) 3206-7400
www.intrinseca.com.br

Pour mes amis — de perto e de longe, antigos e novos. Vocês tornaram esta história possível.

Paris é tão incrivelmente bela que faz você se sentir completo de um jeito que os Estados Unidos nunca conseguiriam.

Ernest Hemingway

PARTE UM
1917-1920

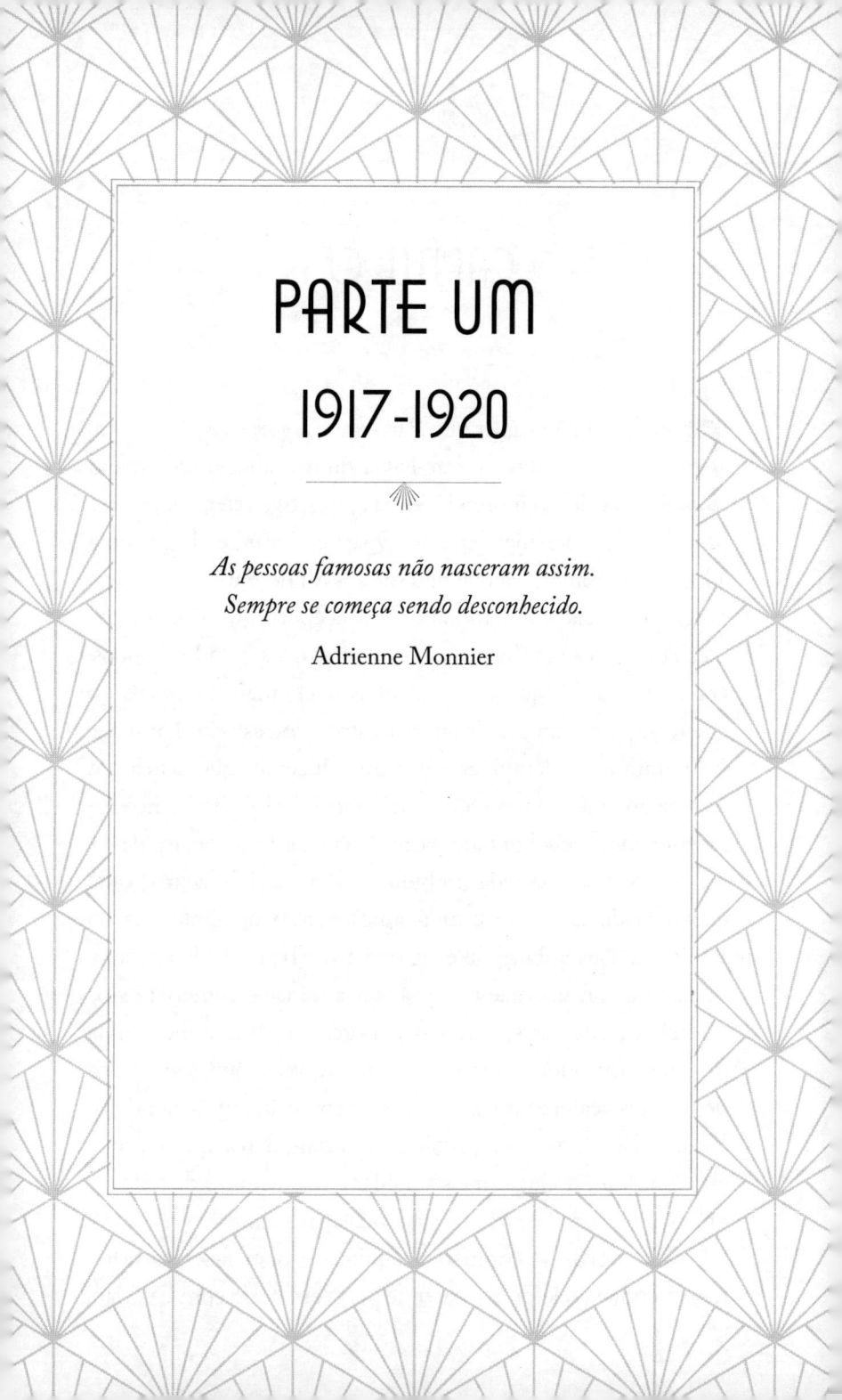

*As pessoas famosas não nasceram assim.
Sempre se começa sendo desconhecido.*

Adrienne Monnier

CAPÍTULO I

Era difícil não sentir que Paris era *o lugar*. Sylvia tentava voltar havia quinze anos, desde que a família Beach morou lá — na época, Sylvester, seu pai, era pastor da Igreja Americana no Quartier Latin, e ela era uma adolescente romântica que não se cansava de Balzac ou de *cassoulet*. O que ela mais lembrava daquela época, que levou no coração quando a família precisou voltar para os Estados Unidos, era a sensação de que a capital francesa era mais iluminada do que qualquer outra cidade em que estivera ou estaria algum dia. Não eram só os lampiões a gás tremeluzentes que clareavam as ruas após o anoitecer, ou aquela inevitável pedra branca reluzente com a qual grande parte da cidade fora construída — era o esplendor da vida borbulhando em cada chafariz, cada encontro de estudantes, cada apresentação de fantoches no Jardim de Luxemburgo e cada ópera no Teatro Odeon. Era a maneira como sua mãe brilhava, cheia de vida; como lia livros e recebia professores, políticos e atores em casa, e lhes servia pratos sofisticados em jantares à luz de velas que eram palco de debates acalorados sobre livros e acontecimentos mundiais. Eleanor Beach disse às três filhas, Cyprian, Sylvia e Holly, que elas moravam no lugar mais singular e maravilhoso de todos, e que isso mudaria o curso de suas vidas para sempre.

Nada jamais se comparara àquilo — nem fazer cartazes, nem atender a telefones e bater de porta em porta com Cyprian,

Holly e a mãe para o Partido Nacional das Mulheres em Nova York; nem se aventurar sozinha pela Europa e se esbaldar nas torres e ruas de pedras de muitas outras cidades; ou o primeiro e tão desejado beijo na colega de classe Gemma Bradford; nem ser elogiada pelos professores favoritos.

Mas ela estava ali agora, de fato *morando* na cidade que capturara sua alma.

Sylvia saiu dos aposentos que dividia com Cyprian no belíssimo porém decadente Palais Royale em direção à Pont Neuf e cruzou o Sena, inspirando a sua brisa, que chicoteava o cabelo curto em seu rosto e ameaçava apagar seu cigarro. Ela parou no meio da ponte para olhar para o leste e admirar a Catedral de Notre-Dame, com suas torres góticas simétricas que flanqueavam a rosácea e seus contrafortes precariamente delicados, cuja força ainda a espantava — havia séculos sustentavam aquelas paredes gigantescas.

Logo ela estava serpenteando pelas ruas estreitas do Quartier Latin, que ainda lhe eram familiares de suas andanças na adolescência. Embora Sylvia tenha se perdido um pouco, foi até bom, porque teve a oportunidade de admirar a Abadia de Saint-Germain-des-Prés e pedir informações a uma bela estudante francesa que tomava um café cremoso numa mesa na calçada do Les Deux Magots. Por fim, ela parou no número 7 da rua do Odeon, onde ficava a livraria de A. Monnier.

A fachada da pequena loja da madame Monnier — *ou, peut-être, mademoiselle?* — tinha um tom de cinza agradável, e o nome da proprietária estampado acima das grandes janelas panorâmicas. Quando Sylvia abriu a porta, um único sino tocou alegremente. Havia pessoas aqui e ali entre as prateleiras repletas de livros, que iam do chão ao teto. Todas liam e examinavam a lombada das obras em silêncio, e o local estava tão sossegado quanto uma igreja vazia. Sentindo-se inesperadamente tímida para fazer a pergunta que pretendia, Sylvia olhou à sua volta e desistiu por um tempo. Foi bom, pois, nesse meio-tempo, ela descobriu algumas edições lindas de seus romances franceses favoritos e leu quase um conto inteiro da edição mais recente de *Vers et prose* enquanto a loja se agitava e se enchia de vida. Os clientes movimentavam o caixa com suas compras, e alguns casais entravam conversando, trazendo som ao ambiente.

Depois de tirar da prateleira o livro que queria comprar, juntando-o à revista em que estava absorta, Sylvia foi até a grande caixa registradora de bronze, na qual uma mulher mais ou menos de sua idade chamava atenção, sorrindo com os lábios finos e olhos de um azul que lembrava o do mar Mediterrâneo — o contraste entre sua pele muito alva e os cabelos pretos era gritante. Em sua mente, Sylvia ouviu Cyprian criticar como a roupa da mulher era antiquada, uma saia longa e uma blusa toda abotoada, peças demasiadamente modestas para o corpo voluptuoso por baixo delas; no entanto, tudo na aparência da mulher lhe agradou. Ela parecia o tipo de pessoa com quem se podia conversar. Mas também havia algo a mais; Sylvia sentiu uma forte vontade de lhe acariciar as bochechas lisas.

— Você encontrou... o que o seu coração desejava? — perguntou a mulher num inglês cheio de sotaque.

O que o meu coração desejava? Sylvia sorriu com a paixão tipicamente francesa nas palavras sinceras da mulher, depois respondeu, em francês:

— Sim, encontrei, embora esteja decepcionada por você perceber que não sou francesa.

Os idiomas eram uma espécie de dom para Sylvia, que falava três fluentemente. Ela ficou contente em ver que, assim que abriu a boca, a mulher pareceu impressionada com seu sotaque.

— A senhorita é de onde? — devolveu ela em francês, usando o formal *vous*.

— Dos Estados Unidos. Mais recentemente de Princeton, em Nova Jersey, perto da cidade de Nova York. A propósito, o meu nome é Sylvia. Sylvia Beach.

A mulher bateu palmas.

— *Les États-Unis!* — exclamou. — Lar de Benjamin Franklin! Ele é meu favorito! Meu nome é Adrienne Monnier.

Sylvia riu, pois, por algum motivo, fazia todo o sentido que aquela moça bonita com roupas antiquadas admirasse tanto o seu pai fundador predileto. De fato, *mademoiselle*; nem de longe madame.

— Prazer em conhecê-la, *mademoiselle* Monnier. Sua loja é muito especial. Também gosto de Ben Franklin — admitiu Sylvia. — Mas você já leu Hawthorne? Thoreau? E *Moby Dick*? É um dos meus favoritos.

A conversa seguiu. Sylvia foi descobrindo quais autores estadunidenses tinham ou não sido traduzidos para o francês, além de como era difícil encontrar livros em inglês, mesmo na cosmopolita Paris.

— E a verdade é que meu inglês não é bom o suficiente para ler a grande literatura em sua língua materna — admitiu Adrienne com um olhar tímido para o chão.

— Mas pode se tornar — assegurou Sylvia, sentindo seu coração se encher e bater mais forte no peito.

Havia algo entre as duas, e ela tinha certeza de que ia além dos livros. Suas mãos ficaram frias e úmidas com aquela sensação.

— Aí está você, Adrienne — cantou uma voz alegre e simpática atrás de Sylvia.

Ela se virou e viu uma mulher magérrima e deslumbrante, com o cabelo loiro acobreado volumoso e ondulado preso em um coque, usando um conjunto semelhante ao de Adrienne, embora as peças ficassem bem diferentes em seu corpo esguio. Os dedos longos e finos se moviam com lentidão, como se não estivessem sob o controle completo da dona. Mas, quando repousaram na mão de Adrienne, que era menor e mais carnuda, Sylvia percebeu a intenção do gesto e entendeu de imediato que as duas eram companheiras.

E ela pensando que estava flertando com Adrienne. As duas já tinham até começado a usar o informal *tu* em vez de *vous*.

O entusiasmo e a admiração no sorriso que Adrienne deu para a mulher, agora ombro a ombro com ela, partiram o coração de Sylvia. As duas ali tinham algo, na vida pessoal e na loja. Algo que Sylvia procurava havia muito, mas não sabia que queria — *precisava* — até enxergar. Ela poderia conseguir aquilo para si mesma? O que era *aquilo*, afinal? De repente, Sylvia se sentiu desorientada, balançada por tudo à sua volta: a loja, as mulheres, os livros, o burburinho dos clientes.

— Suzanne, esta é a nossa nova amiga, Sylvia Beach, dos Estados Unidos. Sylvia, esta é Suzanne Bonnierre, minha sócia — apresentou Adrienne.

Num gesto excessivamente empolgado, Sylvia estendeu a mão, e Suzanne pareceu se divertir ao cumprimentá-la.

— É um prazer conhecê-la, *mademoiselle* Beach.

— Pode me chamar de Sylvia — corrigiu. — Que loja incrível vocês têm. É muito aconchegante e convidativa, e tem um acervo maravilhoso.

Sylvia se perguntou por que o nome de Suzanne não estava incluído na fachada da loja. Bem, ela supôs que colocar Monnier e Bonnierre, por mais charmoso e sonoro que parecesse, talvez deixasse tudo óbvio demais, ainda que Paris fosse mais liberal nesses aspectos. Umas noites antes, Cyprian enfiara Sylvia num terninho e escolhera usar um vestido de lantejoulas; em seguida, cobriu as duas com uma capa comprida para irem de metrô a um novo bar no boulevard Edgar Quinet, onde a clientela era inteiramente feminina, e metade usava monóculo e polainas. De fora, parecia qualquer outra pocilga e ostentava um pequeno toldo escrito BAR, mas, ao entrar, Sylvia não ficou à vontade com o clima barulhento e movido a jazz do lugar. Dissera a si mesma para relaxar e aproveitar o fato de que morava numa cidade onde esse tipo de estabelecimento podia prosperar, onde podia ser totalmente aberta em relação a seus interesses amorosos e onde uma mulher com terno de *tweed* e chapéu podia cantar músicas de Billy Murray. O lugar era até protegido por lei, porque as relações homoafetivas foram descriminalizadas durante a Revolução Francesa. Mas ela não gostava de se sentir uma mercadoria numa prateleira. Seu lado leitora preferia a calma e a sutileza da A. Monnier.

— Ah, muito obrigada — replicou Suzanne. — Nunca estive em seu país, mas ouvi e li muitas coisas maravilhosas de lá. Tem sido uma grande inspiração para a França, é claro.

— Pode ter muitas coisas excelentes no meu país, mas me sinto feliz por estar aqui.

Sylvia pensou no avanço da censura com as Leis de Comstock e de espionagem, na longa e precária batalha pelo sufrágio feminino e na revoltante ideia da proibição do álcool, que se espalhava muito rápido pelo país. A impressão era a de que ideias que antes pareciam marginais, estranhas demais para serem levadas a sério, haviam se enraizado nos Estados Unidos, enquanto as boas e fortes, que ajudariam o país a avançar para o novo século, definhavam.

— Também estamos felizes por você estar aqui — disse Adrienne, radiante.

— Você deveria vir para a leitura esta noite! Nossos queridos amigos Valery Larbaud e Léon-Paul Fargue vão participar. E Jules Romains. Já ouviu falar desses escritores? — perguntou Suzanne.

— Claro que sim! Seria uma honra conhecê-los.

Essa possibilidade também fez o estômago de Sylvia se revirar. *Jules Romains? Vraiment?* Sério? O que ela teria para dizer a ele?

— Volte às oito. Não prestamos mais atenção aos ataques aéreos.

Depois disso, Sylvia simplesmente não conseguiu se concentrar no seu artigo sobre a Espanha. Sentada numa pequena escrivaninha no Palais, ela tentava captar o rastro de poeira e lavanda que a lembrava de A. Monnier — a loja e a moça — e, toda vez que enfiava o nariz nas mangas na tentativa de desvendar de onde vinha o cheiro, percebia que era sempre evasivo.

Essa distração era apenas mais um sinal de que ela não nascera para ser escritora, ainda que, após as tantas leituras que fizera na vida, todos ao seu redor — dos pais e irmãs até sua amiga mais antiga, Carlotta Welles — presumissem que ela se tornaria uma.

"Há um Walt Whitman em você", costumava dizer o pai toda vez que Sylvia voltava para casa com uma nota alta numa redação da escola. "Eu simplesmente sei."

Mas redações não eram poemas ou romances. Quando ela tentava escrever um verso ou uma história, dava tudo errado. Ela adorava Whitman. Tentar ser minimamente parecida com ele — ou com Kate Chopin ou qualquer uma das irmãs Brontë, aliás — soava quase como um insulto.

Também não ajudava o fato de que, com o passar dos anos, Sylvia foi preferindo os escritores que davam continuidade ao legado de Whitman e escreviam sobre si mesmos e sobre o mundo de maneira tão surpreendente que, por vezes, ela acabava de ler uma obra e ficava acordada até tarde da noite pensando: *Como eles conseguem fazer isso? Como conseguem tocar minha alma e envolvê-la com seus punhos a ponto de perturbá-la?* Foi assim especialmente com *O despertar*, de Chopin, mas também com *Um retrato do artista quando jovem*, de James Joyce.

Ela sentia uma mistura turbulenta de luxúria, admiração e inveja ao pensar nos dois romances. A requintada honestidade com que os autores escreveram sobre corpos e desejos, e a culpa e as consequências desses desejos, usando palavras amarradas em frases inquietantes que personificam a própria natureza da perturbação interna do personagem, fazia Sylvia suar debaixo dos lençóis.

Será que ela poderia escrever com tanta coragem, sabendo que seu pai, um pastor, que ela tanto amava, leria cada palavra? Uma coisa era ele aceitar sua solteirice em silêncio, e talvez até seu discreto safismo. Sylvester nunca encorajou a filha a se casar e nunca questionou suas amizades com mulheres, que ou eram completamente platônicas, ou, com menos frequência, intensamente íntimas. Mas seria bem diferente se ela escrevesse sobre seus desejos com a honestidade que admirava nos novos escritos que começava a ver nos periódicos mais progressistas.

Poderia ela escrever sobre seus anseios mais profundos com desprendimento, sem abandonar a si mesma? Conseguiria ajudar a preencher as páginas de sua revista favorita, *The Little Review*? A mesma que a editora Margaret Anderson tivera a coragem de publicar totalmente em branco em 1916 —

vinte páginas vazias, exceto por um editorial no qual afirmava que ela não estava mais disposta a publicar textos *apenas bons*; tudo tinha que ser pura arte. Arte que iria refazer o mundo. E Sylvia acreditava de todo o coração que este *era* o propósito da arte — ser inovadora, provocar mudanças, mudar mentes.

Ela se lembrou da resposta da mãe ao comentário de seu pai sobre Whitman: "Ou talvez ela seja a próxima Elizabeth Cady Stanton."

Por que seus pais tinham tantas expectativas em relação ao seu futuro? Será que seu ciúme velado do sucesso de Cyprian como atriz era culpa deles?

De certa forma, a irmã era a razão de eles estarem em Paris; então, Sylvia supunha que deveria se sentir grata. Cyprian tinha um papel fixo num filme semanal popular chamado *Judex*. Como o filme era muito conhecido, as duas eram paradas por pessoas na rua para que Cyprian desse autógrafos. Às vezes, até pediam que Sylvia autografasse também, presumindo que ela fosse alguma futura promessa que andava por aí com a incrível e deslumbrante estrela. A irmã mais velha suspirava e pensava em como a relação com Cyprian sempre fora assim. Mesmo aos trinta anos, Sylvia ainda se irritava com o fato de a caçula poder se valer de sua *aparência* cativante para chamar atenção, enquanto ela labutava em bibliotecas e escrivaninhas, na esperança de que suas palavras e ideias fossem descobertas um dia.

— Pena que são sempre meninos adolescentes e garotinhas — queixava-se Cyprian depois de autografar outro guardanapo ou porta-copos de papelão. — Onde estão os *ducs* e outros admiradores cheios de posses?

— Você sabe que eles existem, irmã querida. São eles que lhe enviam Veuve e Pernod no Ritz. — *Além disso, você só quer a atenção dos homens pelo status.*

Cyprian estava mais disposta a se apegar a um homem do que Sylvia, que renunciara por inteiro à ideia do casamento, até mesmo um de conveniência, embora pudesse usá-lo para camuflar algo quando precisasse. Unir-se a um homem, mesmo um que preferisse compartilhar a cama com outro, simplesmente não a atraía. Ela notara que a união quase sempre significava subordinação. E, embora Sylvia fosse uma das poucas pessoas na face da Terra a saber que a irmã preferia o afeto de mulheres, Cyprian gostava de interpretar papéis que a lisonjeavam e a ajudavam a comprar vestidos Chanel e sapatos italianos, pois entregava-se ao gosto que herdara da mãe por coisas refinadas.

— Se eu conseguisse um papel *no teatro*, poderiam mandar flores para o meu camarim — costumava lamentar.

Quando finalmente chegou a hora de voltar para a rua do Odeon, Sylvia pegou o metrô e caminhou por meia hora até o pátio de paralelepípedos em frente ao teatro Odeon, fumando um cigarro após o outro e ensaiando possíveis tópicos de conversa que teria com os *escritores famosos*, antes de dizer a si mesma que estava sendo boba e andar até a loja de Adrienne.

No crepúsculo do verão, as lâmpadas eram suaves, e a conversa, sóbria. Adrienne e Suzanne voavam pela sala, servindo bebidas, tocando as costas de todos, incitando o riso; especialmente Adrienne — os outros convidados competiam por uma chance de acenar para ela. Uma verdadeira Héstia dos livros, ela estava envolvida numa conversa profunda e séria com um pequeno grupo quando Suzanne apresentou Sylvia a Valery Larbaud e Jules Romains. Os homens lhe deram dois beijos na bochecha, como se a conhecessem havia anos.

— Monnier estava nos contando tudo a seu respeito — informou Romains. — Que você é uma leitora e gosta dos transcendentalistas estadunidenses. Por acaso também gosta de Baudelaire, que é da mesma época aqui na França?

— Ah, é claro. *As flores do mal* foi importante em ambos os lados do Atlântico — respondeu ela, deleitando-se com sua aprovação acalorada.

Eles conversaram por algum tempo sobre a literatura do século XIX, uma conversa que se desdobrou perfeitamente em outras sobre romances recentes e poesia, o fim da guerra e as perspectivas da literatura na França.

Bem, talvez toda aquela leitura esteja finalmente valendo a pena.

O leve toque da mão de alguém em seu cotovelo fez Sylvia se sobressaltar e derramar um pouco de vinho da taça. *Adrienne.* Ela desviou a atenção de Larbaud e Romains e se virou para a anfitriã, que sorriu e lhe deu dois beijos no rosto, uma saudação que Sylvia retribuiu, embora com lábios excessivamente firmes.

— Você está se divertindo, minha cara? — perguntou Adrienne. Antes que Sylvia respondesse, porém, a mulher olhou para os dois homens e disse: — Espero que estejam fazendo nossa nova amiga dos Estados Unidos se sentir bem-vinda.

— Muito bem-vinda — Sylvia se apressou em responder para tranquilizar a todos.

— E, como de costume, Monnier, você acrescentou outro tesouro a esta abundância — disse Larbaud.

Parecia impossível que estivessem falando sobre ela. Ou pensar que ela estivera tão nervosa apenas uma hora antes. Ali, Sylvia se sentiu em casa, como se frequentasse a loja a vida toda. E, no entanto, também era emocionante, como uma nova aventura, uma queda precipitada rumo ao desconhecido.

— Não fique com vergonha, querida Sylvia! — Adrienne riu. — Eu sabia que você era um tesouro assim que coloquei os olhos em você.

— Bem, minha irmã é atriz, então acho que já me acostumei com o fato de ela ser o tesouro.

— Atriz? — perguntou Romains, erguendo uma sobrancelha. — Ela já fez algo que possamos ter visto?

— *Judex*. É um filme semanal.

Os dois riram ruidosamente, o vinho enrubescendo as maçãs do rosto.

— Não ligue para eles — retrucou Adrienne, dando um tapinha de brincadeira no braço de Romains enquanto ele se controlava. — Eles são muito esnobes. Eu amo cinema, até mesmo alguns dos dramas tradicionais. Não vi *Judex*. Talvez devêssemos assistir.

E ali estava mais uma vez. O *frisson*. Por que os franceses têm as melhores palavras para atração?

— Sim, vamos. Cyprian ficaria muito contente.

— Suzanne vai adorar também.

Suzanne. Como eu fui esquecer?

E, no entanto, lá estava ela mais uma vez, como se evocada pela conversa, dando um beijo leve e demorado na bochecha de Adrienne e oferecendo uma saudação entusiasmada e íntima aos homens — o que lembrava a Sylvia de que ela era a recém-chegada, a forasteira; independentemente da recepção calorosa que tivera, nada daquilo era *dela*.

CAPÍTULO 2

A cada dia, porém, ela se sentia mais atraída por A. Monnier, como se pelo canto de uma sereia. Os escritores franceses se mostravam profundamente curiosos sobre os autores estadunidenses e ingleses que Sylvia lera, e ela se viu emprestando seus exemplares de Wordsworth e Whitman, bem como edições mais antigas de *The Dial*, *The Egoist* e *The Little Review* que comprara em suas últimas viagens a Londres e a Nova York. Ela escreveu para a mãe e lhe pediu que enviasse mais volumes da biblioteca que mantinha na casa onde crescera, em Princeton.

Às vezes, Cyprian a acompanhava, e as duas fumavam e sussurravam pelos cantos, o que dava a Sylvia um pouco mais de confiança em relação a Suzanne, a quem a caçula se referia — muito baixinho e apenas para a irmã — como *la crapaudette*, uma variação da palavra francesa para "sapo". Originalmente, ela a chamara de "sapa bajuladora".

— Mas ela não é — protestou Sylvia, embora apreciasse bastante e até invejasse as críticas pouco gentis da irmã. — A loja foi ideia tanto de Adrienne quanto dela.

— Então por que o nome dela não está na fachada também?

— Deve ser porque foram os pais de Adrienne que financiaram a loja.

Cyprian balançou cabeça.

— Estou lhe dizendo, Sylvia, aí tem coisa.

Se havia, ninguém falava nada sobre isso. A história de fato era que as duas estudaram juntas em Paris e então foram para Londres, onde idealizaram a livraria que inauguraram em 1915. Sylvia não tinha certeza do que invejava mais no relacionamento delas: a parceria diária e tranquila, a irmandade por meio dos livros, ou o óbvio contato físico. Há quanto tempo Sylvia não beijava alguém? E, embora tivesse tido um ou dois breves romances, ela não poderia dizer que já estivera de fato apaixonada. Com certeza, nunca fora tão próxima de alguém quanto Adrienne era de Suzanne; elas eram praticamente casadas. Tão casadas quanto duas mulheres poderiam ser. Não se beijavam na loja, mas, se uma delas fosse convidada para algum lugar, presumia-se que a outra acompanharia.

Sylvia odiava sentir ciúme, principalmente porque Suzanne sempre foi muito gentil. Foi ela quem reuniu todos num domingo à tarde e disse:

— Estão exibindo *Judex* hoje. Vamos lá assistir.

Com os bolsos cheios de alcaçuz e conhaque, Suzanne, Adrienne, Sylvia e Cyprian se sentaram na sala escura do cinema, embriagadas e maravilhosamente perdidas no melodrama. No intervalo das sessões, Suzanne e Cyprian pediram licença para ir ao toalete, e Adrienne se aproximou de Sylvia.

— Sua irmã é quase tão brilhante quanto você.

Essas palavras foram um aconchego e tanto no peito.

— É simpático da sua parte dizer isso, ainda que seja uma declaração totalmente absurda.

— Nem toda estrela é como a *étoile polaire, chérie*. Algumas são mais elusivas, mais sutis. Mas elas não são menos brilhantes, nem menos importantes.

— Obrigada.

Sylvia queria dizer muito mais — que a própria Adrienne era como o Sol, a estrela mais reluzente, que banhava todos com sua luz cálida. Mas isso não seria apropriado, já que Suzanne voltaria do toalete a qualquer momento. Convencida de que estava completamente ruborizada, Sylvia avistou Cyprian voltando para o assento, e disse a Adrienne que era sua vez de ir ao banheiro.

Quando o quarteto saiu do cinema, quatro horas depois, já estava escuro do lado de fora.

— Bem, isso foi uma tortura, mas obrigada por comprar os ingressos e pagar meu salário — brincou Cyprian.

— Você estava maravilhosa! — exclamaram Adrienne e Suzanne ao mesmo tempo, enumerando suas cenas favoritas com a irmã de Sylvia.

— Vocês são muito gentis, mas eu preciso beber. O que acham de irmos àquele lugar na rua Edgar-Quinet?

Sylvia prendeu o fôlego, pois sua mente entrou num turbilhão repentino: embora presumisse que Adrienne e Suzanne soubessem que ela era lésbica, nunca confirmara isso; sua irmã evidentemente achava que isso era necessário. Nenhuma delas estava vestida de forma adequada para o local, onde todas apareciam de terno ou de vestido com lantejoulas, então a intenção de Cyprian estava nítida para todas as quatro.

Nem Suzanne nem Adrienne hesitaram, no entanto. Com um bocejo teatral, Suzanne comentou:

— Eu adoro ir ao Lulu, mas tem que se produzir *muito*, e eu realmente não estou com vontade de trocar de roupa. E vocês?

— Também não — concordou Sylvia num instante. — Estou muito cansada para isso.

Então, a aposta de Cyprian funcionou, e, se restava alguma dúvida sobre a orientação sexual de cada uma, elas foram sanadas.

Ainda brincando, Cyprian fez beicinho.

— Vocês são sem graça.

— Outra noite, *chérie* — disse Adrienne. — Conheço um lugar aqui perto que faz um excelente linguado *à meunière*.

— Vou cobrar — alertou Cyprian.

Enquanto desciam a rua até o bistrô, Cyprian e Suzanne assumiram a dianteira. Atrás delas, Adrienne atou o braço ao de Sylvia, que se apoiou um pouco mais do que o necessário no corpo macio da livreira.

As sirenes de ataque aéreo começaram assim que elas recolheram as garrafas vazias e o amontoado de cadeiras ocupadas pelos convidados para uma leitura de André Spire no início do outono. Como era tradição quando as sirenes soavam, Suzanne ergueu uma garrafa com um resto de Bordeaux, brindou com uma garrafa próxima e finalizou com um gole entusiasmado.

Ela tossiu. Conforme os dias ficavam mais curtos e o ar mais gelado, ela tossia cada vez mais.

Sylvia se sentia constrangida com o que a tosse de Suzanne fazia com ela. As tosses e as olheiras cada vez mais escuras. Ninguém comentara, mas Sylvia suspeitou que Suzanne estivesse com tuberculose. Consumpção. De alguma forma, era a doença perfeita para aquela beleza dickensiana e sua companheira igualmente vitoriana.

Embora relutasse em admitir até para si mesma, Sylvia começou a ir à loja quando sabia que Suzanne não estaria lá, pois todas as tardes sua tosse a forçava a tirar uma *grande* "*soneca*".

— Vivo mais entre livros do que com pessoas — disse Adrienne numa daquelas tardes preguiçosas enquanto ela e Sylvia arrumavam uma remessa de novos romances na estante.

— É, eu também!

Ela e Adrienne trocaram um sorriso. Foi um alívio saber que aquela deusa do Odeon, que tantas mentes brilhantes procuravam, também preferia a companhia das palavras à das pessoas.

Olhando à sua volta e percebendo a loja vazia, Adrienne fixou aqueles olhos verde-azulados em Sylvia.

— Mas até eu preciso de uma folga dos livros de vez em quando. De qualquer maneira, está quase na hora de fechar. Que tal darmos uma volta pelas salas impressionistas do D'Orsay? Faz muito tempo que não visito *Olympia*.

Em uma hora, lá estavam elas diante da magnífica prostituta nua de Manet, que, na pintura, olhava de forma ousada para Sylvia e Adrienne.

— Tudo começou com ela. Todas as outras pinturas, os Morisots, os Monets, os Renoirs, os Bonnards, os Cézannes. Eles devem tudo a ela — comentou Adrienne.

Sylvia estreitou os olhos para a figura alva, a maneira como ela se misturava às pinceladas mais soltas, sua criada africana apenas sugerida no fundo escuro, o arranjo de flores que ela mantinha suspenso ao lado da senhora, nas mesmas cores paradoxalmente puras. Sylvia supôs que deveria achar *Olympia* excitante, como o primeiro público considerara quase sessenta anos antes, mas naquele momento ela apreciou a pintura mais com os olhos de Adrienne. O que ela viu foram os primórdios da arte moderna, uma progressão que ainda evoluía naquela época nas obras de Picasso, Matisse e Man Ray, bem como no trabalho de escritores que experimentavam as versões literárias das técnicas dos pintores: a preocupação com as propriedades da linguagem que serviam de paralelo à obsessão dos pintores com as propriedades de pintura, a determinação mútua de representar a "vida moderna", como Baudelaire a chamara, em toda a sua glória e qualidade do que é grotesco, pois a vida moderna era, de fato, coisa dos deuses, como revela nitidamente o nome que Manet deu à sua prostituta-modelo.

— Deve ter sido incrível crescer com essas pinturas na própria cidade. Saber que seu país *deu início* a um dos movimentos artísticos mais importantes dos últimos séculos — observou Sylvia.

Adrienne projetou o lábio inferior para a frente enquanto olhava para a pintura.

— Não é mais incrível do que saber que a revolução de seu país inspirou a de outros.

Sylvia riu da comparação.

— Isso é história antiga. Isto — ela estendeu a mão em direção a *Olympia* — ainda está acontecendo.

— Roma é uma história antiga. As revoluções americana e francesa aconteceram ontem. Pelo menos para um francês. Esta pintura foi exposta em 1863, menos de um século depois da Declaração da Independência, e um dos motivos para sua existência é essa declaração. Eu realmente acredito que a criação de toda essa arte não teria sido possível sem a Independência.

Sylvia suspirou. Será que ela já havia tido uma conversa dessas antes? Com uma mulher linda, cuja pele, olhos e mente ela tanto admirava? Na cidade que adorava? Tudo em relação àquele momento estava carregado de significado. E, apesar do aperto que provocava em seu peito, ela queria que durasse para sempre.

Infelizmente, um guarda se aproximou para lhes dizer que o museu fecharia em dez minutos.

— Adeus, *Olympia* — disse Adrienne, ao desviar os olhos pela última vez e se voltar para Sylvia. — E agora é hora de você provar o melhor chocolate quente de Paris.

Ai, ainda bem. Ela também não queria que o dia acabasse.

— Vá na frente.

— Você está muito encrencada — afirmou Cyprian no caminho da loja para casa uma semana depois.

— Como assim?

— Não se faça de boba; não combina com você. Estou falando da Adrienne. Não acho que um *ménage* seja o seu estilo, irmã. Nem o de Suzanne. Não tenho tanta certeza quanto à Adrienne. Ela parece... cheia de imaginação. E a irmã dela, Rinette, está claramente dormindo com Fargue e o marido.

Sylvia suspirou. Não havia sentido em negar qualquer coisa que a irmã acabara de dizer.

— Eu sei, eu sei. Eu... — *Estou me apaixonando pela Adrienne. Mas, espere...* — Você acha mesmo que Adrienne faria um *ménage*?

Sylvia nem queria pensar em uniões tão confusas assim. Ouvira histórias do que acontecia nos apartamentos da Paris boêmia, mas ainda não tinha visto ou experimentado nada daquilo. E definitivamente não queria pensar em Adrienne desse jeito; preferia que ela permanecesse fiel a Suzanne, por mais que isso a magoasse.

— Adrienne me parece uma mulher de apetite, que pode se entediar com facilidade.

— Só porque ela gosta de comer, Cyprian, não significa que seja uma libertina na vida amorosa. Isso soa terrivelmente como um pensamento ao estilo de Madame Bovary.

Ela esperava que a referência ao romance de Flaubert de que as duas menos gostavam, no qual a personagem-título é descomedida em tudo, desde gastos até hábitos sexuais, simplesmente por ser mulher, ajudaria a irmã a perceber que ela estava equivocada em relação a Adrienne.

Mas a irmã apenas deu de ombros.

— Talvez não.

Cyprian conseguia ser muito irritante às vezes.

Ainda assim, Sylvia estava feliz com a companhia da irmã enquanto tentava descobrir o que fazer. O artigo sobre a Espanha não estava indo a lugar nenhum, e ela já tinha trinta anos. Precisava de um *propósito*; não podia passar o resto da vida ajudando de graça na loja de Adrienne, ainda mais considerando a maneira como seus sentimentos cresciam.

Assim que começou a se desesperar com a falta de objetivo, uma ideia tomou forma na mente de Sylvia.

Ter a própria livraria.

Um lugar que atrairia o mesmo público que a de Adrienne. Mas a uma boa distância dessa loja de que gostava tanto, da mulher que estava começando a amar demais. Nova York era longe o suficiente para proteger seu coração.

Sim, uma livraria! Uma loja só dela. A ideia se entranhou em Sylvia, que não pôde deixar de mencioná-la para Adrienne e Suzanne enquanto se preparavam para uma leitura, arrumando cadeiras e garrafas de vinho. Sylvia procurara oportunidades para falar algo quando Adrienne estivesse sozinha, mas Suzanne sempre parecia estar por perto.

— Tenho pensado em abrir uma livraria de obras francesas nos Estados Unidos — ponderou Sylvia, tentando não deixar transparecer o próprio entusiasmo.

— Que ideia maravilhosa! — A exclamação logo fez Suzanne se encolher de tosse.

Adrienne correu para o lado dela, apoiando uma das mãos em seu braço e a outra, nas costas, massageando em círculos entre as omoplatas de Suzanne.

Como seria sentir esse toque?

— É uma ideia maravilhosa — concordou Adrienne, seus olhos em Suzanne enquanto ela se erguia. — Mas o que faremos sem você aqui em Paris?

O coração de Sylvia explodiu com a ideia de que poderiam sentir sua falta.

— Eu também sentiria saudade de todos vocês.

— Mas os Estados Unidos são a sua casa — continuou Adrienne, com um tom de aparente lamento.

— Não tenho tanta certeza disso. Nunca me senti tão feliz quanto nos últimos meses.

— Você também nos fez felizes.

Mais tosse, mais massagem.

O coração de Sylvia doeu. *Nova York*. Seria longe o suficiente?

Ela sabia que deveria deixar Paris, pelo bem do seu coração, mas ainda não estava pronta para abandonar totalmente a Europa e começar a trabalhar em sua livraria em Nova York. Então, quando viu o cartaz no escritório da Cruz Vermelha convocando voluntários na Sérvia, a empolgação lhe tomou conta. Sylvia nunca tinha ido a Belgrado, e queria ajudar no esforço de guerra. "O chamado para servir é tão nobre quanto o chamado de Deus", sempre dizia seu pai, e ela já havia ajudado antes, em 1916, quando se voluntariou para auxiliar os agricultores a cultivar o solo no interior da França. Não era nada como fazer curativos ou dirigir uma ambulância, mas era um trabalho difícil e recompensador, e ela ansiava por esse tipo de propósito e atividade física purificadora.

Assim, no final de 1918, lá estava ela de calças cáqui a quase dois mil quilômetros a leste de Paris, com a mochila cheia de canecas de lata e alguns itens preciosos, entre eles *Um retrato do artista quando jovem*, de Joyce, que ela vinha sentindo vontade de reler. Sylvia encontrava consolo na busca do personagem por uma forma mais autêntica de estar no mundo. Ela se via na busca de Stephen Dedalus por significado a partir da investigação intelectual, e encontrava uma espécie de liberação advinda de sua descrição da luxúria, que, por momentos misericordiosos, ofuscava a agitação de sua mente. *Como seria estar tão consumida pela paixão a ponto de esquecer meus outros problemas?*

Naquele momento, o único meio que tinha para se esquecer de qualquer coisa era se concentrar nas necessidades das pessoas nos vilarejos dos arredores de Belgrado, e forçar seu corpo a trabalhar por muitas horas. Embora o armistício tivesse sido assinado logo após sua chegada, as minas terrestres ainda estavam bem ativas, e certamente ainda havia rancores guardados em ambos os lados. Ainda havia escaramuças que resultavam em ferimentos de bala e por estilhaços, que exigiam cuidados, e todos, jovens e idosos, precisavam de cobertores, roupas, sapatos, sabonete e comida. Ela foi enfermeira, tia, auxiliar de dispensário, costureira que remendava meias, leitora de histórias, escritora de cartas, apoio de mãos e tudo o mais de que as pessoas precisassem.

Sempre que ouvia um barulho alto, mesmo que, para seus ouvidos, fosse obviamente tão inofensivo quanto uma porta batendo ou o motor de um carro estalando, Sylvia notava que os jovens à sua volta — estivessem eles em leitos de hospital, tavernas ou mercados — pareciam prestes a desmoronar, estremecer ou mesmo se esconder, encolhidos, às vezes numa lata de lixo de ponta-cabeça, se ali coubessem. Era impressionante como esses pobres meninos traumatizados se curvavam tão pequeninos para caber naquele espaço.

Sylvia tentou não pensar no fato de que trabalhar com os dedos congelados pelo frio fazia a pele de suas mãos rachar e sangrar, até que uma moça húngara gentil lhe deu uma lata de pomada que cheirava a urina de ovelha, mas que protegeu suas mãos no auge do inverno. Antes que percebesse, o trabalho passava a ser tão árduo que o suor lhe escorria pelas costas. Mas o esforço era recompensador. No fim do dia, Sylvia acendia uma vela e lia em sua cama estreita e dura. Lia *Um retrato*, sim, mas era Whitman quem cantava para ela dormir na maioria das noites. Seu volume amado e macio de *Folhas de relva* era como um livro de orações que lhe oferecia conforto e fazia companhia. Mas as palavras do autor às vezes também a faziam ansiar, como quando seus olhos se demoravam nas linhas de "Dos rios sofridos contidos": *Oh, que possamos escapar dos demais e absolutamente fugir, livres e sem lei / Dois falcões no ar, dois peixes nadando no mar não mais sem lei do que nós.* Ela ansiava por um companheiro falcão sem lei, embora soubesse que o próprio Whitman não tinha um. Ele nunca se casou, nem teve uma relação como aquela entre Adrienne e Suzanne.

O autor evidentemente conhecia a intimidade e tinha o impulso de se relacionar. Mas a sua poesia — seu *trabalho* — fora sua semente.

A ideia de que o trabalho poderia ser a grande realização de uma vida tomou conta de Sylvia. Ela pensava nisso enquanto costurava botões e andava em caminhões por estradas empoeiradas para entregar latas de comida; usava isso para afastar pensamentos românticos em relação a Adrienne que se infiltravam em sua mente. Por mais que valorizasse o que estava fazendo na Sérvia, não era o trabalho de sua vida. Ela tinha muito da mãe, muita afeição por Paris, pelas conversas brilhantes e refeições deliciosas; Cyprian se regozijaria se ela admitisse isso em voz alta, e Sylvia conteve um sorriso ao pensar nessa ideia.

Uma livraria francesa em Nova York. É, *era isso*.

A. Monnier havia lhe mostrado que uma vida para e entre os livros não era apenas possível: era *digna*. Em momentos de silêncio ou durante tarefas mecânicas, Sylvia organizava as prateleiras e móveis de um espaço imaginário em sua mente. Um pequeno lugar numa rua arborizada no centro, talvez num edifício de arenito vermelho, onde ela poderia morar no andar de cima da loja. Seria bem iluminado, e ela serviria chá nos dias frios de inverno. Ofereceria jantares para professores de literatura francesa de Columbia e Princeton, bem como para escritores locais familiarizados com Flaubert e Proust, e eles comeriam linguado *à meunière* e *boeuf bourguignon* e beberiam Burgundy e Bordeaux enquanto discutiam sobre a nova literatura e o mundo pós-guerra. Pessoas importantes da literatura iriam à sua loja; talvez Margaret Anderson, da *The Little Review*, se tornasse uma frequentadora assídua. Talvez ela encontrasse a sua própria Suzanne em Nova York, onde as mulheres podiam viver juntas tranquilamente no Washington Square Park, sem vizinhos olhando de soslaio. Talvez ela não precisasse ansiar por uma causa perdida de cabelos negros no Quartier Latin.

Infelizmente, a mãe de Sylvia, que adorou a ideia da filha de abrir uma livraria francesa e que procurava com entusiasmo por locais em Manhattan, relatou que aquilo estava se transformando numa espécie de caçada selvagem. Numa carta, ela escreveu:

> *Antes não tivesse havido armistício, pois a guerra aparentemente estava mantendo os aluguéis baixos. Agora todo mundo está cheio de otimismo, e o dinheiro corre pela cidade como se fosse a última garrafa legalizada de gim, inflando os preços de tudo.*

O pessimismo da mãe fez Sylvia hesitar, mas não a deteve. Ela nasceu para ter uma livraria. Se não fosse possível em Nova York, talvez pudesse ser em Boston. Ou Washington, DC. Ela se recusou a desistir.

Sua irmã Holly escreveu uma carta que a fez se lembrar de algumas notícias excelentes e do poder da persistência.

> *O sufrágio agora é lei no país! É tudo pelo que lutamos! Mal posso esperar para votar pela primeira vez e não me importo com o que os outros digam, mas acho que vale até a pena que o voto feminino tenha um preço — a Lei Seca, da qual, como você sabe, muitas das nossas irmãs sufragistas eram a favor. Às vezes pensava, especialmente no final, que as mulheres estavam mais ansiosas para fazer os homens pararem de beber do que para mudar o país pelo voto.*
> *A mesa da cozinha, ao que parece, continua a governar a vida do nosso gênero.*

Apenas uma carta perturbou Sylvia, e veio de Adrienne.

Suzanne se casou com o filho de um amigo do pai, que há anos era apaixonado por ela. Bem, como não amar Suzanne? Eles estão contentes, embora eu tenha sentido falta dela durante a lua de mel do casal. Mas, felizmente, assim que voltaram a Paris, ela veio para a loja, e as coisas parecem ter voltado ao que eram antes.

Sylvia releu a passagem tantas vezes que as palavras começaram a flutuar diante de seus olhos. O casamento só podia ser algum tipo de conveniência, pois não achava que Suzanne era como Cyprian, capaz de desfrutar dos prazeres que os homens proporcionavam, e ela nunca ouvira nem rumores de um admirador. Sylvia simplesmente não entendia o que estava em jogo ali. O que a noiva e o noivo — sem mencionar a amante da noiva — estariam ganhando com aquele acordo? Teria algo a ver com a saúde de Suzanne? Adrienne não disse nada, e Sylvia também não perguntou.

Quando o contrato com a Cruz Vermelha terminou, Sylvia sabia que era hora de dar início ao próximo capítulo de sua vida. Antes, porém, precisava fazer mais uma parada em Paris. Algo a chamava, outra sereia que a distraía da etapa seguinte.

Tinha que ser uma sereia.

Mas por que, então, se parecia mais com a Penélope de Odisseu, uma voz amorosa que a convocava, do outro lado da vastidão entre elas, a voltar para casa?

CAPÍTULO 3

Em julho de 1919, Sylvia desceu na movimentada e sufocante Gare de l'Est e ficou olhando de soslaio para a longa claraboia que mostrava o céu azul. Fileiras de janelas em arco dos dois lados da estação cavernosa inundavam o espaço com mais luz do dia. Enquanto Sylvia carregava as bolsas nos ombros, ouviu os anúncios irritantes dos condutores e os gritos alegres do reencontro de entes queridos e crianças — e quase chorou. A sensação era de alívio, mas também havia algo que transbordava mistério e aventura. Muito a se fazer.

Sem se preocupar em levar seus parcos pertences para o hotel que reservara perto da *école*, pois Cyprian desocupara o local que dividiam no Palais quando a irmã viajou para a Sérvia, Sylvia foi direto para a A. Monnier. Lá, foi saudada por Adrienne, que embora parecesse exausta, jogou os braços para o alto, gritou boas-vindas e palavras de carinho enquanto cruzava a loja e foi dar um abraço apertado em Sylvia ainda na entrada.

— *Mon amie! Sylvia, bienvenue! Dieu merci!*

Sylvia retribuiu o abraço, e quase imediatamente a risada eufórica de Adrienne se transformou em prantos.

Os três clientes na loja, todos desconhecidos para Sylvia, que passara a distinguir bem os frequentadores assíduos, educadamente desviaram o olhar.

— Você pode dar uma saidinha por alguns minutos? — perguntou ela, sussurrando no ouvido de Adrienne.

Enxugando as lágrimas com o dorso da mão, Adrienne assentiu e fungou, e em seguida puxou um lenço gasto de um bolso na saia para limpar o rosto e assoar o nariz.

Na salinha dos fundos da loja, uma adolescente desempacotava uma caixa de revistas, e Adrienne enxotou-a para a frente da livraria, fechou a porta, desabou sobre a caixa e apoiou a cabeça nas mãos.

Sylvia se agachou diante dela, pôs as mãos calejadas nos joelhos de Adrienne e sentiu a trama suave e fechada da saia de musselina.

— Me conte o que aconteceu.

Adrienne a encarou com os olhos lacrimejantes e vermelhos e, lutando contra o tremor de seu queixo, revelou:

— Suzanne morreu. Na semana passada.

Adrienne expirou; depois, respirou fundo tão rápido que acabou se engasgando. As mãos de Sylvia encontraram as dela, e as apertaram com força.

— Sinto muito. Sei como você a amava.

Adrienne fechou os olhos e assentiu, lutando para respirar.

Elas ficaram assim por algum tempo, de mãos dadas, enquanto Adrienne respirava de forma irregular. O coração de Sylvia batia acelerado, mas ela estava decidida a se manter firme por Adrienne. Não pôde deixar de se perguntar o que isso poderia significar. Seria possível que a voz que Sylvia ouvira chamando-a de volta para Paris não fosse a da cidade, mas a súplica da morte de Suzanne, pedindo que ela voltasse para cuidar de Adrienne?

Querido Deus, ela implorou ao deus de seu pai, em quem ela nem acreditava, sentindo-se um pouco como o perspicaz Stephen Dedalus de Joyce, movido pela culpa, *que assim seja*.

— E se, em vez de uma livraria francesa nos Estados Unidos, eu abrisse uma livraria estadunidense em Paris? Aqui parece haver interesse por mais obras em língua inglesa, e não há nenhuma loja ou biblioteca para fornecê-las. — Sylvia havia acordado naquela manhã com essa ideia, como um raio que caíra do céu sobre ela, e então passou o dia inteiro reunindo coragem para compartilhá-la com Adrienne.

O jantar do milagroso frango assado com batatas e alecrim de Adrienne seria a hora.

Adrienne piscou e então abriu um largo sorriso.

— *Oui!* É uma ideia perfeita. E assim você ficaria em Paris — disse ela com entusiasmo.

Ouvir Adrienne falar isso fez Sylvia se sentir mais leve, como se seu veleiro tivesse de repente sido empurrado pelo vento.

— Eu me sinto em casa em Paris.

Era agosto, e Adrienne parara de chorar todos os dias; melhor ainda, ela já estava novamente na loja e em sua amada cozinha, convidando Sylvia quase toda noite para jantar. As duas comiam, liam e papeavam por horas, muitas vezes sobre assuntos artísticos sérios, como a conversa no d'Orsay, mas às vezes também sobre temas mais prosaicos, como a nova confeitaria do bairro.

— *Pâtes de fruits* ainda são minhas favoritas. — Adrienne afundou os dentes num quadrado da cor de uma joia. Com a boca cheia e sorrindo, murmurou: — Estas são muito boas.

Sylvia mordiscou um quadrado vermelho-vivo.

— *Cerise.* — Ela deu de ombros. — Algodão-doce é meu doce predileto desse tipo. Se não tiver, prefiro chocolate.

— Tem um algodão-doce maravilhoso perto da Torre Eiffel!

No dia seguinte, após o fechamento da loja, elas se dirigiram ao vendedor do carrinho verde e dividiram uma nuvem rosa maior do que a cabeça delas, o açúcar derretendo na boca enquanto olhavam para o incrível monumento de Gustave Eiffel.

— Foi inaugurado três anos antes de eu nascer — contou Adrienne.

— Você já foi lá no topo?

— Com todas aquelas escadas? Deus me livre! Acho que meu coração pararia quando chegasse no décimo andar.

Sylvia não tinha certeza se Adrienne estava se referindo aos poucos quilos que ganhara desde que se conheceram. Sylvia gostava da maneira como lhe preenchia o rosto e tornava os seios muito mais fartos, e adorava como Adrienne gostava de comida, ao contrário de sua mãe, de Cyprian e de tantas outras mulheres que bicavam as refeições como passarinhos, mas ela não estava disposta a dizer nada daquilo em voz alta.

— Certamente o seu coração resiste a mais do que isso.

— Gosto de caminhadas longas e agradáveis, como a que fazemos ao redor da casa de campo dos meus pais, mas com uma inclinação gradual. Entre flores silvestres. Tenho que me sentar sempre que subo a escadaria até a Basílica de Sacré-Coeur, em Montmartre.

— A longa caminhada perto da casa dos seus pais parece ótima.

— Vou levar você lá um dia. Eles vão amá-la. E você vai adorar o nosso cachorro, Mousse. Ele é praticamente um urso, mas é muito dócil.

— Eu adoraria.

Sylvia enfiou mais um pedaço de algodão-doce na boca para não dizer mais nada nem sorrir muito abertamente. Ela não tinha certeza se seu afeto por Adrienne era correspondido, e achava que seria mais prudente lhe dar todo o tempo de que precisasse para viver o luto por Suzanne.

Parecia que toda noite que passavam juntas começava às oito e, num piscar de olhos, já era uma da manhã. Ao andar os poucos quarteirões desertos entre o apartamento de Adrienne, no número 18 da rua do Odeon, e seu hotel, Sylvia fumava sem parar e às vezes até ouvia o sino de Saint-Étienne-du--Mont anunciar que já estava tardíssimo, mas não se sentia solitária — se sentia satisfeita com a comida de Adrienne, seus pensamentos, sua voz, seu cheiro de lavanda e azeite. Com Adrienne.

Sylvia não tinha certeza de como Adrienne conseguia, mas, independentemente do horário em que ia dormir, sempre estava na loja por volta das nove, desperta e sorridente. Às vezes, Sylvia só chegava às onze, e então Adrienne lhe mostrava a língua e passava alguma tarefa: convites para leituras, pedidos de livros, extrato das contas bancárias, organização de prateleiras.

— Você vai precisar saber fazer tudo isso quando tiver a própria loja — dizia ela.

Sylvia se impressionava com o fato de Adrienne ser cinco anos mais nova do que ela. Não importava o que ela dissesse sobre as escadas, Adrienne tinha energia ilimitada. E coragem. E bravura. Pelo amor de Deus, ela abriu uma livraria no segundo ano de uma guerra mundial e a manteve aberta até o fim. Aos 23 anos!

Cada vez mais, Sylvia tinha a sensação de que a amizade delas se transformaria em algo mais. Estaria ela imaginando, ou suas mãos se tocavam com mais frequência ultimamente? Adrienne chegou mesmo a se sentar mais perto dela no sofá, na outra noite?

Ela afastou esses pensamentos e sentimentos. *Tenha paciência. Ela ainda está de luto.* Mas a névoa deixada pela morte de Suzanne estava se dissipando. A lembrança da ex-parceira de Adrienne se tornara como a de um santo padroeiro a cujos gostos e ideias elas se referiam, e muitas vezes reproduziam com reverência, até mesmo homenageando em algumas oportunidades com uma xícara de chá ou um de seus *macarons* favoritos da confeitaria do outro quarteirão.

Então, com poucas menções ao nome de Suzanne, Adrienne encontrou um lugar ideal para a loja de Sylvia na esquina do *carrefour* do Odeon, no número 8 da rua Dupuytren. A dona da lavanderia, que alugara o espaço por décadas, estava se aposentando e iria para o campo.

— É perfeito — disse Adrienne a Sylvia quando soube que o local estava disponível. — Só seria mais perfeito se estivesse no mesmo quarteirão da minha loja.

— Talvez um dia — replicou Sylvia com alegria, *porque isso estava mesmo acontecendo*: ela teria a própria livraria em sua cidade favorita.

— Eu também tive uma ideia — anunciou Adrienne, soando surpreendentemente tímida.

— Diga.

— Pensei em mudar o nome da minha loja. Para marcar um novo começo.

Sylvia sorriu e tentou não demonstrar muito da esperança exultante que a ideia de Adrienne despertou nela.

— Se você acha que é a coisa certa a se fazer...

Adrienne assentiu com firmeza.

— Acho. Eu estava pensando em *La Maison des Amis des Livres*. — Ela pronunciou o nome lentamente, com alguma fanfarronice enquanto movia a mão acima da cabeça, como se estampasse cada palavra em seu novo lugar, acima das portas e janelas da loja.

— A Casa dos Amigos dos Livros — repetiu Sylvia. Então, de volta ao francês: — Certamente é o que é. *Meilleurs amis.*

— *Bon.* Vou contratar um pintor para mudar o nome.

O sorriso de Sylvia fez suas bochechas doerem. *Um novo começo.*

— Admiro a sua determinação.

— Eu não vejo por que titubear.

— Bem, é mais fácil quando você sabe o que quer.

Mais tarde, naquela noite, Sylvia se sentou à escrivaninha da amiga para escrever uma carta à mãe dizendo que havia um espaço disponível para a loja de seus sonhos e que, se a família pudesse oferecer alguma ajuda, além de lhe enviar todos os livros de seu quarto em Princeton, ela ficaria eternamente grata. Odiava ter que pedir, mas ninguém que a estadunidense conhecesse na França pós-guerra tinha dinheiro sobrando, e Adrienne fora uma inspiração: ela já pagara aos pais o dinheiro que eles lhe deram para abrir a loja em 1915. Sylvia tinha a intenção de fazer a mesma coisa.

Sua mãe escreveu imediatamente para dizer que os livros, assim como outras surpresas literárias, logo estariam num navio; o dinheiro também estava a caminho.

Sempre soube que você encontraria a sua vocação. Para mostrar minha fé em você, na sua ideia e em seu bom senso, enviarei a quantia da minha poupança de quando era solteira. E estou feliz que você estará em Paris em vez de Nova York, mas não conte a ninguém. Isso me dá ainda mais motivos para visitá-la aí. Aproveite, querida. Estou muito orgulhosa de você, assim como seu pai. Vou visitá-la assim que puder.

Sylvia enxugou as lágrimas e, mais do que nunca, sentiu saudade da mãe.

※

Aos primeiros sinais do outono, Sylvia reservou passagem num navio para Londres, onde planejava vasculhar as melhores editoras e lojas em busca de pechinchas para ocupar suas prateleiras.

— Estou com inveja. — Adrienne suspirou na noite anterior à partida de Sylvia. — Amo Londres, e as livrarias de lá são incomparáveis.

Sylvia preferia não ouvir a nostalgia dos dias de Adrienne em Londres com Suzanne, mesmo que ela não parecesse melancólica com as lembranças de seu primeiro amor.

— Vou sentir sua falta. Mas volto antes que você termine de dizer "Shakespeare".

— Shakespeare — brincou Adrienne.

Sylvia arqueou uma sobrancelha, e as duas riram.

— Volte depressa para casa, *mon amie*.

O que foi aquilo que ela viu nas bochechas de Adrienne? Um rubor? E será que foi um tipo de desejo que deixou sua voz mais grave?

— Vou voltar. Prometo.

Talvez fosse aquela última conversa com Adrienne, que Sylvia reproduziu tantas vezes em sua mente no trem e depois na balsa até a capital inglesa, ou talvez fosse porque nomes de livrarias estivessem muito presentes em sua mente desde que vira Adrienne renomear a própria. Porém, quando se deitou na cama em sua primeira noite em Londres, Sylvia soube qual seria o nome perfeito para seu espaço: Shakespeare and Company.

Afinal de contas, pelo que ela sabia, o Velho Bill nunca saíra de moda.

Londres era chuvosa e extenuante. Sylvia foi até a famosa loja de Elkin Mathews na Cork Street, tomou cuidado para não sacudir o cabelo ou pertences molhados em cima dos livros e pediu ao dono as obras mais recentes de Ezra Pound, James Joyce e W. B. Yeats, que ela soube ser vizinho dele. Curiosamente antiquado, com sua jaqueta puída e costeletas grossas e compridas, ele era gentil e amigável.

— Você gosta da nova escrita, ao que parece — observou ele enquanto punha os volumes na mesa entre os dois.

— Gosto. Meus amigos em Paris estão ansiosos para ler mais desses escritores, e, na minha nova loja, pretendo sempre ter em estoque os melhores e mais recentes escritores estadunidenses e britânicos.

Com a testa franzida, ele apertou o monóculo entre a bochecha e a sobrancelha peluda.

— Uma livraria de língua inglesa? Na *França*?

Ela assentiu com vigor.

— Minha nossa.

— Eu sei. Vai ser a primeira.

— Espero que você tenha um plano B.

— Acho que as coisas vão fluir bem.

Ele continuou encarando Sylvia com uma expressão perplexa e afável de preocupação. Então, ela acrescentou:

— Também estou estocando alguns clássicos. Mas, como não posso pagar por todas as edições novas, estou procurando as usadas.

— Muito esperto da sua parte.

— Meu desejo secreto, porém, é encontrar alguns desenhos de William Blake. Aqueles que ele fez para acompanhar *Canções da inocência e da experiência*, sabe?

Estendendo o dedo indicador direito para cima, ele se virou e foi para a sala nos fundos.

Salas dos fundos das livrarias, pensou Sylvia com alegria. *Em breve terei a minha!*

Depois de uma inspeção barulhenta e um baque audível, Elkin Mathews reapareceu segurando dois desenhos pequenos em finas molduras de madeira pintadas de preto. Lentamente, ele os virou para ela, que identificou dois dos desenhos de Blake. A cor estava excelente, quase sem nenhum desbotado.

O estômago de Sylvia se revirou.

— São maravilhosos. — Ela se derramou. — Mas suspeito não poder comprá-los.

— Blake está fora de moda. — O sr. Mathews deu de ombros e lhe disse quanto custaria para levá-los.

Era para ser. Shakespeare and Company será um sucesso — tem que ser, com começos felizes e inesperados como este. Quando ela saiu da Elkin Mathews Ltd., carregada de sacolas e pacotes, a chuva parara — como se fosse obra da mesma magia que conjurou os desenhos de Blake —, e o sol começara a brilhar na cidade reluzente e úmida. Em Paris, na semana seguinte, quando abriu um pacote enviado por sua mãe contendo três preciosas páginas originais de Whitman que estavam no sótão da família, Sylvia se convenceu de que havia sido tomada pela mesma maré de encantamento e generosidade.

Enquanto um carpinteiro fazia prateleiras de acordo com as especificações de Sylvia, ela e Adrienne visitavam todos os sebos em Paris, voltavam com sacolas e mais sacolas de volumes para o número 8 da rua Dupuytren e ficavam com os braços e as pernas mais doloridos a cada viagem. Mas valia a pena, e o vinho que bebiam em comemoração no fim do dia parecia anestesiar todas as dores. Como na loja de Adrienne, os livros usados ficariam na parte da livraria que funcionaria como biblioteca. Sylvia venderia os exemplares novos até que tivesse apenas um restante. Então, emprestaria este exemplar até que uma nova remessa do título chegasse. Ela não podia ser muito exigente com a mobília, embora estivesse determinada a tornar o espaço tão aconchegante e convidativo quanto o de Adrienne; depois que as antiguidades verdadeiras se mostraram caras demais, os brechós da igreja e outras lojas de bugigangas renderam algumas mesas e cadeiras charmosas, ainda que precárias.

Não demorou para que todas as idas e vindas, batidas de porta em porta e entregas de sacolas de livros uma na casa da outra ficassem difíceis de administrar. Adrienne entregou a Sylvia duas chaves amarradas a uma fita de veludo vermelho.

— A de prata é da La Maison, e a de latão é do meu apartamento. Entre e saia quando quiser.

— Tem... tem certeza?

— Por que eu não teria?

A franqueza de Adrienne não era ingênua, o que tornava tudo aquilo mais extraordinário para Sylvia.

— Obrigada. E espere.

Sylvia foi até a gaveta de sua escrivaninha e tirou a chave mestra de sua loja e apartamento, que estavam guardadas à espera do momento certo para dar a Adrienne. Pôr a chave na mão forte e macia de Adrienne parecia certo e eletrizante; seu corpo reagiu àquele toque, e pôde sentir isso em suas coxas, joelhos, seios. E a mão de Adrienne permaneceu sob a de Sylvia apenas tempo o suficiente para ela acreditar que a amiga também sentia tudo aquilo. Era mais do que uma troca por praticidade — ela estava certa disso.

Mais tarde, quando puseram os livros nas prateleiras, após o fechamento da La Maison, Adrienne disse:

— Acho que é auspicioso a Shakespeare and Company abrir às vésperas de uma nova década.

Uma estava de costas para a outra, pois Adrienne estava na seção de poesia da biblioteca e Sylvia, na área de romances da loja.

— Meu Deus, um novo nome para sua loja, uma nova década — disse Sylvia, virando-se. — Ultimamente, você parece preocupada com coisas novas.

— Não *coisas novas* exatamente. Renascimento. Como é necessário depois de uma guerra. A década de 1920 vai fazer tudo começar de novo após a fome e a destruição desses últimos anos.

Adrienne deslizou um livro entre outros dois e então ficou de frente para Sylvia, que fez a mesma coisa em sincronia.

— É bem verdade que todos estão prontos para algo diferente, para experiências que ajudarão a esquecer — disse Sylvia e, pensando nas melodias animadas e populares da Original Dixieland Jass Band, acrescentou: — Por exemplo, a música no rádio está mais alegre.

— As bainhas estão mais soltas e sedutoras.

— Os bordados nos casacos e chapéus estão mais extravagantes. E veja as cores das penas!

— O sabor dos coquetéis está cada vez mais excêntrico. E delicioso.

Emocionada com a confirmação de que Adrienne estava notando as mesmas mudanças em torno delas, Sylvia disse:

— E as publicações aqui, em Nova York e em Londres estão repletas disso. Margaret Anderson teria dificuldade em publicar uma edição em branco da *The Little Review* hoje em dia, com a avalanche de ótimos materiais produzidos por novas vozes ambiciosas à nossa volta.

— Coisas novas. — Adrienne piscou para Sylvia. — Talvez não seja eu quem esteja preocupada.

Sylvia riu.

— Sim, coisas novas. Eu me pergunto o que estaremos dizendo em 1929.

— Que bom que não sabemos. Isso preserva o senso de aventura.

— Concordo plenamente.

A Shakespeare and Company, 1920, Paris... tudo parecia uma aventura, e a intimidade cada vez maior com Adrienne aumentava a euforia. E a tensão. Como estava certa de seus sentimentos, Sylvia passava para Adrienne a tarefa de deixar os dela evidentes primeiro. Sylvia queria saber, em cada pedacinho do coração, que Adrienne a havia escolhido.

E então ela esperou.

Quase todos os dias, os simpatizantes da loja de Adrienne paravam para admirar o progresso de Sylvia.

— Mal posso esperar para adquirir o meu cartão de empréstimo na biblioteca — comentou Jules Romains.

— Vou conseguir um antes de você — retrucou André Gide.

Sylvia ainda custava a acreditar que aqueles grandes homens das letras francesas eram seus amigos. E em breve seriam seus primeiros clientes.

Numa tarde, no início de novembro, Valery Larbaud, o bigodudo com rosto de bebê, levou para Sylvia um punhado precioso de soldadinhos de brinquedo de sua coleção, que ele organizava com muito cuidado entre casas, árvores e outras paisagens artesanais em miniatura em seu apartamento de solteiro na rua Cardinal Lemoine, a cerca de dez minutos a pé da loja.

— Estes serão seus protetores — explicou ele a Sylvia enquanto lhe apresentava sua criação. — E, se acha que *você* não precisa deles, pense que são guardiões dos livros.

— Fico honrada, Larbaud! E a Shakespeare é grata pela proteção.

Os dois riram, e ele ficou para ajudar a colocar os livros nas prateleiras e tomar um chá.

Sempre que podia, Cyprian passava por lá, embora sua agenda de novos filmes a mantivesse muito ocupada, assim como o namoro com um editor de tabloide semanal que usava monóculo e que conhecera no bar da rua Edgar-Quinet.

— Se não fosse por causa dela, eu ficaria mais brava com você por me evitar, irmã — disse ela a Sylvia.

Sylvia sorriu, embora se sentisse mal por ter visto tão pouco Cyprian desde seu retorno a Paris, dado o turbilhão da abertura da loja.

— Ter uma companhia teve um efeito maravilhoso na sua disposição, irmã querida.

À medida que o dia da inauguração se aproximava, Sylvia se sentia cada vez mais inquieta. Ela acordava antes do nascer do sol, o que era muito cedo considerando o horário em que ia dormir, depois de ficar até tarde com Adrienne, mas o fogo em suas veias não permitia que pregasse os olhos. Ela se levantava e andava pelas ruas, estudando as vitrines das lojas, fumando e anotando as ideias num caderninho com capa de couro. Quando as *boulangeries* abriam, Sylvia era a primeira da fila, para que pudesse acordar Adrienne com um pão crocante cheirando a fermento e calor. Embora Sylvia dormisse numa cama pequena num estúdio minúsculo — um cômodo um pouco maior do que um quarto com alguns armários, um fogão a gás e uma caixa térmica — que ficava atrás da sala dos fundos oficial da livraria, agora que ela e Adrienne tinham as chaves uma da outra, as duas circulavam livremente entre os endereços. Era quase como viver em três lugares: no número 8 da rua Dupuytren e nos números 7 e 18 da rua do Odeon.

Numa daquelas manhãs no início da segunda semana de novembro, Sylvia comprou dois croissants de damasco além da tradicional baguete — uma pequena celebração pela inauguração de sua loja dali a alguns dias.

Quando abriu a porta no topo da escada e entrou no apartamento de Adrienne, sentiu o cheiro de café já pronto, bem como o de leite fervendo, do jeito que gostava.

— *Bon*. — Adrienne pegou a baguete das mãos de Sylvia. Os dedos roçaram um no outro, quase se entrelaçando em torno do pão, e Sylvia sentiu um arrepio percorrer seu braço. — Nosso pequeno ritual continua.

— Eu também não pude resistir a estes — comentou Sylvia, entregando a Adrienne o saco de papel com os croissants.

Adrienne olhou dentro da embalagem e abriu um sorriso largo para Sylvia.

— São meus favoritos!

Eu sei.

— Também tenho um presentinho para você — revelou Adrienne antes de sair correndo da cozinha para o quarto.

Sylvia ficou nervosa. Os croissants dificilmente eram um *presente* — ela vinha refletindo sobre o *petit cadeau* perfeito para agradecer a Adrienne pela ajuda, mas não conseguira pensar em nada muito apropriado.

Adrienne voltou apressada para a cozinha segurando um pacote do tamanho de um livro embrulhado em papel pardo e amarrado com uma fita branca.

— Eu é que deveria lhe dar presentes — disse Sylvia, envergonhada.

Adrienne fez um gesto com a mão e falou:

— Isso é algo de que você *precisa*.

Sylvia pegou o pacote e viu que o embrulho de papel pardo fora carimbado por Maurice Darantiere, um tipógrafo em Dijon que Adrienne contratava ocasionalmente para publicar pequenos volumes das palestras de Larbaud, da poesia de Paul Valéry e de outras obras curtas de um punhado de seus escritores favoritos sob o nome de *Les Cahiers des Amis des Livres*.

O laço se desfez com um puxão suave, e Sylvia manteve a fita escorregadia entre os dedos enquanto rasgava a embalagem até revelar uma pilha de cartões pesados com as palavras "Sylvia Beach" gravadas no topo e "Shakespeare and Company, Paris" logo abaixo.

Ela chegou a abrir a boca, mas não conseguiu dizer nada. O que se viu foi uma avalanche de lágrimas quentes e mortificantes em seus olhos.

— Darantiere era o predileto de Suzanne, e ela gostaria que você tivesse o melhor.

— Gostaria mesmo? — Uma oração sussurrada ao santo padroeiro.

— Sim, gostaria. — Adrienne assentiu, sorrindo, parecendo incrivelmente alegre com a lembrança de seu amor perdido.

— Obrigada — agradeceu Sylvia, tanto para Suzanne quanto para a mulher diante dela.

Ela agarrou o papel liso em suas mãos úmidas na esperança de que o suor não o estragasse.

Adrienne pôs as mãos sobre as de Sylvia, deu um passo à frente e encostou seus lábios nos dela. Sylvia pôs os cartões na mesa da cozinha e, com a mão direita, tocou a bochecha de Adrienne, como desejava fazer quando se conheceram e em inúmeras ocasiões desde então. Adrienne fechou os olhos ao toque de Sylvia, que enrolou os dedos no cabelo da outra e a puxou para perto de si o suficiente a ponto de sentir seus seios contra os dela. Inundada de desejo, beijou Adrienne com mais vontade e sentiu o gosto de leite, café e geleia. A língua de Adrienne deslizou sobre os lábios de Sylvia, que correspondeu enquanto descia a mão pelas costas da outra.

Quando Sylvia pensou que as duas se deixariam levar pelo momento, como acontecia nos livros que ela lia, mas que nunca acreditou verdadeiramente que pudesse acontecer com ela, Adrienne murmurou e deu um passo para trás.

— Ainda não, Sylvia. Eu quero você, mas... em breve.

Embora cada nervo parecesse estar à flor da pele, roçando contra as roupas, contra o *ar*, fazendo-a quase gritar, Sylvia disse:

— Tudo bem.

Em breve. *Em breve*. Ela sabia, como às vezes também sabia o que aconteceria na próxima página de um livro, e a ansiedade era uma tortura extraordinária.

Adrienne pegou a mão de Sylvia e a apertou.

— Estou tão feliz por você estar aqui. Você é como a fênix que surgiu das cinzas. Você me dá muita esperança.

Sylvia não conseguiu evitar dar uma gargalhada.

— Fico lisonjeada, Adrienne.

— Às vezes, um mundo precisa acabar antes que um novo comece — disse ela, e desta vez Sylvia tinha certeza de que Adrienne estava falando de coisas muito maiores: seu longo caso com Suzanne, a guerra e, agora, as lojas das duas; toda a vasta extensão do futuro diante delas, entre dois pequenos quarteirões de Paris.

CAPÍTULO 4

—Calce os malditos sapatos — ordenou Cyprian, empurrando o calçado de couro vermelho para Sylvia.

— Eles são muito... *vermelhos*.

Cyprian suspirou e revirou os olhos.

— Ah, pelo amor de Deus, Sylvia, você está abrindo a única livraria de obras em língua inglesa de Paris. Durante semanas, ficou preocupada achando que ninguém iria aparecer na inauguração da loja. E agora finge que não quer que as pessoas *reparem em* você?

— É irônico, não é?

Ela queria, sim, que as pessoas reparassem nela. Mas não nos seus sapatos.

— Roupa é armadura, irmã. Você pode precisar disso hoje.

Sylvia olhou para os sapatos que a irmã balançava entre as duas e se lembrou de o quanto ela sempre os admirara nos pés de Cyprian. Como seria usá-los?

Com um suspiro exagerado, pegou os sapatos e os calçou. Eram surpreendentemente macios e confortáveis, e quem dera houvesse um espelho no pequeno conjugado na parte de trás da loja para que ela visse como tinham ficado.

— Agora, sim — elogiou Cyprian, acendendo outro cigarro com satisfação.

— Você vai passar na loja amanhã? Para a festa?

— Quantas vezes já falamos sobre isso? *Pare de se preocupar.* Vou ver você muito em breve. Tente dormir um pouco.

Que conselho ridículo... Sylvia se revirou a noite toda e não conseguiu cochilar por duas horas completas, que dirá dormir de fato. Finalmente, às seis da manhã, ela desistiu, se agasalhou para se proteger do frio de novembro e saiu com seus sapatos de caminhada à procura de um café cremoso e um croissant. Assim que Sylvia se sentou e acendeu um cigarro, Adrienne estava de pé em frente à mesa. O calor subiu para as bochechas; fazia três dias que o beijo havia acontecido e, desde então, Sylvia se sentia tímida perto de Adrienne, e a palavra *quando* pulsava em sua mente como um mantra perturbador.

— Achei que fosse encontrar você aqui — disse Adrienne.

Sylvia sorriu.

— Eu não queria acordá-la tão cedo assim.

— Não consegui dormir.

— Nem eu! — *Quando?*

— Eu fiz cinco dúzias de *macarons* — contou Adrienne enquanto se acomodava na cadeira de madeira do outro lado da mesa.

Sylvia arfou.

— Ontem à noite?

Adrienne assentiu. Sylvia empurrou seu café para a amiga.

— Você precisa disso mais do que eu. Tudo o que fiz foi virar de um lado para o outro.

— Tive que fazer algo com todo o nervosismo. E pensei que poderíamos servi-los na festa.

Adrienne já havia cozinhado e assado diversos pratos para a festa de inauguração; Sylvia não fazia ideia de como um grupo iria comer tantos mousses, biscoitos, compotas e doces, mas agradeceu.

Depois de uma segunda rodada de café e croissants, elas repassaram a programação do dia pelo que parecia ser a centésima vez, e, quando estavam terminando, um jovem alto e robusto se aproximou da mesa. Suas bochechas pálidas e macias tinham manchas vermelhas, e Sylvia não tinha certeza se eram por conta do frio lá de fora ou de nervoso por dar um oi.

Assim que Adrienne o viu, ela se levantou da cadeira e o abraçou, cumprimentando-o com os usuais beijinhos.

— Michel! Que ótimo vê-lo fora da *boucherie*.

— Costumo parar aqui antes de abrir o açougue. Mas admito que nunca imaginaria vê-la aqui tão cedo, Adrienne — observou ele numa voz baixa e rouca, que soava mais adulta do que sua aparência.

Sylvia supôs que ele provavelmente tinha uns vinte anos, embora sua voz soasse como a de alguém mais velho.

— Michel, esta é minha amiga Sylvia Beach, dos Estados Unidos. Ela está abrindo uma livraria com obras em inglês na rua Dupuytren hoje, e vamos dar uma festa mais tarde. Você precisa ir.

O rosto de Michel ficou ainda mais vermelho, e ele abriu um sorriso largo, de uma forma tão sincera que o coração de Sylvia se apertou um pouco.

— Inglês? Consigo falar e ler um pouco — disse ele a Sylvia *en anglais*.

— Que maravilha — replicou ela em sua língua materna, perguntando-se como o menino teria começado a falar e ler em inglês. Ah, havia muitos mistérios a desvendar na Shakespeare and Company! — E, sim, você deveria ir. Seria um prazer recebê-lo.

— Você tem algum livro de Siegfried Sassoon?

— Tenho.

Sylvia assentiu, explodindo de curiosidade a respeito do motivo de o jovem açougueiro Michel perguntar sobre o famoso poeta de guerra inglês.

— Conheci Wilfred Owen — explicou ele calmamente, e Sylvia compreendeu.

Owen fora aprendiz de Sassoon, e, embora muitos de seus poemas sobre a guerra tivessem sido publicados em periódicos, ele não tinha nenhum livro publicado porque morrera em batalha apenas uma semana antes de o armistício ser assinado. Ali na França, aos 25 anos.

Ela assentiu com reverência.

— Ele era um bom homem — acrescentou Michel, com os olhos piscando e encarando o chão.

Logo depois, atrás do balcão do café, alguém deixou cair o que parecia ser uma bandeja com xícaras e pires. Num único movimento amplo, Michel agarrou seu casaco e o puxou sobre a cabeça enquanto mergulhava no chão e se aninhava entre os joelhos de Sylvia e Adrienne. Se a mesa fosse grande o suficiente, ele estaria embaixo dela.

Os olhos de Adrienne se encheram de lágrimas, e ela gentilmente colocou a mão nas costas de Michel.

— Está tudo bem. Foi só a louça que caiu.

Aos poucos, ele se ergueu e ficou em pé e, desta vez, embora Sylvia achasse que ele tinha pouco mais de um metro e oitenta, naquele momento parecia um menino pequeno, envergonhado.

— Desculpe — pediu ele. — Força do hábito.

— Vou guardar uma cópia do *Counter-Attack*, de Sassoon, para você — prometeu Sylvia. — E tenho outra coisa em mente também.

Michel assentiu em agradecimento e seguiu seu caminho em silêncio.

— Ele é um dos meninos mais legais que conheço — comentou Adrienne, com a voz carregada de emoção.

— Sim, dá para perceber.

— Crescemos juntos, não muito longe daqui. Mas aquele lugar, aquele mundo... não existe mais. Tem sido mais difícil para ele do que para mim aceitar tudo. Ele se sentia cômodo antes; eu, não.

— Você parece tão cômoda neste mundo — observou Sylvia, pensando consigo mesma que ela teve que ir até Paris para sentir o tipo de conforto generalizado e simples de que Adrienne parecia desfrutar.

— Bem, eu o criei, então espero que sim. Tive ajuda, é claro. Rinette, Suzanne e meus pais sempre apoiaram muito minhas ideias estranhas.

Ideias estranhas.

— Como assim?

Com as palmas para cima e gesticulando com cada uma das mãos como se equilibrasse uma balança, Adrienne respondeu:

— Meu amor pelos livros, a viagem para Londres, a loja e, sim, até mesmo o meu... — seus olhos esquadrinharam o ambiente, observando todos no café, antes de sussurrar: — safismo.

— Você já conversou sobre isso com eles? — perguntou Sylvia, em um tom mais baixo.

— Não. — As palmas estavam para fora agora, afastando o próprio pensamento. — Mas eu não acho que Michel fale sobre as namoradas com os pais dele também.

Sylvia riu.

— Você tem razão. Tem sido quase a mesma coisa para mim. Na minha família, quer dizer. Meus pais e minha irmã mais velha, Holly, não fazem perguntas maldosas e difíceis sobre homens, e nunca sugeriram que eu me casasse. É a mesma coisa com Cyprian. Mas os Estados Unidos são muito menos tolerantes do que a França. Em Nova York, seria um crime se eu amasse...

Você, quase disse ela, mas conseguiu se conter a tempo. No entanto, não precisava continuar, porque Adrienne havia entendido.

— A França aceita no papel, na lei. E muitas famílias como a minha aceitam os amigos especiais dos filhos e filhas. Mas ainda assim... — Adrienne fez um gesto de *mais ou menos* com a mão.

— Bem, os Estados Unidos estão tendo dificuldades até no papel.

— É uma pena.

— *Oui*.

Sylvia balançou a cabeça para se livrar da repentina nuvem carregada que pairava sobre ela.

— Bem, obrigada por compartilhar seu mundo comigo.

Adrienne riu.

— *Chérie*, você está construindo o meu mundo comigo.

Quando?

Ela enfim estava começando a ficar impaciente.

﹡

Sylvia tinha certeza de que se lembraria para sempre do momento em que ela e Adrienne pararam na frente da Shakespeare and Company, pouco antes das nove da manhã, satisfeitas após o generoso café, chaves em mãos, prestes a abrir as portas e as venezianas pela primeira vez.

— Sei que você só deveria abrir às dez, mas...

— Eu sei, também não aguento esperar.

Houve um silêncio glorioso naquela primeira hora, enquanto Sylvia olhava para seus desenhos de Blake e as páginas de Whitman, ambos emoldurados e pendurados num pequeno pedaço de parede entre as prateleiras bem encaixadas. Naquela mistura de cheiros — de papel, tinta e couro —, ela pensou com o peito cheio de fumaça e orgulho: *Isto é meu. Eu fiz isso.*

Ela mal teve tempo de se preocupar se alguém iria à loja antes que esse "alguém" chegasse na forma de Rinette, a irmã de Adrienne, acompanhada do marido Paul-Emile Bécat e do amante Léon-Paul Fargue, o poeta que carinhosamente se referia aos frequentadores da loja de Adrienne como *potassons* — um jogo de palavras com *potasser*, que significa "aprender ou estudar muito" — usando o verbo com um inclusivo "nós", "*nous potassons*", para falar do círculo de amigos deles. Mas *potasser* não era uma palavra tão comum quanto seu sinônimo *étudier*; portanto, havia certa exclusividade embutida no termo. Sylvia se sentia honrada por ser a única *potasson* estadunidense.

O resto do dia foi um borrão de pessoas entrando e saindo da Shakespeare and Company. A loja dela! A maioria eram os *potassons*, que passavam para dizer oi, obter um cartão de empréstimo, comprar um exemplar ou dois, e prometiam voltar para a festa mais tarde. Mas também havia um número razoável de moradores locais que compareceram por curiosidade, como revelou *monsieur* Desautel, um médico da vizinhança:

— Tenho observado e me perguntado o que algo chamado Shakespeare and Company poderia ser.

Assim que o sol se pôs e a noite de outono nasceu, Adrienne e Rinette começaram a trazer as bandejas de comida que a livreira francesa preparara. Sylvia ficou maravilhada novamente com a quantidade, a pura generosidade de tudo, e se perguntou se isso, tanto quanto a angústia de Michel no café naquela manhã, seria uma espécie de resposta à guerra — um enfático *oui, merci* ao fato de que eles poderiam, de novo, desfrutar de uma verdadeira orgia gastronômica.

Ela calçou os sapatos de Cyprian e acendeu um cigarro, dando as boas-vindas aos convidados à medida que chegavam. Foi então que Michel apareceu, e cumprimentou Sylvia como uma velha amiga, com beijos na bochecha e um pedido de desculpas pelo atraso.

— Ia vir mais cedo, mas decidi que deveria ir para casa primeiro e lavar as entranhas.

— Atrasos não existem, e seja bem-vindo! Guardei o Sassoon para você. Mas, primeiro, tome uma taça de vinho.

Milagrosamente, muitos compareceram à festa, e a multidão de pessoas comendo e bebendo se espalhou pelas ruas.

— Quando você vai fazer o seu discurso? — perguntou-lhe Cyprian quando a lua brilhava forte e a festa chegava ao seu auge.

— Pare de besteira. *Um discurso?*

— Sylvia, você precisa dizer algo — concordou Adrienne.

Ela engoliu em seco, e de repente esse gesto foi doloroso. Sem dar à irmã mais tempo para pensar, Cyprian bateu com uma colher de prata na taça de vinho, e a nota soou como um sino de igreja distante, acalmando todos em ondas até atingir o silêncio.

Muito pequena para ser capaz de ver alguém além dos que estavam à sua frente, Sylvia olhou ao redor à procura de algo para se apoiar. Onde estava o maldito banquinho que ela usava para empilhar livros nas prateleiras mais altas?

Adrienne avançou com ele e o posicionou na frente de Sylvia com grande confiança. Assim que ela subiu no banco, a multidão aplaudiu. Em vez de empolgação, no entanto, veio um nervosismo profundo. Olhando para baixo, ela viu os sapatos de Cyprian em seus pés; então, ergueu o rosto e se deparou com o olhar firme e encorajador de Adrienne. Sylvia respirou fundo.

— Obrigada a todos por virem esta noite. É muito importante para mim ver tantos velhos amigos e encontrar tantos outros novos...

Ah, meu Deus, por que não me preparei para isso? Num instante, ela viu Michel e soube o que deveria dizer em seguida.

— Há quase um ano, os Estados Unidos, a Grã-Bretanha e a França assinaram um tratado que pôs fim a uma guerra como nossas nações nunca antes tinham visto. Mas *liberté, égalité et fraternité* triunfaram, e aqui, um lugar de intercâmbio entre os pensamentos inglês e francês, podemos desfrutar dos regalos da paz: literatura, amizade, conversa, debate. Que possamos apreciá-los por muito tempo e que eles, em vez de armas de fogo e granadas, se tornem as armas de novas rebeliões.

Um coro de "apoiada", "*salut!*" e "parabéns!" tomou conta de todos, e — com um rubor de orgulho e nervosismo — Sylvia desceu para se perder mais uma vez na multidão.

Assim que encontrou tempo, ela puxou a manga de Michel e o presenteou com dois livros.

— O Sassoon é um presente — disse ela —, e o Whitman é um empréstimo da biblioteca. Devolva quando tiver terminado de ler. Estou curiosa para saber se você gosta dele.

Michel deu um sorriso que teria derretido qualquer ponta de gelo de um telhado em Nova Jersey.

— Obrigado, *mademoiselle* Beach.

— Sylvia.

— Sylvia. — Ele assentiu. — Não dê muitos livros, *s'il te plaît*. Quero que continue no ramo.

— Pode deixar. Eu também quero isso.

Se não fosse pelo prazer de relembrar da noite numa conversa animada com Adrienne, Cyprian e Rinette, a limpeza teria parecido durar uma eternidade.

— Eu avisei que comeriam tudo — observou Adrienne com orgulho enquanto embrulhavam os poucos restos esfarelados do banquete.

— Meu Deus, você se atreveu a duvidar das tentações culinárias da minha irmã? — Rinette riu. — Estou surpresa que tenha escapado de tal questionamento com vida!

Cyprian riu com entusiasmo daquilo tudo.

— O segundo nome de Sylvia é Questionamento.

— Minha dúvida não tinha nada a ver com a qualidade da comida — explicou Sylvia. — Eu só não imaginava que tantas pessoas viriam.

— Eu imaginava — replicou Adrienne com um olhar demorado para Sylvia, o que deixou seu coração em chamas.

À meia-noite, lá estavam as duas sozinhas na loja enfim arrumada.

— Obrigada, Adrienne. Não há formas suficientes no mundo para agradecer.

Adrienne pegou a mão de Sylvia e olhou para ela, aqueles olhos azul-claros sob as sobrancelhas escuras; os lábios, um contraste escuro e delicioso no rosto pálido e perfeito. Tantos contrastes. Sylvia pensou que poderia olhar para Adrienne para sempre sem nunca ficar entediada. Ela se perguntava o que Adrienne via em seu rosto.

Para a surpresa de Sylvia, Adrienne levou sua mão à boca e beijou a palma, depois cada dedo, fechando os olhos como se estivesse desfrutando de sua guloseima favorita. Sylvia também fechou os olhos, a pele formigando a cada toque dos lábios e da língua de Adrienne. Ela não tinha ideia de que poderia haver tantos *sentimentos* justo em suas mãos. *Suas mãos*. Quando ousou abrir os olhos, deslizou os dedos suavemente para segurar a bochecha de Adrienne. Deixou os dedos se entrelaçarem àquela juba de cabelo escuro. Então, de olhos abertos, Adrienne se inclinou em direção à Sylvia, e as duas se beijaram. Começou devagar, como uma busca, e a sensação dos lábios de Adrienne nos dela fez todos os nervos de seu corpo se aflorarem. Logo, seus olhos estavam fechados, e os braços, enrolados firmemente em volta uma da outra. Os beijos passaram a ser como verdadeiros desbravamentos. Tudo o que elas não sabiam uma da outra até aquela noite seria descoberto agora, ao que parecia. Os dentes se chocaram, os suspiros se misturaram, e os dedos começaram a abrir botões e zíperes.

De casacos abertos para resfriar o corpo com o ar da noite de novembro, elas conseguiram ir da loja até a cama de Adrienne, na qual caíram madrugada adentro na exploração que deixou Sylvia quente, exausta e dolorida. Adrienne era magnífica — firme sob sua pele lisa e macia, confiante em cada toque e lambida. Ela inspirou Sylvia a ser mais ousada do que nunca, deslizando as mãos por baixo e entre as roupas, membros, dobras, saciando uma fome que ela negara durante toda a sua vida.

Sylvia nunca soube que poderia sentir tanta alegria assim na própria pele. Era sobre *isso* que todos escreviam. Ela não conseguia se lembrar da última vez que, em comparação com a vida real, os livros pareciam triviais. Já tinha sido assim antes? Agora que ela sabia, não havia como voltar atrás.

CAPÍTULO 5

As horas de prazer na cama com Adrienne depois que cada uma delas fechava sua loja deram a Sylvia a sensação de que o mundo — ou pelo menos o mundo dela — estava irreparavelmente diferente. Até Cyprian percebeu. Antes de retornar aos Estados Unidos, no início de 1920, quando seu contrato estava prestes a vencer, ela observou:

— Nunca vi você tão *envolvida*.

Apaixonar-se por Adrienne mudou até mesmo a maneira como Sylvia lia. Em vez de admiração e dor ao ler passagens sobre o amor e os desejos do corpo, o sentimento era o de que fazia parte daquele mundo, ungida nele por Adrienne. Ela agora podia realmente sentir nas veias as liberações que Stephen Dedalus tanto temia e ao mesmo tempo ansiava em *Um retrato*. Com um apetite recém-descoberto, Sylvia começou a ler e reler os trechos serializados do novo romance *Ulysses*, de Joyce, que ela vinha examinando com interesse na *The Little Review* no ano anterior. Mais uma vez, a história se passava em Dublin, embora Sylvia tivesse lido que Joyce não visitava o próprio país havia anos e era um exilado, não muito diferente do herói da *Odisseia*, de Homero, obra na qual *Ulysses* se inspirara tão brilhantemente.

Joyce trouxera Stephen de *Um retrato* e lhe dera um amigo mais velho e otimista, Leopold Bloom. Descrevendo cada palavra, pensamento e movimento de Stephen e Leopold em mínimos detalhes ao longo de um único dia — 16 de junho de 1904 — na capital irlandesa, o novo romance de Joyce parecia querer explodir cada superfície protetora da vida moderna com a mesma certeza com que granadas tinham detonado cidades e trincheiras por toda a Europa. Quer seu personagem estivesse sentado na privada do lado de fora da casa ou discutindo sobre *Hamlet*, Joyce não poupou detalhes, e colocou o vulgar e o sublime no mesmo patamar. Aquele era um livro que não permitia concessões e era inabalável em sua descrição perspicaz das mentes e corpos de Stephen e Leopold.

A insistência do romance em revelar detalhes completos e verdadeiros também foi o que gerou polêmica na Inglaterra e nos Estados Unidos, onde periódicos com os capítulos publicados foram apreendidos pela Sociedade para a Supressão do Vício de Nova York, chefiada por John Sumner, e rotulados como obscenos. Margaret Anderson reclamara disso em seus editoriais na então recente edição da *The Little Review*, e Sylvia compartilhava de sua indignação. Ela conseguia compreender por que alguns leitores poderiam não querer acompanhar Bloom numa privada externa, mas proibir isso de ser dito? Os leitores precisavam despertar para a chocante honestidade do livro tanto quanto para a ousadia de sua prosa, pois nos desafios da obra reside sua maior verdade: *o mundo como o conhecíamos acabou, e é hora de algo inteiramente novo*. Joyce não tinha só abolido as aspas de sua escrita, às vezes também desrespeitava as convenções dos períodos e dos parágrafos, a fim de entrar da forma mais profunda possível na mente de seus personagens — na qual, afinal, a gramática não existe. Era mesmo um romance da época. Ela se perguntou o que um leitor como Michel pensaria disso — será que se identificaria com a maneira como *Ulysses* estava ressignificando as coisas?

Ela perdia o fôlego e se sentia viva a cada vez que erguia os olhos de um dos fascículos da *The Little Review*, e as cartas que recebia dos Estados Unidos apenas reforçavam sua sensação de que o livro de Joyce era necessário. Sua amiga de infância Carlotta Welles lhe escreveu:

Não consigo ACREDITAR que a lei Volstead entra em vigor no primeiro mês do novo ano. É completamente chocante e absurdo. Meu Deus, todo mundo que conhecemos acumulou nos porões uma quantidade de bebidas alcoólicas que vale para uma geração inteira. Alguns até cavaram porões apenas para acomodar tudo. Como essa mudança pode ser para melhor? Quando eles vão aprender?

E a mãe disse:

Não vejo a hora de visitá-la em Paris, minha querida. Temo que este país tenha finalmente sucumbido aos seus instintos mais primitivos. A ganância está cada vez mais difundida. Seu pai faz sermões sobre isso a todo momento, mas suspeito que os homens saiam da igreja com suas esposas no domingo pela manhã e vão trabalhar na segunda-feira para rezar para o deus Plutão. Quem dera a lei Volstead visasse conter a avareza em vez da embriaguez.

Até Cyprian observou um conjunto semelhante de problemas:

Sinto sua falta, querida irmã, e de Paris também. Nova York está cheia de hostilidade e medo. Os políticos irlandeses fingem que suas famílias nunca foram imigrantes enquanto fazem lobby por restrições mais rígidas aos conjuntos habitacionais; as pessoas ainda têm medo de pegar a gripe espanhola, e os correios estão roubando periódicos e romances e os jogando no incinerador. Qualquer coisa, ainda que minimamente interessante, leva nossos compatriotas a uma preocupação excessiva, e isso está sufocando todas as artes, incluindo o cinema.

Parecia que a classe dominante nos Estados Unidos queria banir qualquer coisa que ofendesse seu senso de decoro e, portanto, qualquer livro, peça, filme, organização, atividade ou pessoa que sugerisse o vício ou exemplificasse uma vida diferente daquela estampada nas ilustrações confortáveis do *Saturday Evening Post* corria o risco de ser silenciado. A ironia é que a própria supressão criou mais daquilo que eles temiam — mais anarquismo, marxismo, protestos e inquietação —, e foram livros como *Ulysses* que buscaram abrir mentes em vez de fechá-las.

Bem, Sylvia pretendia estocar *Ulysses* quando fosse lançado em livro e encorajar todos a lerem as publicações até que o livro saísse. *Na verdade, farei o melhor para promover todos os escritores neste projeto moderno de escrita honesta*, ela jurou a si mesma. Felizmente, a quantidade deles parecia estar crescendo.

Todos na margem esquerda conheciam a excêntrica escritora e colecionadora de arte da Califórnia Gertrude Stein, cuja coleção de pinturas de Cézanne, Matisse, Gauguin e outros mestres das últimas décadas era famosa. Qualquer pessoa que fosse na boêmia Paris acabaria sendo convidada para jantar e falar sobre a nova escrita e o caminho a seguir nas artes.

O próprio Picasso era um visitante frequente, assim como Jean Cocteau, que também costumava ir à loja de Adrienne. Sylvia se perguntava se a srta. Stein algum dia se dignaria a entrar em sua lojinha; ela supunha que a estadunidense que havia muito vivia em Paris arranjara maneiras de adquirir livros em sua língua materna, e por isso era muito provável que não precisasse da Shakespeare and Company. Ainda assim, Sylvia esperava que sua crescente reputação e os amigos em comum fossem o suficiente para seduzi-la a entrar na loja. Seria uma espécie de batismo.

— *Madame* Stein — disse Adrienne com deferência exagerada ao ouvir Sylvia expressar esse desejo enquanto descascavam batatas, lado a lado, na pia da cozinha. Naquela noite, Adrienne fazia seu *gratin dauphinois*, e Sylvia estava com água na boca só de pensar no prato. — Ela é mais reservada, não? Ou melhor, é do tipo que as pessoas têm que ir até ela? Ela não é muito *flâneuse*. Isso é o que Cocteau me conta.

— Ouvi a mesma coisa. Mas posso sonhar, não é?

— A aprovação dela logicamente conferiria uma certa... seriedade à loja, é verdade. E quanto à *madame* Wharton? Ela também inspiraria outros estadunidenses a visitarem a livraria?

— *Peut-être*, mas ela não mora mais em Paris, não é? Ela mora numa propriedade em Oise, creio eu, e passa o inverno na Riviera. Talvez ela seja muito sofisticada para uma lojinha desorganizada como a minha.

— *C'est vrai*. Quando ela morava no número 7 da rua de Varennes, às vezes eu a via em eventos, e ela parecia muito mais burguesa do que boêmia.

Sylvia tocou sua taça de Sancerre na de Adrienne e disse:

— *Vive la bohème*.

As duas se beijaram, e Sylvia sentiu o toque em cada átomo de seu ser.

※

Num dia quente de junho de 1920, a ilustre *dame* Stein enfim entrou na Shakespeare and Company com Alice Toklas. Sylvia viu imediatamente que Alice era o contraponto de Gertrude em muitos aspectos: eficiência versus languidez, magreza versus corpulência, cabelo escuro com o corte da moda versus cabelo grisalho num corte curtinho. A própria Gertrude era uma figura imponente, não apenas por sua altura e circunferência, que ela sabia usar bem, como por seu vestido simples, cinza, e o modo como suas bochechas rosadas pareciam presas numa eterna expressão carrancuda, mesmo quando ela sorria. Os olhos escuros se fixaram em Sylvia como os de uma águia.

— Boa tarde — disse a srta. Stein, indo direto para a mesa em que Sylvia estava separando a correspondência do dia, tentando pensar num cumprimento que não fosse muito obsequioso, e se perguntando se a srta. Stein seria capaz de identificar que ela também estava num relacionamento com uma mulher.

Cyprian uma vez lhe deu um monóculo para usar apenas nessas ocasiões, pois seu uniforme, composto de saia e jaqueta, não dizia nada sobre ela, a não ser que não podia comprar roupas modernas e que gostava de se vestir de forma sóbria. Mas ela não tinha certeza de onde estava o pequeno monóculo. *Não há nada que possa ser feito agora.*

Sylvia alcançou o cinzeiro para repousar o cigarro fumegante e estender a mão a ela.

— Olá. Sou Sylvia Beach, mas pode me chamar de Sylvia.

— E eu sou Gertrude Stein. Gertrude. — Ela apertou a mão de Sylvia com firmeza. — Esta é Alice Toklas. Alice.

Sylvia e Alice também se cumprimentaram e sorriram educadamente.

— Ouvi falar da sua loja — revelou Gertrude, olhando com admiração à sua volta. — Você certamente tem muitos livros aqui. Mais do que eu esperava.

Sylvia não tinha certeza do que Gertrude esperava encontrar na Shakespeare and Company, mas assentiu.

— Obrigada. Fazemos o melhor que podemos para manter as prateleiras cheias.

Como se puxada por um ímã, Gertrude caminhou em direção aos livros do final do alfabeto. Sylvia viu os olhos da escritora piscarem em direção aos próprios livros nas prateleiras, e se sentiu aliviada por todos estarem lá, exceto um.

— Emprestei meu único exemplar de *Tender Buttons* na semana passada, e estou aguardando a chegada de novos para vender.

Gertrude assentiu silenciosamente e depois seguiu para a esquerda, em direção às primeiras letras do alfabeto. Alice se ocupou com os periódicos expostos perto da janela da frente e pegou a última edição da *The Dial*.

— Você não tem nenhum John Fox Jr. — observou Gertrude, depois de examinar as prateleiras. — *The Trail of the Lonesome Pine* é um grande romance.

Sylvia mal podia acreditar no que estava ouvindo. O best-seller dos Apalaches? Solicitado pela mais importante escritora urbana de vanguarda de seu condado. Sylvia pensou que a srta. Stein estava zombando dela. Seria porque a própria Gertrude era do oeste dos Estados Unidos, o que, para Sylvia, parecia uma extensão selvagem e indomada, que lhe soava tão estrangeira quanto Madagascar?

— Vou fazer o pedido — prometeu Sylvia, sentindo que era a resposta mais segura.

— Excelente — replicou Gertrude cordialmente, cruzando as mãos diante de si com um ar satisfeito. — Então, Sylvia, diga-me, o que a motivou a abrir esta loja em Paris? Suponho que não seja apenas a nossa vida noturna.

Ah, então eu não precisava daquele monóculo. Sylvia notara que a referência entre as mulheres à vida noturna da cidade muitas vezes descrevia o que se encontrava na rua Edgar-Quinet, ou nos bairros de Pigalle e Montmartre.

Sylvia sorriu.

— Eu gosto da vida noturna, mas você está certa; foi mais do que isso. Vi uma lacuna aqui na cidade e quis preenchê-la — contou ela, surpresa com como a explicação era simples, apesar de a verdade envolver uma centena de outros momentos com Adrienne, Suzanne, Cyprian, a mãe, uma vida inteira de leitura e um ano da infância em Paris que a mudou para sempre.

Gertrude assentiu.

— Eu mesma já vislumbrei a ideia uma vez, admito. Mas prefiro escrever frases a vendê-las.

— Ter uma livraria é muito mais do que vender frases. É pôr as frases certas nas mãos certas.

Como Michel, que amou Whitman e voltou em busca de mais. Sylvia o estava aproximando cada vez mais de Joyce, Eliot, Williams e outros escritores novos importantes.

— É verdade — replicou Gertrude com um ar de dúvida.

Sylvia percebeu que Alice, ainda em silêncio em meio aos periódicos, mas atenta a cada palavra, suprimiu um sorriso malicioso.

Temerosa de que pudesse ter atropelado a curta resposta de Gertrude, Sylvia acrescentou:

— E eu não sinto nada além de gratidão pelos escritores que redigem essas frases. Elas mudaram a minha vida.

Pela primeira vez, Sylvia percebeu que era estranho, mas abrir a Shakespeare and Company praticamente extinguira seu desejo juvenil de se tornar escritora. O fato de os pais apoiarem seu esforço ajudava. Os dois escreviam cartas expressando o orgulho deles e fazendo todo o tipo de pergunta sobre o funcionamento da loja.

— A frase está passando por grandes mudanças.

Sylvia quase caiu na gargalhada. Ela concordava totalmente com Gertrude, mas aquilo parecia muito professoral vindo da escritora.

— Também sou grata por isso — disse Sylvia, empregando seu tom solícito. — Sou uma grande leitora do seu trabalho, srta. Stein... Gertrude... e acredito que seu projeto com a língua inglesa seja extremamente importante.

— Vejo que você tem todos os periódicos que assino.

— Tento me manter atualizada.

— E qual é o seu favorito?

Um teste.

— Ah, não conseguiria escolher só um, mas digamos que eu tenha uma queda pela *The Little Review*.

Gertrude franziu a testa.

— Sim — replicou de forma arrastada. — A srta. Anderson ajudou com muitos artistas que admiro, e as fotos de Man Ray que ela reproduz são especialmente boas. Mas agora está publicando material daquele irlandês James Joyce.

— Sim, *Ulysses*. É uma pena que os correios dos Estados Unidos continuem confiscando os exemplares com os capítulos do autor. Nunca tenho certeza se vou receber o novo trecho.

Embora fosse evidente que Gertrude Stein tivesse uma opinião diferente sobre o trabalho *daquele irlandês*, Sylvia não pôde deixar de mostrar seu entusiasmo; isso lhe proporcionou um pouco da mesma emoção de passar bilhetinhos na escola.

— Posso não gostar das páginas de Joyce, mas concordo que os correios estadunidenses estão exagerando. A censura não é compatível com a democracia. Ou com a arte.

— Não, não é.

Sylvia sorriu, feliz por ter algo em que concordavam totalmente.

— Acho que é hora de pegar um dos seus cartões de empréstimo — declarou Gertrude.

Sylvia fez um cartão da biblioteca apenas para Gertrude, e não para Alice, e, depois de procurar um pouco mais, sua nova cliente analisou uma cópia de *The Letters of George Meredith*.

— Você sabia que ele foi indicado ao Prêmio Nobel *sete vezes* e nunca venceu? — perguntou Gertrude.

— Minha nossa. Não sabia. Sete?

Stein bateu com os nós dos dedos no volume de cartas.

— Queria saber se ele diz algo sobre isso aqui.

— Depois me conte, por favor.

Quando Gertrude Stein e Alice Toklas partiram, Sylvia sentiu uma pontada de empolgação percorrer seu corpo. Uma verdadeira celebridade literária visitara sua loja! Foi um dia importante, e Sylvia se sentiu leve durante o resto do dia.

— Foi assim que me senti quando Romains foi à minha loja pela primeira vez! Como se eu tivesse chegado lá! — exclamou Adrienne naquela noite enquanto compartilhavam outra de suas deliciosas refeições: costeletas de cordeiro acompanhadas de arroz com cenouras. Havia uma salada de legumes em conserva de entrada e, em seguida, queijo e laranjas espanholas.

Sylvia estava feliz por não ter sentido fome durante a maior parte do dia, pois não poderia comprar as roupas novas de que precisaria se comesse tão bem quanto naquela manhã e naquela noite.

— É quase constrangedor admitir a felicidade que senti — disse Sylvia.

— Mas por quê?

— Bem, na minha família, Cyprian era sempre aquela em busca de atenção. E ela conseguiu. Eu tinha inveja às vezes, mas não tinha nada a oferecer ao mundo como ela. Ocasionalmente, eu me aquecia no reflexo de sua glória, mas fico de fato mais confortável nos bastidores. Entretanto, na loja, sinto que posso ter os dois: ficar nos bastidores, mas também ter uma de minhas conquistas notada.

Ela nunca admitira nada disso em voz alta antes e, de repente, temeu qual poderia ser a reação de Adrienne.

Adrienne ajeitou uma mecha grossa do cabelo curto de Sylvia atrás da orelha, e uma corrente se propagou pelo corpo da estadunidense.

— Não tenha medo de seus talentos. Você tem muito a oferecer.

Por que Sylvia duvidava disso? Os talentos de Adrienne pareciam maiores do que os dela, como uma árvore com mais galhos e raízes mais profundas. Ela comandava a La Maison, além de publicar um periódico ocasional e escrever ensaios. E era uma chef talentosa. Sylvia também se lembrava do comentário de Cyprian um ano antes: *Adrienne me parece uma mulher de apetite, que pode se entediar com facilidade.*

Bobagem, disse a si mesma. Adrienne fora fiel a Suzanne, à loja e a seus amigos durante anos. Se ao menos Sylvia pudesse parar de se preocupar se estava à altura de Adrienne...

CAPÍTULO 6

No número 8 da rua Dupuytren, o sol do início de julho tocou as costas de Sylvia quando ela destravou a porta central de sua loja e abriu as janelas, revelando as revistas e os livros exibidos nas grandes vitrines. Ela sorriu ao ver sua pilha robusta com *Folhas de relva*, a nova edição de *Sonho de uma noite de verão* e a coleção de Sherwood Anderson, *Winesburg, Ohio*, além dos periódicos. Após abrir a loja, Sylvia se ocupou fazendo seu segundo bule de café — o primeiro fora compartilhado com Adrienne no café da manhã — no quartinho nos fundos da loja. Então, com a xícara fumegante na mão e o cigarro aceso, ela se acomodou numa das cadeiras compradas no brechó da igreja cujo estofamento verde-jade já estava quase branco e puído pelo uso, e onde agora seu traseiro repousava com um livro contábil no colo.

Ah, como ela odiava contabilidade; não era seu forte — em especial porque, bem, sendo sincera, os negócios não estavam exatamente prosperando. Ela teve êxito por uma margem muito pequena, mas não estava nem perto de ser capaz de pagar à mãe. Adrienne pediu que ela fosse paciente, pois ainda não tinha completado um ano de loja aberta, e sua mãe lhe assegurou diversas vezes que não esperava ser paga de volta, mas Sylvia não conseguiu controlar seu nervosismo. Ela achava que a Shakespeare and Company — a primeira livraria do tipo! — tomaria conta de Paris. Mas, depois de alguma fanfarra inicial, que incluiu anúncios na maioria dos jornais de Paris e alguns em Nova York e Boston, o fluxo parecia mais uns pinguinhos do que uma enchente.

Ela se demorou na análise de algumas colunas de somas, dizendo a si mesma que, se terminasse e tudo ainda estivesse calmo, fecharia a loja por uma hora e visitaria Adrienne na La Maison. Por mais tentador que fosse aquele plano, Sylvia ficou emocionada quando ele foi desestruturado pela chegada de Valery Larbaud.

— Larbaud! — exclamou ela, pulando da cadeira e quase derrubando a xícara vazia e o cinzeiro cheio. — Achei que você fosse ficar em Vichy até setembro!

Os dois se abraçaram e trocaram dois beijos nas bochechas.

— Tive que conferir algumas coisas em casa, e pensei em passar aqui para ver se você tinha o último de Millay ou algo novo de Williams.

— Não tenho nada que você ainda não tenha lido — replicou ela, sentindo aquele burburinho familiar de satisfação por conhecer seu ofício e lisonjeada por alguém como Larbaud confiar em suas recomendações.

Por mais que ela adorasse pôr o romance certo nas mãos de um visitante desconhecido e depois ter essa mesma pessoa como uma amiga que volta para buscar mais livros, havia um prazer especial em ser a portadora de leitura da língua inglesa de Paris, como Ezra Pound a havia considerado recentemente. O querido Ezra. Ele apareceu na Shakespeare and Company assim que chegou de Londres, apenas algumas semanas antes.

— O último livro de Millay ainda não chegou — continuou ela. — *A Few Figs from Thistles*. Espero ter o exemplar muito em breve.

— Reserve um exemplar para mim quando chegar — pediu Larbaud, pegando a última edição de *Chapbook*, folheando-a e parando para ler um dos poemas. Ele suspirou e então abaixou o livro. — Falando em escritores do exterior, ouvi dizer que James Joyce está na cidade.

— Como você poderia saber disso antes de mim? — perguntou Sylvia, fingindo horror.

De fato, ela se sentia um pouco menosprezada. Como ela não sabia disso? E por que ele não passara na loja? Mas Sylvia ouvira dizer que Joyce lia e falava muitos idiomas. Talvez tivesse se contentado em ler em francês enquanto estava na França. Mas ele também não tinha ido à loja de Adrienne.

Então, ela pensou: *O que eu diria se ele entrasse por aquela porta?*

— Ora, Sylvia, tenha paciência. Você sabe que é apenas questão de tempo até que ele precise do próprio exemplar de *Folhas de relva* — brincou Larbaud com um brilho nos olhos.

Ela estava descobrindo que poucas pessoas entendiam como ela podia gostar tanto de Whitman, do século XIX, quanto gostava dos supermodernos Joyce, Eliot ou Pound, cujos poemas Sylvia havia passado a apreciar mais por causa das visitas do autor à loja. Larbaud entendia Whitman, entretanto. Pensando bem, Pound também.

— Talvez eu deva enviar a ele um exemplar, com os cumprimentos da Shakespeare and Company, certo?

— Não, acho que você deveria deixar que o farol ilumine o caminho dele — respondeu Larbaud, e os dois riram.

Como se convocados pela luz do sol, mais três clientes entraram e começaram a folhear os livros, e era hora de ela vestir o uniforme de dona da loja e ajudá-los a encontrar a obra que buscavam, o volume que não faziam ideia de que era necessário, mas que poderia mudar suas vidas.

Michel passou pela livraria numa sexta-feira quente de verão, quando Sylvia estava louca por um copo de chá gelado dos Estados Unidos em sua loja abafada, ansiosa para o dia seguinte, quando fecharia cedo e iria para Rocfoin, onde os pais de Adrienne moravam num chalé charmoso com um telhado de sapê. Lá, longe do barulho e do calor da cidade, era possível nadar, colher flores silvestres e ler nas espreguiçadeiras do pátio antes de se sentar para uma refeição deliciosa que muitas vezes não passava de frutas recém-colhidas com *fromage blanc*, baguete, *saucisson sec* e um vinho tinto forte feito por um dos vizinhos. *Maman* e *papa* Monnier acolheram Sylvia como se fosse sua outra filha, e ela estava muito grata por poder passar um tempo com uma família que parecia tão à vontade e simples.

— *Bonjour* — cumprimentou Michel, com um largo sorriso no rosto coberto de suor. As mangas enroladas da camisa revelavam os braços peludos e bronzeados. — Molejas.

Ele colocou o pacote de papel pardo na mesa de Sylvia. Costumava levar algo para Adrienne cozinhar.

— Deixe-me colocar na caixa térmica.

Ela esperava que houvesse o suficiente do bloco de gelo para manter a carne fresca até o fechamento da loja. Parecia que havia, e ela pôs a mão na caixa para ter um momento de alívio antes de correr de volta para atender Michel, que folheava seu último exemplar de *Este lado do paraíso*, de F. Scott Fitzgerald. O livro estava sumindo das prateleiras; ela mal conseguia mantê-lo em estoque desde que fora lançado, em março.

— Esse é bom? — perguntou ele. — Minha irmã me pediu para comprar se você tivesse.

— É — respondeu Sylvia de maneira hesitante.

— Você não parece muito convencida.

— Estou sim. É um primeiro romance magistral e promissor — disse ela, com mais entusiasmo do que o necessário, embora de fato fosse verdade. — E vou querer saber o que você e Genevieve acham. — Também era verdade. Porém... Sylvia foi até a seção de Joyce, pegou um exemplar de *Um retrato do artista quando jovem* da prateleira e o entregou a Michel. — Mas também vou ficar curiosa para saber o que você acha deste. O romance de Fitzgerald deve algo ao de Joyce.

Ele assentiu.

— Suas recomendações sempre foram perfeitas, então confio em você.

Os dois conversaram um pouco sobre os planos para o fim de semana, e, quando ele disse evasivamente que estava fazendo *rien*, as palavras ousadas saíram da boca de Sylvia antes que pudesse impedi-las:

— Nada? Michel, você deveria estar saindo com todas as moças bonitas do bairro!

As manchas vermelhas usuais no rosto dele se juntaram para formar um rubor quente e envergonhado.

— Ah, entendo... você *está* saindo com elas!

— Não com *todas* as moças. Só com uma. Julie. É uma bailarina que admiro há muito tempo, irmã mais nova de um velho amigo meu. Finalmente criei coragem para convidá-la para jantar.

Sylvia sorriu.

— Que bom. Se ela não gostar de você, é uma idiota.

Ainda corado, Michel disse:

— É difícil, você sabe. Encontrar o que você e Adrienne têm.

Sylvia ficou surpresa e sentiu um arrepio na nuca. Seu relacionamento com Adrienne era silenciosamente aceito por todos à sua volta — pelo menos, até onde ela sabia. Como com Gertrude e Alice, ninguém fazia comentários a respeito. Embora soubesse que um observador casual poderia simplesmente presumir que duas mulheres jantando juntas eram conhecidas ou irmãs, entre seus amigos e clientes que sabiam do relacionamento, ela nunca ouvira um insulto impensado.

Mas raramente se *admitia*. Até mesmo seus pais não fizeram uma única pergunta quando ela escreveu que tinha se mudado para a casa de Adrienne na rua do Odeon "por causa da loja e para economizar no aluguel". Mas o constrangimento que ela sentiu diante de Michel foi na verdade um prazer. Sylvia se sentiu vista.

— É algo raro — concordou ela. — E, no entanto, parece acontecer todos os dias. Boa sorte com a bailarina.

— Obrigado — replicou ele.

No domingo seguinte, Adrienne e Sylvia estavam no décimo sexto *arrondissement* segurando uma garrafa de Bordeaux *blanc* suada enquanto esperavam que André Spire ou a esposa as recebessem na porta. A jornada no metrô fora longa e quente, e gotas de suor escorriam pelas costas de Sylvia sob a camisa de linho. Ela queria que estivessem em Rocfoin.

André abriu a porta, saudou-as com fervorosos *baisers* e *bienvenues* e as conduziu a seu apartamento amplo e bem iluminado.

— Entrem, entrem. Os Pound já chegaram, assim como Paul Valéry e Romains, e — continuou ele, baixando a voz, transformando-a quase num sussurro — James Joyce e a família estão aqui.

Sylvia engoliu em seco. Ela não deveria encontrar Joyce *ali*; ele deveria ir até a loja dela.

Adrienne, que deve tê-la sentido tensa, apoiou sua mão tranquilizadora no braço de Sylvia e exclamou:

— *Merveilleux!*

Um bando de crianças agitadas corria uma atrás da outra e de um gato pelos cômodos, e, antes que pudesse dizer qualquer coisa, Sylvia recebeu uma taça de vinho branco em troca da garrafa que segurava, e foi conduzida à sala de estar, onde as mulheres estavam sentadas nos sofás e cadeiras, se abanando e tomando vinho gelado. No caminho do corredor de entrada até a sala de estar, onde se encontravam as esposas, passaram pela biblioteca, e Sylvia avistou Ezra, Romains e — *era ele?* — o próprio James Joyce, todas as silhuetas escuras contra o sol do início da tarde. Era comum que Sylvia ficasse irritada quando as pessoas se dividiam em facções de acordo com o gênero, mas hoje ela estava feliz com a oportunidade de se recompor. Dorothy, esposa de Ezra, apresentou Sylvia e Adrienne à esposa de Joyce, uma mulher com um físico imponente, como uma das estátuas nuas que surgiam do mármore de Rodin, exceto que ela era mais rosada, com uma juba gloriosa de cabelo avermelhado despojadamente presa acima da nuca úmida e olhos semicerrados que lhe confeririam uma aparência sensual.

— Sra. Joyce — chamou Dorothy.

Que formais estamos hoje, refletiu Sylvia enquanto acendia um cigarro. Sylvia sabia que o nome da mulher ainda era Nora Barnacle, pois ela e Joyce não eram legalmente casados. Ouvira que os dois viviam juntos como marido e mulher havia anos, mas de uma forma iconoclasta que estava de acordo com sua escrita; o casal sempre se recusou a se render às normas sociais. Sylvia gostava disso nele, nos dois. Afinal, Adrienne e ela não podiam se casar, mesmo que quisessem; ela gostava da ideia de um casal que *poderia* se casar, mas que recusava essa convenção.

Sylvia fumava silenciosamente enquanto ouvia a sra. Joyce expressar, em seu sotaque irlandês, como estava feliz por estar entre falantes de inglês.

— Estou muito feliz por estar em Paris, mas é claro que todos nós falamos italiano melhor do que francês. — Sua voz era gutural e feminina ao mesmo tempo. — Desde que chegamos, parece que só falei com as crianças. E vocês sabem como é. Escove os dentes, penteie o cabelo; já acabou de fazer os exercícios? Estou praticando nos mercados, embora, honestamente, não ache que minhas tentativas ruins no francês sejam o que está motivando os homens nas barracas a sempre me darem os melhores pêssegos e maçãs.

Não, pensou Sylvia, pousando os olhos nos seios fartos, na pele leitosa e nos dedos delicados da sra. Joyce, *imagino que não*. Era curioso e revigorante, no entanto, que a mulher estivesse tão disposta a admitir isso. Sylvia pensou nas passagens mais vigorosas da obra de Joyce e se perguntou o quanto a sra. Joyce poderia tê-lo inspirado.

Então, pigarreando alto, a sra. Joyce mudou de assunto.

— Peço a todas que me digam o que podemos fazer enquanto estivermos aqui. E, por favor, nada de eventos literários. Quero que Lúcia e Giorgio saibam que há mais na vida do que livros.

Cada vez mais curioso, pensou Sylvia.

Dorothy e Adrienne tinham iniciado uma lista apaixonada de grupos teatrais, concertos musicais e aulas de arte e de esporte quando os homens começaram a entrar, talvez atraídos pelo aroma das ervas e da carne do almoço que vinha da cozinha.

Numa sala próxima, uma mesa de jantar tinha sido lindamente posta com prataria, taças de cristal e vasos baixos repletos de flores silvestres.

Sylvia percebeu que Joyce não estava com André, Jules e os outros, e pensou que talvez este fosse um momento para conhecê-lo livre de olhares curiosos. No caminho até a biblioteca, ela foi surpreendida por Ezra, que lhe deu um abraço apertado, ligeiramente embriagado, e sorriu quando ela garantiu que sua revista *The Dial* estava indo bem na Shakespeare and Company.

— Fico feliz em saber que todo o esforço não foi em vão — replicou ele em sua voz rouca. — E você recebeu a última edição da revista de Anderson? Fiquei me perguntando se alguma saiu ilesa dos Estados Unidos.

Sylvia assentiu.

— Recebi. Dez exemplares, na verdade.

— Excelente. — Ezra estampava um sorriso maquiavélico no rosto. Então, baixou a voz e os lábios para que somente Sylvia pudesse ouvi-lo. — Sabe, edito parte do conteúdo mais preocupante das páginas de James, mas não há muito o que eu possa fazer. Não posso tirar toda a vida desse movimento só para agradar John Sumner. E isso está se provando impossível, de qualquer maneira.

Sylvia adorava isto em Ezra: a disposição profética de afirmar que ele e os amigos estavam na vanguarda de *um movimento* que colocaria fogo em tudo e todos que existissem antes deles, e, das cinzas, ressignificariam tudo.

— Sumner parece um ogro — comentou Sylvia. — Assim como Comstock. Estou feliz de estar livre dele e de sua laia aqui.

Mas será que estava realmente livre dele? Ocorreu-lhe que, mesmo em Paris, ela foi afetada por Anthony Comstock e sua lei infame, que fora responsável pela censura de tantos escritos importantes, desde o livro de Margaret Sanger sobre o controle da natalidade até o grande romance de James Joyce. Se o serviço dos correios dos Estados Unidos, a arma de supressão favorita de Sumner, incinerou a *The Little Review* antes que pudesse chegar a Paris, não teriam ela e seus leitores sido sujeitos à mesma censura do que os de Nova York? *Pelo amor de Deus. Não há como detê-lo?*

— Só espero que ele não ponha Anderson e Heap na cadeia da próxima vez — comentou Ezra.

— *Cadeia?* — Sylvia mal podia acreditar. Óbvio que ela sabia dessa possível consequência de violar a Lei de Comstock, mas prisão parecia algo terrivelmente extremo.

— Sumner está espumando de raiva desta vez, mas ele não vai conseguir nos aterrorizar para que paremos — disse Ezra, igualmente alegre e exasperado, embora sem um traço de medo real. Ele parecia mais um general que se preparava para reunir suas tropas.

— *Bien sûr* — concordou ela. — Mas cadeia?

Ele balançou a cabeça com confiança.

— Isso nunca vai acontecer. Um dos melhores advogados de Nova York está do nosso lado. Se lembra do Armory Show? Ele ajudou a montar a exposição. Ele tem mais Cézannes e Picassos do que Stein, o que é mais impressionante, na verdade, porque ele é apenas um advogado, não um artista. John Quinn. Pais irlandeses. Ele adora Joyce.

— Parece que vocês têm sorte de tê-lo do lado — disse ela.

— Temos sorte de ter *você*, Sylvia. — Ele sorriu, e ela viu o brilho do vinho em seus olhos novamente. — Continue estocando as coisas difíceis. Tenho a sensação de que em breve cada vez mais escritores estadunidenses irão até a sua loja.

É uma merda ser um verdadeiro artista nos Estados Unidos hoje em dia.

Por mais que gostasse de conversar com Ezra, ela queria muito encontrar Joyce antes do almoço, então disse a ele que precisava ir ao toalete antes da hora de comer e saiu correndo.

Lá estava Joyce, de forma milagrosa na biblioteca, sobrenaturalmente imóvel numa cadeira de madeira. As pernas compridas estavam cruzadas e as mãos grandes, pendendo nos braços dispostos na cadeira. Sylvia se perguntou se ele já tocara piano com aqueles dedos, dois dos quais tinham anéis, nas duas mãos. A cabeça dele tinha o formato quase perfeito de um ovo, e ele olhava pela janela para uma árvore frondosa com dois tentilhões dourados gorjeando como se representassem o sentido da vida.

Ignorando o coração acelerado, ela parou ao lado da janela e pigarreou.

— Vejo que é o grande James Joyce.

As palavras de Sylvia atraíram seu interesse, e ela viu que os olhos por trás dos óculos de metal eram de um azul glorioso, com apenas a íris esquerda envolta por uma película leitosa. No entanto, não semicerrou os olhos ou teve dificuldade em vê-la, e, na verdade, ele a enervou ainda mais ao devotar a ela a mesma atenção que dedicara aos pássaros e às árvores lá fora.

— Não sei se grande — replicou ele. — Mas James Joyce está correto e basta. E você é...

— Sylvia Beach. Tenho uma livraria e biblioteca de empréstimos de obras em língua inglesa no sexto *arrondissement*. Shakespeare and Company.

Uma explosão de risadas na outra sala a assustou.

Ela estendeu a mão para apertar a de James e, quando ele aceitou, levantando-se por um momento da cadeira, ela ficou surpresa ao descobrir que a mão aparentemente forte e cheia de anéis deu um aperto muito fraco e com o punho frouxo.

— É um prazer conhecê-la, srta. Beach. A sua reputação dispensa apresentações, a senhorita sabe. — Ele fez um gesto para que ela se sentasse na cadeira que ficava ao lado dele, a alguns centímetros de distância.

Com o coração acelerado, ela se sentou bem na beirada da cadeira.

— Pode me chamar de Sylvia. E estou honrada em saber que o senhor já ouviu falar da minha loja. Espero que faça uma visita em breve.

— Tento ser um modelo de integridade para os meus filhos, *srta. Beach*. Espero que não se importe.

Sylvia sorriu. Então era por isso que Nora era a sra. Joyce. *A integridade*. De alguma forma, era difícil imaginar aquele cavalheiro fraco e lânguido em comunhão conjugal com a mulher prática e curvilínea da outra sala — ou mesmo responsável por escrever as passagens efervescentemente francas que a mantiveram acordada tantas noites. O mistério desse contraste a intrigou, e Sylvia se perguntou por que era impossível *não* imaginar que era inimaginável. Mas havia algo muito incompatível entre o sr. e a sra. Joyce.

— Conte-me sobre essa sua loja. Tenho a intenção de ir lá — pediu ele, com sua voz de tenor revelando uma mistura agradável e cadenciada de sotaque irlandês educado e sofisticação continental. *Sotto voce*.

— Bem. — Ela não sabia exatamente por onde começar ou que parte da história lhe interessaria mais. — Nós abrimos no outono passado, no final de 1919, e...

— Nós? — interrompeu ele.

— Bem, *eu*, na verdade — corrigiu-se ela, surpresa por ele ter notado a escolha do pronome. — Conhece Adrienne Monnier? A loja dela, La Maison des Amis des Livres, foi uma grande inspiração para mim, e ela me ajuda tanto na minha que muitas vezes penso na Shakespeare and Company como *nossa* loja.

O sr. Joyce assentiu.

— Não tive o prazer de visitar a loja dela, mas os *messieurs* Spire e Pound já me informaram que devo ir lá.

— Deve mesmo.

— Então irei — disse ele com um sorriso travesso. Outra surpresa.

— Sabe, Ezra... é, o sr. Pound... foi um dos primeiros e ainda é um dos meus poucos clientes nativos de língua inglesa. E ele fez mais do que comprar livros e adquirir um cartão de empréstimo da biblioteca. Ele consertou algumas das cadeiras bambas que tenho para as pessoas se sentarem. Nada balança na Shakespeare and Company por causa de Ezra Pound — acrescentou com um sorriso divertido, pois gostava de pensar em Ezra com um martelo nas mãos hábeis.

— O querido sr. Pound, sempre consertando alguma coisa.

— Ele já consertou alguma coisa sua?

— A minha vida.

— Meu Deus, é uma declaração e tanto.

— Tem a vantagem de ser totalmente verdade. O meu trabalho foi publicado por causa do sr. Pound. Estou aqui em Paris por causa do sr. Pound. Sou financiado por causa do sr. Pound. É uma pena que a sra. Joyce não seja paciente com ele por ser escritor. Talvez eu devesse tê-lo apresentado a ela como um carpinteiro.

— Teria a vantagem de ser totalmente verdade — brincou Sylvia. Um sorriu para o outro, como se estivessem compartilhando uma piada interna.

Antes que Joyce pudesse responder, um cachorro deu um latido animado e amigável de algum lugar lá fora que flutuou pela janela aberta. Joyce estremeceu visivelmente.

— O senhor está bem? — perguntou Sylvia.

Com a mão no peito em sinal de alívio, Joyce respondeu:

— Enquanto a besta estiver lá fora, como parece estar, sim. Fui mordido por um, sabe, quando era menino.

E você nunca superou isso, admirou-se Sylvia consigo mesma. Aquilo revelou algo a ela em relação ao tipo de escritor que Joyce era.

Então, de repente, a atenção dos dois foi desviada para um Ezra encostado na porta dizendo:

— Fui designado a chamá-los para almoçar, embora esteja extremamente feliz em ver que os dois se conheceram.

— *Moi aussi, monsieur Pound, moi aussi* — disse Joyce, apoiando-se em sua bengala para se levantar da cadeira, como se fosse um homem muito mais velho, não o jovem Stephen Dedalus de *Um retrato* ou *Ulysses*, que também andava com uma bengala. Ele quase não a usou enquanto caminhava até a sala de jantar, no entanto.

E Sylvia mal conseguira se mover para segui-lo. *James Joyce*. Sua breve conversa com um de seus escritores favoritos a deixou com a sensação de que os dois se conheciam havia anos. *Bem*, ela supôs, *eu o conheço há anos — se é que posso falar assim*.

A conversa no almoço foi muito divertida, Ezra tentava a todo custo encher a taça de vinho de Joyce.

— Não antes das oito — respondia o irlandês, olhando para Nora, que assentia em aprovação convicta e bebia um copo de água.

Como sempre acontecia na casa dos amigos de Adrienne, era uma reunião de semelhantes barulhentos, todos escritores de várias nacionalidades não dispostos a ceder a palavra, mas de alguma forma conseguindo tecer os próprios comentários sobre os poemas, histórias e ensaios nos periódicos recentes. Sylvia ficou maravilhada, como de costume, com a força com que Adrienne acrescentava a própria voz à conversa e com o respeito de todos que a ouviam. Nos últimos meses, Sylvia percebera que ficava mais à vontade para discutir qualquer assunto, até mesmo livros, em grupos menores; ter alguns amigos em sua loja era perfeito, enquanto Adrienne se sentia igualmente confortável na frente de um monte de pessoas barulhentas amontoadas e acotoveladas. Essa era a razão tácita de continuarem a apresentar leituras na La Maison e não na Shakespeare.

Sylvia reconheceu um pouco de si em Joyce, que ficava retraído e escutava até que lhe pedissem sua opinião. Quando isso acontecia, todos lhe prestavam a devida atenção, do que ele nitidamente gostava. Na verdade, Sylvia achava que ele talvez falasse de forma deliberadamente lenta para se certificar de que cada palavra pronunciada fosse compreendida, algo que ela nunca faria, pois falava tão rápido que as pessoas costumam pedir que desacelerasse.

Depois de um comentário particularmente astuto de Joyce sobre os últimos poemas de Yeats, Ezra brincou:

— Bem, suponho que tal erudição seja consequência de não ser um beberrão.

Ele disse isso afavelmente, mas Sylvia pôde detectar a irritação de bêbado. À mesa, ela e Adrienne se entreolharam com as sobrancelhas arqueadas, e Sylvia se perguntou o que esse almoço, essa apresentação oficial de James Joyce no círculo do Odeon anunciava. Se o barato da empolgação em suas veias fosse algum prenúncio, seria grande.

Mais tarde, tomando conhaque com frutas no apartamento delas, com as pernas entrelaçadas no sofá enquanto bebiam e liam, Adrienne deixou o livro de lado.

— Ele é um Jesus *torto*, não é?

Sylvia ergueu os olhos.

— Quem? — perguntou ela, genuinamente confusa, pois Ezra, a quem ela sempre se referia como um profeta, não era de forma alguma torto. Sempre se sabia qual era a intenção dele.

— *Monsieur* Joyce.

— Como assim?

— Bem, as histórias da bebedeira dele são lendárias, *non*? E ainda assim ele não bebe antes das oito da noite? E a escrita é dissoluta, mas seu comportamento é tão burguês. A esposa, porém, *oh, là, là*! É magnífica.

— Adrienne! — Sylvia enrubesceu ao perceber que seu amor tivera o mesmo tipo de pensamento em relação à esposa de Joyce. De alguma forma, parecia ilícito.

— Não fique com ciúme, *chérie*. Você sabe como eu amo seu *petit corps*. E, de qualquer maneira, *madame* Joyce odeia livros. Outra coisa estranha e tortuosa em relação a ele. Como pode um homem das letras, um escritor de seu calibre, se casar com alguém que nunca leu uma palavra de seus escritos?

— Nem todo mundo quer compartilhar o que dividimos — comentou Sylvia.

Adrienne se apoiou nas mãos e nos joelhos, avançou como um gato, e pairou sobre Sylvia, com o rosto a centímetros de distância. Abaixando a voz, ela disse:

— E ele é como Jesus porque busca discípulos. Ele ficava mais feliz quando todos estavam prestando atenção em cada palavra que dizia.

Adrienne estava certa, mas Sylvia não queria falar; ela queria o calor entre elas para fazer sua amante esquecer a forma de qualquer outra mulher. Sylvia levou as mãos aos seios de Adrienne, abundantes em comparação com os dela, e, delicadamente, com a parte de trás dos dedos, tocou os mamilos por cima da blusa. Adrienne fechou os olhos e a beijou com força e intensidade enquanto abaixava os quadris e os pressionava contra os de Sylvia. E, num instante, havia só as duas no mundo.

CAPÍTULO 7

*F*oi *horrível, Sylvia, simplesmente horrível. Toda Nova York estava um caos, com pessoas correndo para casa, empurrando carrinhos de bebê e agarrando crianças, gritando por suas esposas e mães. Alguns homens começaram a correr direto para o perigo. Foi extraordinário. E momentos antes tinha sido um dia superclaro, azul e revigorante.*

Embora o atentado tenha sido no centro de Wall Street, consegui ouvi-lo até próximo da Union Square. Os jornais especulam que foi obra dos anarquistas, mas ninguém sabe ao certo. Se foram os anarquistas, quem pode de fato culpá-los? Eles são sobretudo imigrantes, que, por sua vez, são responsabilizados por tudo, o que é igualmente culpa daqueles que estão no topo e não ajudam os imigrantes; em vez disso, acabam nos usando como bodes expiatórios perfeitos enquanto comem e bebem no Waldorf como se não houvesse problemas reais que precisam ser resolvidos, problemas em que o dinheiro poderia ajudar. Só espero que o atentado chame a atenção de alguém importante que seja capaz de fazer algo em relação ao conflito na cidade...

A carta de Carlotta deixou Sylvia apreensiva. Ela tinha lido sobre o atentado de setembro semanas antes num jornal, e sua primeira reação foi uma saudade surpreendente de casa, um desejo profundo de estar fisicamente perto dos amigos estadunidenses enquanto eles se recuperavam do horror e da indignidade daquele ato chocante de violência. Ela não queria incomodar os amigos franceses com seus sentimentos, porque o que eram 38 pessoas mortas em Nova York em comparação aos milhões de mortos na França durante a guerra? E como Nova York parecia tão distante do número 8 da rua Dupuytren, a sensação passara.

Agora, porém, ao ler os pensamentos de uma amiga cujos sentimentos e ideais políticos há muito eram tão similares aos dela, o atentado parecia muito próximo. A carta de Carlotta também tocou nos mesmos sentimentos de injustiça que os ataques à *The Little Review*, os mesmos sentimentos que a luta pelo sufrágio feminino acendeu quando ela era mais jovem — talvez porque tivesse ouvido reclamações semelhantes de sua família e amigos em cartas desde o início de 1920 e agora diretamente de estadunidenses expatriados que tinham encontrado a Shakespeare and Company durante sua jornada. Todas essas tensões começavam a soar familiares, ecos e prenúncios de um mesmo tema.

Sylvia começou a ficar nervosa e sentia a necessidade de *fazer* algo, de se rebelar contra as forças enfadonhas e de censura em ação nos Estados Unidos. As proibições, o esquadrão de Sumner de combate aos vícios, o sentimento anti-imigração, a supressão de ideias anarquistas e outras ideias "estrangeiras" — para Sylvia, tudo parecia parte do mesmo problema geral com os Estados Unidos. O problema que fazia escritores como Pound fugirem do país. "Os Estados Unidos são um lugar horrível para se ser artista hoje em dia", dissera ele.

Mas o que ela poderia fazer estando em Paris? Apoiar edições proibidas de periódicos controversos como *The Little Review* tinha sido um começo — quando ela os recebia intactos. Mas devia haver algo mais.

— Por que você não escreve algo? — sugeriu Adrienne.

— Eu não acho que diria nada além ou diferente do que Margaret Anderson, Ezra, Larbaud e Spire já tenham dito. Eu quero *fazer* alguma coisa.

Fazer foi a forma como ela causou o maior impacto em sua vida: batendo em portas, distribuindo cobertores, cultivando o solo.

— Mais vozes falando contra a injustiça fortalecem a causa — argumentou Adrienne. — Mais é sempre melhor nesses casos. E tenho certeza de que você diria algo diferente. Você é você, não Pound ou Spire.

A fé de Adrienne em Sylvia a deixou ao mesmo tempo orgulhosa e nervosa. A própria Adrienne compunha ensaios e poesia, e eles eram lindamente escritos e bem recebidos. Ela também publicou trabalhos curtos de seus amigos em *Cahiers des Amis des Livres*. Adrienne costumava deixar a La Maison aos cuidados de uma assistente para passar algumas horas com seus livros e máquina de escrever, revisando os romances mais recentes ou defendendo a igualdade das mulheres nos liceus. Era um equilíbrio difícil que Sylvia não invejava; ela descobriu que preferia passar o dia inteiro em sua loja com os livros e as pessoas dos livros. Mas ela não queria que Adrienne pensasse que ela não aprovava suas escolhas.

— Eu sei — replicou ela devagar e com cuidado. — E você poderia escrever o ensaio mais eficiente sobre o assunto, tenho certeza. Eu simplesmente não... me sinto motivada a escrever sobre isso sozinha. Mas quero ajudar a tornar a situação melhor.

Adrienne ficou olhando para ela por um longo momento, e Sylvia se perguntou se, em algum lugar em sua mente, ela a estava comparando a Suzanne. Suzanne também não escrevera. Teria sido isso uma frustração para Adrienne?

Por fim, Adrienne pôs a mão sobre a de Sylvia e a apertou com firmeza.

— A oportunidade certa aparecerá — disse ela. — Assim como a rua Dupuytren.

Havia algo que ela pudesse fazer para acelerar o processo?

Cerca de uma semana depois de receber a carta de Carlotta, Ezra Pound apareceu. Era início de outubro, e ela não o via desde o almoço na casa de André Spire, em julho, embora Joyce tivesse se tornado uma presença quase diária na Shakespeare and Company, para a alegria de Sylvia. Eles seriam capazes de passar horas juntos fazendo jogos de palavras e jogando conversa fora sobre viagens, livros e amigos em comum. Com ele, as atividades mais mundanas se tornavam literárias: ela fumava seus cigarros *com elegância*, os *macarons* de Adrienne eram *como poesia*, ele implorava aos clientes que lessem os poemas de Whitman *devotamente* sempre que ela colocava um volume de *Folhas* nas mãos de alguém. Ele era tão brilhante quanto sua escrita sugeria. Mais, até. Houve momentos em que ela teve que se lembrar de que aquela era sua vida real, que *James Joyce* era seu amigo, que ele gostava dela o suficiente para ir à sua loja e passar uma ou duas horas quase todos os dias da semana.

A chegada de Ezra à loja foi preciosa em parte por causa de sua raridade. Em vez de conversar com ela sobre os últimos livros expostos, ele imediatamente começou a testar as mesas e cadeiras — o que naquele dia foi excelente, porque ela acabara de adquirir uma nova mesinha que havia sido abandonada numa estrada de terra e precisava de reparo. Poucos minutos depois de sua chegada, ele estava deitado no chão, olhando para a parte inferior da antiguidade, tentando determinar o problema e a possível solução para a instabilidade enquanto perguntava:

— Você ouviu as últimas notícias sobre *Ulysses*?

— Não, me conte! Deve ser muito recente, porque Joyce esteve aqui dois dias atrás e não comentou nada.

— Ah, ele deve saber há pelo menos uma semana.

— O que houve?

— Vai acontecer um julgamento.

— O quê? *E ele não me contou?*

Ela se sentiu magoada, como uma criança excluída de um jogo de pega-pega. Ezra saiu de baixo da mesa para se sentar e explicar.

— No dia seguinte ao atentado em Wall Street, John Sumner se rebaixou a ponto de entrar na Washington Square Bookshop com o propósito expresso de comprar a última edição da *The Little Review* que trazia o episódio de Nausícaa de *Ulysses*. Em seguida, enviou o esquadrão de combate ao vício para prender Josephine Bell, dona da loja, por vender pornografia. E agora ela e as duas editoras da *Review*, Jane e Margaret, estão sendo indiciadas por obscenidade nos tribunais de Nova York. John Quinn as está defendendo.

— Não!

— Sim!

E, com isso, Ezra voltou para baixo da mesa, onde começou a arrancar algo com grande esforço.

Sylvia ficou lá, de boca aberta e punhos cerrados ao lado do corpo. Acabou encontrando palavras para perguntar:

— Josephine Bell não é casada com o sócio da loja? Eggie Arens? Por que ele não foi preso também?

— Ele devia não estar lá quando a polícia chegou.

Ezra finalmente puxou tudo o que precisava soltar com um grunhido e um "Eureca!".

Sylvia duvidava muito que fosse coincidência o marido de Josephine não estar presente quando a prisão ocorreu, nem era uma coincidência três mulheres estarem sendo julgadas. Ainda que Ezra fosse instruído quanto a diversos assuntos, ele não era muito feminista, e ela não sentiu vontade de desafiá-lo naquela manhã. Se havia uma coisa que ela aprendera fazendo campanha pelo sufrágio, era que ficar quieta às vezes era tão importante quanto falar. E também havia algo em seu peito que ainda doía por saber que Joyce não se dera o trabalho de lhe contar nada daquilo. Seria porque ela era mulher?

Sylvia acendeu um cigarro e tragou tão fundo que quase tossiu.

— E por que Sumner fez isso no dia seguinte ao atentado? Não consigo imaginar que tenha sido uma coincidência.

— Concordo. Sumner odeia qualquer coisa que venha de fora dos Estados Unidos. Qualquer coisa real. Qualquer coisa nova. Ele está atrás de Joyce há anos, apenas por ser irlandês, se quer saber minha opinião.

Claro. Porque, embora metade de Nova York fosse irlandesa, eles eram irlandeses *estadunidenses*. Os irlandeses do Tammany. Agora que estavam no controle, não podiam tolerar de onde tinham vindo. *Os imigrantes sempre parecem ser os culpados*, escrevera Carlotta. Ezra elaborou essa ideia com algo que ela não tinha pensado.

— E, de qualquer maneira, Joyce parece muito mais continental do que irlandês. Talvez até russo. *Um quê de Trotsky*. Nossa! Deus o livre. E a escrita de Joyce está tão acima de alguém como Sumner que tenho certeza de que ele não consegue deixar de odiá-la porque é inteligente o suficiente para perceber que não a entende.

Ele pôs um novo prego na mesa. Quando terminou, deu um suspiro.

— Não ajuda o fato de que Margaret e Jane uma vez apoiaram Emma Goldman.

A infame anarquista. Goldman não foi a culpada pelo atentado de Wall Street, entretanto; essa honra era atribuída a Luigi Galleani.

— Então Margaret e Jane estão na mira daqueles que apoiam a Lei de Sedição, como Sumner — disse Sylvia.

Meu Deus, existem tantas leis para manter as pessoas na linha: a de Volstead, Sedição, Comstock...

Ezra assentiu.

— Ainda tem o fato de que parte de Nausícaa é sobre masturbação, e aí vira um caldeirão de todos os preconceitos tacanhos de nossa pátria.

Masturbação? Foi chocante ouvir a palavra em voz alta e de forma tão casual. Sylvia não imaginava que algum dia pudesse dizê-la. Mas então ela pensou: *Como sou antiquada.* Esse era um dos objetivos da nova literatura: dizer aquilo que por muito tempo não foi dito. Joyce usou a palavra livremente em sua escrita. *Masturbação.* Então ela rebateu, decidindo que talvez sua amizade com Ezra pudesse sobreviver ao desafio:

— Suspeito que o problema tenha menos a ver com Leopold do que com o fato de Gerty estar disposta a mostrar a ele as calcinhas. É sempre culpa da mulher, sabe? *Madame Bovary, Ana Kariênina, A letra escarlate, Sister Carrie.*

— É — resmungou ele, sem olhar para ela.

Implacável e esperando que sua reticência pudesse ser superada, ela insistiu:

— Talvez seja pelo fato de nosso Joyce não *culpar* Gerty pela excitação de Leopold que o episódio passe a ser tão preocupante para alguns leitores, não?

— Sem dúvida — disse ele, hesitante.

Que vergonha. Ela podia ver que ele decidiu morder a língua. O silêncio evasivo era o que sempre parecia acontecer aos homens que de fato valorizavam seu relacionamento com ela. Evidentemente, eles não achavam que a amizade pudesse resistir a um debate aberto sobre questões de gênero.

Embora ela estivesse irritada, engoliu em seco e procurou uma maneira de retornar a um terreno mais amistoso para ambos enquanto terminava seu cigarro.

— O que está acontecendo com nosso país, Ezra?

— Ele está num sono muito profundo, do qual ninguém parece ser capaz de acordá-lo — respondeu Ezra enquanto rolava para fora da mesa, se levantava e a testava. Ela não bambeou.

— Obrigada — agradeceu Sylvia, olhando para a mesa com os braços cruzados. — Será que John Quinn pode ajudar a acordar essa fera adormecida?

— Espero que sim, mas ele tem reclamado amargamente sobre isso, porque tem um caso que vai lhe render muito mais financeiramente que está sendo discutido na Suprema Corte.

— Meu Deus, eu não sabia que ele era tão procurado assim. E o que nosso sr. Joyce pensa em relação a tudo isso? — *Porque ele parece não querer me contar pessoalmente.*

— O homem é um gênio, mas tão ignorante quanto uma criança em relação a esses assuntos. Enquanto ele conseguir sustentar a família, ainda que por pouco, e escrever por horas todos os dias, ele não se incomoda.

— Onde ele consegue dinheiro, afinal?

Havia um tempo ela já estava morrendo de vontade de perguntar isso, mas sempre achou que seria grosseiro; hoje, porém, estava irritada o suficiente para arriscar.

— Quinn manda algum dinheiro para ele em troca das primeiras cópias de seu trabalho. E tem Harriet Weaver.

— A sra. Weaver? Harriet? Da *The Egoist*?

Ela sabia que a inglesa estivera serializando *Ulysses* em seu periódico de Londres, assim como Margaret e Jane faziam em Nova York, mas o comentário de Ezra fez parecer que seu apoio a Joyce ia além disso.

— Ela mesma. Eu os apresentei anos atrás. Ela tem sido sua patrona desde *Um retrato*. Ela herdou dinheiro demais e não sabe o que fazer com ele, e acha que foi conquistado à custa do sangue dos outros; então, sua missão de vida passou a ser doar o máximo que conseguir.

Sylvia deu um sorriso dissimulado para Ezra.

— Que bom que ela tem você para ajudá-la a encontrar causas nobres para patrocinar.

— Não é mesmo?

Nesse momento, o sininho na porta da loja tocou, e quem entrou com o ar frio de outubro foi o próprio sr. Joyce.

— Por falar no diabo! — exclamou Sylvia.

Naquela manhã fria, ele vestia seu habitual sobretudo de lã pesada com a gola levantada, sapatos engraxados no fim das pernas longas e finas, o bigode e o cabelo bem aparados. Sylvia costumava pensar consigo mesma que ele era um homem bonito. Muito mais refinado do que o desgrenhado Ezra, cujo cabelo bagunçado e barba muitas vezes por fazer, atraíam as mulheres do Quartier Latin. Ela ouvira rumores de que ele estava dormindo com muito mais mulheres do que Dorothy, mas nunca tinha escutado nada parecido em relação a Joyce.

— Não vejo diabo algum. — Joyce olhou à sua volta casualmente, a bela cabeça girando lentamente acima de sua forma encasacada. — A menos que a srta. Beach tenha adquirido um cachorro desde a última vez que estive aqui...

— Eu nem sonharia com isso.

Sylvia riu, embora talvez gostasse de ter um cachorrinho na loja. A Shakespeare and Company tinha um gato tímido e preto chamado Lucky, que Joyce gostava de acariciar quando o felino se dignava a se enroscar em seu colo à tarde.

Apoiando sua bengala numa das estantes, Joyce adentrou ainda mais a loja e desabotoou o casaco. Sylvia pôs mais carvão no pequeno aquecedor dos fundos, e sentiu um nó na garganta, um questionamento que ameaçava jorrar de sua boca: *Por que você não me contou sobre o julgamento?*

— Suas orelhas estavam ardendo, senhor? — perguntou Ezra, sentando-se na mesma cadeira que havia consertado quando a loja foi inaugurada, quase um ano antes.

— "Como uma casa em chamas" — respondeu Joyce.

— Washington Irving? — indagou Ezra sobre a citação, que também era a suposição de Sylvia, de *History of New York*.

— Thomas Carlyle, eu acho.

— Típico. — Ezra balançou a cabeça.

— Independentemente de quem seja, são meus olhos que estão ardendo — disse Joyce. — Estou acordado desde as quatro da manhã.

— Meu Deus, você não dorme? — perguntou Sylvia.

— O pior problema de Ulysses é quando ele adormece — respondeu ele de forma ponderada, os olhos vagando pelas prateleiras de livros.

Ezra deu de ombros para Sylvia como se dissesse: *Está vendo? O que foi que eu falei?* Em seguida, começou a conversar com Joyce em italiano, o que irritou Sylvia, porque não sabia muito o idioma e não conseguia acompanhar a conversa. Quando percebeu que eles estavam falando sobre o julgamento de *Ulysses*, ela finalmente interrompeu:

— Inglês, por favor. Ou pelo menos francês. O destino da *The Little Review* me preocupa, pois é uma das revistas que mais vendo aqui.

Pondo a mão no peito, Joyce assentiu.

— *Touché*, srta. Beach. *Mie scuse*. Você está certa. Sr. Pound, em inglês, *per favore*.

— Eu raramente consigo praticar meu italiano. — Ezra suspirou. — Mas muito bem. Eu estava dizendo a Joyce que ele deveria escrever a Quinn e explicar em detalhes como defender o livro.

— E eu não acho que seja a minha função. Eu não sou advogado.

— Você é um *artista*. Quem sabe melhor do que um artista como discutir arte?

— Quinn me escreveu em termos inequívocos que os tribunais estadunidenses não se interessam por arte. Apenas pelo fato de meu trabalho ser ou não um caminho para a perdição. E confio nele para convencer o juiz de que não se trata disso.

Frustrado, Ezra bufou e balançou a cabeça.

— Tudo bem. Vou fazer isso. E Yeats está fazendo isso. Eu gostaria que você assumisse uma posição mais firme.

— "A primeira coisa que faremos é matar todos os advogados."

— Droga, Joyce, não estou conspirando contra Henrique IV, estou tentando ajudar.

Deleitando-se com a ironia de Ezra Pound e James Joyce lançarem uma das falas mais famosas do Velho Bill na loja cujo nome o homenageava, Sylvia entendia os dois lados: Joyce queria deixar a lei para os advogados, e Ezra queria ter certeza de que o advogado agiria a favor da arte. Mas ela odiava ver discórdia entre dois de seus clientes favoritos.

— O que me impressiona — Sylvia arriscou dizer — é que Margaret e Jane também estão bem versadas no motivo pelo qual *Ulysses* merece ser publicado. Cada uma delas escreveu de maneira comovente sobre o status da obra como arte. E arte não é pornografia.

— Seria ótimo se Quinn pudesse vê-las como qualquer outra coisa além de duas mulheres obscenas da Washington Square — retrucou Ezra.

Sylvia sentiu em seu estômago como se uma pedra estivesse rompendo a superfície de um lago. Como aquela expressão *mulheres obscenas da Washington Square* chegou até ela em Paris? Pois era exatamente assim que ela e Adrienne seriam chamadas pelos moradores de outros bairros mais convencionais se vivessem na Bleecker Street em vez da rua do Odeon. E embora ela pudesse ver que Ezra estava apenas repetindo o que Quinn dissera sobre Anderson e Heap, a falta de pudor dele em agir assim a fez tensionar o maxilar.

— Se ele as despreza tanto, por que as defende?

— Porque tem um grande respeito por *ele*. — Ezra apontou para Joyce.

Sylvia acendeu outro cigarro.

— Bem... — disse ela, percebendo de repente que já estava farta dos pontos fracos de Ezra. — Espero que ele vença.

Virando-se de costas para eles, ela se ocupou com a organização de algumas prateleiras, e Ezra e Joyce voltaram ao italiano para conversar mais antes de Ezra partir.

— Espero que não a tenhamos ofendido, srta. Beach — disse Joyce depois de alguns minutos, surpreendendo-a. — Isso eu não toleraria. A senhorita tem sido muito gentil e prestativa, e eu só poderia lhe desejar o melhor.

— Ah, tudo bem. Mas… devo admitir que fiquei surpresa por você não ter me contado sobre o julgamento.

— Eu não queria chateá-la. Isso já me causa transtorno o suficiente.

— Não sou feita de porcelana.

Joyce sorriu.

— Não, você é feita de bronze.

Ela corou, embora fosse apenas uma bajulação.

— É um bom elogio, mas o que quero dizer é que quero ajudar, sr. Joyce. E… — *E o quê? Achei que éramos amigos?* Ela parecia ter dez anos. — E é isso. Quero ajudar.

— Você ajuda ao proporcionar a minha diversão predileta em Paris.

Ela gostaria que os elogios fossem suficientes, mas não eram. Sylvia queria fazer algo, queria que a Shakespeare and Company fosse mais do que uma diversão. Queria que Margaret e Jane fossem vistas como mais do que as *obscenas da Washington Square*. Queria que *Ulysses* tivesse o maior público possível. Muitas coisas para querer. Apenas dois anos antes, Sylvia queria uma livraria. Agora ela a tinha e queria mais? Seria ganância ou ambição?

Havia alguma diferença?

— Quando se é convidado para a rua de Fleurus, é melhor ir — disse Adrienne, balançando um cartão em que Gertrude Stein rabiscara um convite para almoçar e depois pousando-o sobre a mesa com um suspiro exasperado. — Quem dera ela pudesse falar um pouco de *francês*. Afinal, ela mora aqui.

— Sim, ela trata Paris um pouco como um pano de fundo, não é?

Mas a americanidade convicta de Gertrude não foi o que incomodou Sylvia a respeito do convite. Elas já haviam estado no salão de Gertrude várias vezes, e em todas as ocasiões Sylvia notara a ausência *daquele irlandês* em qualquer conversa. Cada escritor, fotógrafo, professor e intelectual convidado por Stein parecia saber que não deveria citá-lo na presença dela.

Apesar de tudo, Adrienne estava certa: um convite para o número 27 da rua de Fleurus era como ser chamada por Maria Antonieta para um chá, exceto que Gertrude e Alice residiam não num *grand palais*, mas num modesto edifício da era Haussmann feito do mesmo calcário das lojas de Sylvia e Adrienne e de seu apartamento, bem como das casas de muitas outras pessoas que elas conheciam. Era o interior do apartamento de Stein que o tornava um verdadeiro Versalhes boêmio. A sala de visitas tinha uma dualidade única: da altura do queixo de um convidado até o piso de madeira, havia uma sala pintada em tons escuros, tomada por antiguidades de madeira que serviam para ancorar o esplendor de arte acima. Da cabeça até o teto, as paredes altas eram brancas, e delas pendiam pinturas que um dia encontrariam a glória nos museus mais importantes do mundo se a trajetória da carreira de Picasso fosse algum indicativo disso. Como a própria Gertrude gostava de lembrar a todos, ela era especialista em escolher vencedores.

"Alguns apostam em cavalos. Eu, em artistas", disse ela certa vez.

E então lá foram elas almoçar num sábado chuvoso, e Sylvia ficou surpresa ao descobrir que ela e Adrienne eram as únicas convidadas presentes. Gertrude gostava de ser o centro das atenções, e as duas livreiras e Alice dificilmente roubavam a sua. Bebendo xerez e comendo ameixas cristalizadas e fatias de queijo de cabra salgado e de sabor penetrante, elas conversaram de forma despreocupada sobre negócios e livros, e, depois, sobre filmes e peças de teatro recentes, o que aumentava o mistério acerca do convite. Sylvia até começou a sentir um peso nos ombros quando a sopa foi servida e se perguntou quando Gertrude enfim abriria o jogo.

— Como um certo sr. Joyce está aparentemente assumindo residência permanente em nossa cidade — disse ela, com uma colher de sopa de cebola suspensa no ar enquanto a nuca de Sylvia formigava —, achei que devíamos falar de maneira franca. Como mulheres. E… como curadoras.

Sylvia segurou o riso olhando para Adrienne, que estava sentada do outro lado da pesada mesa de jantar. A ironia das palavras da anfitriã atingiu de forma satisfatória todas elas, pois se houvesse casais de escritores presentes naquele dia, a maioria das *mulheres* teria ficado restrita à antessala das esposas enquanto Gertrude comandava os homens — uma prática que irritava muito Sylvia em nome das outras mulheres. Como não esposas, ela e Adrienne podiam fazer parte do cortejo de Gertrude, uma exceção que Sylvia gostava de ignorar ocasionalmente, quando ia para o sofá das esposas, pois tinha percebido que elas muitas vezes entendiam mais sobre seus escritores do que os próprios. Ao não conversar com elas, quem saía perdendo era Gertrude.

— Bem, você certamente despertou minha curiosidade — replicou Sylvia.

— *Moi aussi* — concordou Adrienne.

Alice observava com atenção por baixo das sobrancelhas escuras.

— Você já esteve com ele? — perguntou Gertrude.

Sylvia pressentiu o perigo, pois Gertrude devia saber que Joyce era frequentador assíduo da loja; ela tinha conhecimento de tudo o que acontecia entre os artistas em Paris.

— Ele aparece algumas vezes na loja — respondeu Sylvia.
— E como ele é?
Gertrude cruzou as mãos na frente da boca e esperou que mais do que seis palavras escapassem dos lábios de Sylvia.

Sylvia pensou por um momento antes de responder com uma descrição perfeitamente verdadeira, porém enfadonha, pois ela não queria que Gertrude se tornasse inimiga da Shakespeare and Company.

— Ele parece centrado ao extremo em seu trabalho, embora seus olhos fiquem muito cansados de escrever por tantas horas seguidas. E ele está preocupado em sustentar os filhos e a esposa.

— Ainda assim, ouvi falar que ele é itinerante. Um apartamento diferente a cada mês? Na Itália também?

Minha nossa, você sabe muito sobre ele, não é mesmo?

— Isso é tão diferente assim de outros artistas visitantes? — perguntou Sylvia.

— É, sim — resmungou Gertrude com conhecimento de causa e impaciência.

Sylvia tentou rir da situação.

— Bem, então me pergunto por que passo tanto tempo procurando acomodação para escritores recém-chegados dos Estados Unidos, que se hospedam em hotéis que estão muito além de suas possibilidades quando chegam aqui. Ora, ontem mesmo, encontrei um lugar no sexto *arrondissement* para um amigo de Sherwood Anderson.

— Fico maravilhada que você tenha tempo para isso.

— Nossos dias são muito cheios — disse Adrienne.

Alice sorriu maliciosamente.

— Devo admitir que não consigo ver o que há de tão novo nesse *Ulysses* de que todos falam — disse Gertrude por fim, no mesmo tom que o pai de Sylvia sempre usava com um peregrino rebelde. — Eu li todas as partes e, embora possa ver alusões em cada exclamação, não consigo enxergar genialidade ou originalidade.

Aaaaahhhhh. Agora Sylvia entendia.

— É óbvio que ele foi extremamente influenciado pelo seu trabalho, Gertrude — replicou ela, escolhendo as palavras com cuidado. — Mas com certeza você deve perceber em que ponto o estilo dos dois diverge.

— No ponto em que ele vai mais longe do que eu, você quer dizer?

— De maneira alguma — rebateu Sylvia. — Ele simplesmente usufrui de um caminho que você proporcionou.

Seria essa pequena bajulação em parte verdadeira suficiente para satisfazê-la?

Gertrude fungou, e depois ergueu os olhos para o retrato dela que Picasso pintara não muito tempo antes, a gratidão do artista por seu apoio evidente em cada pincelada corpulenta.

— Sei que muitos em nosso círculo acham estranho eu não o convidar para cá. — Gertrude desviou os olhos do Picasso para Sylvia. — Você acha isso?

Atordoada pela franqueza repentina, Sylvia só pôde ser sincera.

— Acho.

A escritora assentiu.

— Bem, talvez o acaso nos junte algum dia. Na Shakespeare and Company. Talvez eu descubra que estou errada em relação a ele. Talvez ele seja um grande gênio, um homem de família, de integridade e coragem. Um ser humano exemplar.

As suspeitas de Gertrude sobre Joyce atingiram Sylvia de maneira incômoda. Ela defenderia sua originalidade até a morte, mesmo em comparação ao trabalho de Stein, e gostava de suas visitas à Shakespeare, mas... por que ele não lhe contara sobre o julgamento? Havia algo evasivo, até mesmo desonesto, naquela omissão que a chateava.

— Mas até lá — continuou Gertrude — não procurarei estar na companhia dele.

Sylvia pensou ter ouvido Alice expirar.

Mais tarde, na cama, depois de algumas taças de vinho, Sylvia e Adrienne caíram na gargalhada.

— Você acha que, se eles se encontrarem — Adrienne soluçou —, Gertrude vai tirar seu chicote e domá-lo?

— Acho que ela vai encontrá-lo já intimidado por outra mulher.

Adrienne enxugou uma lágrima de riso.

— Você consegue imaginar o que ela diria à pobre Nora?

— *Sra.* Joyce — corrigiu Sylvia.

— *Oh! Excuse-moi!*

— E não acho que Gertrude vá dar a mínima para a presença de Nora.

Sylvia se divertiu rindo com Adrienne, embora tivesse começado a sentir câimbras no lado direito do corpo.

— Eu me sinto mal por Gertrude — observou Adrienne quando elas se acalmaram. — Ela não consegue enxergar que parcerias verdadeiras lhe trariam benefícios.

— Ela está acostumada com os protegidos — disse Sylvia, dando de ombros.

— Fico feliz que nossas lojas sejam pontos de encontro de semelhantes. — Adrienne virou-se de lado e pousou a mão na barriga macia de Sylvia, que estava ligeiramente arredondada embaixo do umbigo por causa do almoço de três pratos. — Eu não trocaria nossos livros usados por nenhuma das pinturas nas paredes dela.

Sylvia beijou Adrienne e sentiu os laços se estreitarem entre as duas.

— Nem eu.

CAPÍTULO 8

—O livro está proibido agora. — Ezra estava agitado. — Não sei com quem estou mais zangado: Quinn ou Joyce.

— Você não pode ficar bravo com Joyce — retrucou Larbaud em tom moderado. — Ele ainda não terminou. Não se pode apressá-lo.

— Ele está trabalhando no maldito livro há anos. Não vai conseguir escrever mais nada se não deixar ninguém publicar uma edição privada deste livro antes do julgamento, como Quinn sugere.

— Pensei que estivesse bravo com Quinn também — observou Sylvia, acendendo o cigarro seguinte, que já estava a postos na mão, junto com o anterior.

O expediente na Shakespeare havia encerrado, mas ninguém queria sair. Embora ela estivesse tão indignada quanto Ezra por Joyce e seu livro, no fundo, ela estava muito emocionada com o fato de sua loja — *sua loja!* — ser o local desta conversa em Paris. Adrienne correu para se juntar a eles na rua Dupuytren assim que fechou a La Maison naquela noite.

— E eu estou — replicou Ezra. — Porque ele deu uma declaração idiota na audiência. John Yeats tem escrito cartas há semanas explicando que o que *Ulysses* precisa, o que *todos* nós precisamos, é de uma defesa baseada na verdade e na beleza.

O livro de Joyce não pode ser obsceno porque é o teto da Capela Sistina. O *Inferno* de Dante. O *Jardim* de Bosch. Deve ser visto com admiração por sua dificuldade, não comparado com shows pornográficos e panfletos sujos porque o livro trata o corpo humano com um realismo perfeito e doloroso.

— Não há folhas de figueira na frente dos pênis das obras-primas! — exclamou Robert McAlmon, conhecido como Bob.

Ele era um escritor estadunidense que chegara a Paris havia pouco tempo com sua nova esposa Bryher, uma escritora inglesa. Robert logo se tornou o homem mais popular de Paris, e Sylvia suspeitou que isso tivesse algo a ver com seu bolso polpudo e o humor afiado e muitas vezes ríspido que sempre parecia paradoxalmente estranho em comparação a seu rosto bonito e juvenil.

— Exato! — exclamou Ezra, erguendo o punho no ar. — Em vez disso, o filisteu alega que o livro é *tão feio* que não é capaz de corromper. A ideia dele para a edição privada é boa, mas só porque não acredita que o livro possa de fato ser salvo.

— Não entendo — disse Larbaud. — Como uma edição privada salvará o livro?

Ezra deu um suspiro preocupado e correu os dedos pela onda de cabelo em cima de sua testa alta e enrugada.

— Quinn tentou convencer Ben Huebsch a publicar o livro antes de ir a julgamento, porque então seria um fato consumado; a obra já existiria como livro e, portanto, o julgamento de um *trecho* retirado de um periódico seria discutível. Quinn também afirma que certos tipos de cena podem existir em livros, mas não em periódicos distribuídos pelos correios, porque as Leis de Comstock só podem ser aplicadas à obscenidade disseminada pelos serviços postais. Mas Huebsch desconfia dessa lógica e se recusou a publicar o livro. Ele tem medo de acabar preso.

— Ben Huebsch? O editor que lançou *Filhos e amantes*? Ele tem medo de *Ulysses*? — perguntou Bob, incrédulo.

Ezra assentiu, atordoado.

— Ele também publicou *Um retrato* e *Dublinenses*.

— Os discípulos estão abandonando nosso Jesus Torto? — sussurrou Adrienne no ouvido de Sylvia.

Com alguma relutância, Sylvia passou a adotar o apelido que Adrienne dera a Joyce. Dificilmente ela poderia dizer que estava incorreto, e era bom ter esse tipo de código particular com ela.

— Alguém ouviu notícias da sra. Weaver, na Inglaterra? — perguntou Sylvia, agarrando-se a uma última esperança.

— Ela foi a todas as gráficas da ilha, e todos eles têm medo de imprimir qualquer coisa que contenha "cagar" e "transar", mesmo que o livro seja apenas incidentalmente sobre essas coisas — respondeu Ezra.

— Bem, quando você fala assim, consigo entender a hesitação deles — brincou Bob.

— Alguém perguntou à Hogarth Press? — indagou Larbaud, pensativo.

O coração de Sylvia se expandiu esperançosamente ao pensar na pequena editora de Virginia e Leonard Woolf em Richmond, na Inglaterra. As edições trazidas da Hogarth eram paradigmas das novas formas. Decerto os tipógrafos-autores responsáveis por *Two Stories* seriam receptivos ao romance ousado de Joyce; afinal, eles viviam — ou pelo menos foi o que Sylvia ouvira falar — livremente com pensadores ousados como Lytton Strachey e Clive Belle, assim como ela com seu pequeno grupo em Paris. Ela também notou com orgulho frustrado que todas as mulheres eram as últimas esperanças dos livros: Margaret e Jane, Harriet, e agora talvez Virginia Woolf.

— Harriet vai falar com eles — disse Ezra —, mas Eliot não tem muitas esperanças. Ele sempre considerou os Bell e Woolf ironicamente conservadores.

Sylvia suspirou. Não muito diferente de Gertrude.

— Ora essa! — exclamou Adrienne. — Não tenho paciência para essas hipocrisias! Como podem as mesmas pessoas que conceberam as duas exposições de arte mais importantes dos últimos dez anos em Londres e Nova York terem a mente tão fechada em relação a obras literárias que estão tentando fazer a mesma coisa que seus preciosos pintores?

— Não se esqueça, minha cara Monnier — disse Larbaud —, de que Londres e Nova York foram muito mais lentas do que Paris em relação às novas formas. Essas pinturas vinham nos chocando há anos e eram praticamente banais quando chocaram os ingleses. Devemos dar a eles e aos estadunidenses tempo para nos alcançar.

Ele disse isso com gentileza, até mesmo de um jeito filosófico, mas Sylvia entendeu completamente por que Ezra retorquiu:

— Não somos uma raça pagã, Larbaud.

— Claro que não — replicou Larbaud, sereno. — Afinal, foi preciso a sua Revolução Americana para agitar a nossa, e a nossa demorou muito mais para chegar. Só quero dizer que há um vaivém para essas coisas. As rebeliões não podem ser controladas e não podem ser forçadas. Elas controlam o próprio tempo.

— Diga isso a Lenin — retrucou Bob, tomando o cigarro aceso dos dedos de Sylvia e dando uma longa tragada.

— A arte é mais gentil do que a política — disse Larbaud.

— Quem dera não fosse — resmungou Ezra.

Michel entrou no meio dessa tempestade, parecendo radiante de felicidade e carregando uma pilha de livros debaixo do braço. Cumprimentou Sylvia e Adrienne e os escritores que conhecia com beijos na bochecha, e pôs seus livros sobre a mesa com triunfo.

— Estou noivo! Julie e eu vamos nos casar antes do fim do ano!

Sylvia lhe tascou um abraço.

— *Félicitations!* — exclamou ela enquanto ria.

Ezra apertou sua mão.

— A bailarina? Muito bem.

— Sim, ela gostaria de ter vindo comigo esta noite, mas tinha um ensaio.

Desde que saíram pela primeira vez, Sylvia vira diversas vezes Michel e Julie, que era dançarina principal do corpo de balé. Ela falava muito pouco inglês e era tímida na loja, mas tinha um cabelo loiro-avermelhado lindo e comprido, que parecia bem antiquado para a época, quando todas cortavam o cabelo na altura do queixo. No entanto, segundo ela, as dançarinas eram obrigadas a manter as madeixas compridas o suficiente para puxar e fazer um coque.

Bob bateu palmas para chamar a atenção de todos.

— Obrigado, Michel, por nos dar um motivo para mudar de assunto e comemorar — disse ele, como se fosse um pregoeiro. — Vou pagar a primeira rodada no Le Dôme.

Aplausos tomaram conta da loja, com todos os pensamentos sobre folhas de figueira, julgamentos e revoluções esquecidos nesse momento de sinceros parabéns e otimismo. Embora Sylvia e Adrienne não se juntassem com frequência à multidão nas noites de absinto e Pernod, elas os acompanharam naquela. Sob o brilho suave dos lustres do Le Dôme, o grupo tornou a encher as taças, primeiro com champanhe e, em seguida, com vinhos grená, e foi passando pratos de linguado amanteigado e batatas crocantes enquanto os agradáveis tinidos dos garfos e facas contra a louça ecoavam nas janelas de vidro e no piso de cerâmica. Sylvia se sentiu parte de algo grandioso naquela noite, um rio gigante que avançava de um passado que havia varrido gente como Ben Franklin, Baudelaire, Picasso, Edith Wharton e, agora, Blake e Whitman, junto a Larbaud, Cocteau, Joyce, Adrienne, *Sylvia e a sua loja*. Todos faziam parte da mesma corrente persistente, como a água do rio batendo nas rochas e raízes das árvores, ganhando velocidade e muitas vezes levando embora as coisas que ameaçavam impedir seu fluxo.

Joyce estava tão triste quanto o crepúsculo de Paris, onde durante o mês de dezembro escurecia já cedo.

— Simplesmente não está pronto — disse ele sobre seu romance, ecoando Valery Larbaud enquanto a neve fraca caía do lado de fora das vitrines da Shakespeare and Company.

Pela primeira vez, talvez por causa do tempo, havia apenas Sylvia e Joyce na loja naquela tarde. A estadunidense fizera um bule de chá, e os dois seguravam as xícaras quentes nas mãos. Ela colocou o nariz bem acima da borda, permitindo que o vapor esquentasse seu rosto gelado.

— Como eles podem condenar um livro inacabado? — lamentou ele.

— É realmente um mistério — concordou ela.

— E, se fizerem isso — disse ele, repentinamente petulante —, não vou parar de escrevê-lo. Alguém vai publicar.

Pela primeira vez, a fé de Joyce parecia infundada, e Sylvia ficou preocupada com ele. Virginia Woolf se recusara a abrir as portas de sua editora para *Ulysses*, eliminando efetivamente qualquer possibilidade de publicação na Inglaterra, e todos os editores de Nova York aguardavam o julgamento para decidir como proceder naquele momento nebuloso.

— Para ser sincero, estou mais perturbado com a ameaça da sra. Joyce de me abandonar e levar as crianças com ela.

Sylvia ficou surpresa com essa revelação pessoal, mas sua curiosidade natural sobre o escritor e a esposa, que raramente aparecia em leituras e jantares com o marido, a fez perguntar:

— E para onde ela iria?

— De volta para a Irlanda.

A melancolia em sua voz combinava perfeitamente com seus longos braços, que costumavam pender na cadeira.

— Vocês têm família lá? Pessoas que poderiam... ajudá-los?

— Ninguém de quem eu tiraria um centavo — respondeu ele, com uma ponta de orgulho e ressentimento na voz.

Sylvia sabia que Joyce vinha escrevendo para Harriet Weaver com uma frequência cada vez maior com o objetivo de obter fundos. E a santa mulher atendia. Sylvia teve de presumir que a sra. Weaver sabia pouco a respeito de como Joyce gastava seu dinheiro, e o momento no almoço de André Spire em que ele não bebeu porque ainda não eram oito da noite já era uma lembrança distante. Joyce se tornara presença constante com Bob e alguns dos outros escritores no Le Dôme e no Loup; ela inclusive ouvira uma anedota hilária de Bob e Fargue levando Joyce para casa de manhã cedo num carrinho de mão, mas talvez aquelas noites de fato começassem depois das oito da noite.

Sylvia se orgulhava de nunca julgar Joyce ou qualquer um dos outros, assim como valorizava não ser julgada por quem ela era. Por mais lento que seu progresso parecesse, Joyce passava incontáveis horas trabalhando em *Ulysses*. Quase todos os dias, quando aparecia na Shakespeare and Company, ele já estava trabalhando havia séculos, à custa de sua saúde — parecia muito pálido e magro, seus olhos estavam piores e, durante todo o inverno, lutara contra uma tosse que parecia tuberculosa. Seus dedos sempre pareciam blocos de gelo. Ela às vezes achava que ele ia à loja apenas pelo aquecimento, como muitos dos alunos em dificuldades e aspirantes a artistas que iam até a Shakespeare e a La Maison e olhavam as prateleiras por horas, humildemente pedindo desculpas por não terem comprado nada. Sylvia adotara a postura generosa de Adrienne em relação a isso: *nunca se sabe qual deles poderá se tornar o próximo Cocteau. O próximo Proust.*

— Você sabe o que Margaret Anderson me escreveu? — perguntou Joyce.

— Não, o quê?

— Que o artista não tem nenhuma responsabilidade com o público.

— Concordo plenamente com ela — disse Sylvia. — Também concordo com Jane, que escreveu um ensaio de fato magistral dizendo que a única pergunta digna de *Ulysses* é: "Isso é arte?" E é. Ótima arte, aliás.

— Bem... — disse ele, claramente gostando do elogio, mas desviando o olhar. — Obrigado pelas palavras.

Sylvia olhou para o cinzeiro cheio e se perguntou se deveria fumar outro cigarro; ultimamente, ela começara a notar uma mancha amarela nos dentes e nos dedos indicador e médio, que usava para segurar os cigarros. *Ah, só mais um.* Um momento de silêncio se passou enquanto Sylvia fumava, e Lucky saiu de baixo da mesa onde estava descansando perto do fogão e foi se aninhar nos pés de Joyce.

— Às vezes penso — disse ele, tão baixinho que ela quase não conseguiu ouvi-lo — que estou condenado a ser um exilado que irá escrever sobre o seu país de origem para todo o sempre.

— Você é o seu próprio Ulysses, então — observou Sylvia.

— Nunca muito capaz de voltar para casa. Sempre em emboscadas.

Joyce sorriu.

— E talvez também impertinente.

— Como todos os grandes escritores *devem* ser.

— Eu não mereço você. Ou Harriet.

— Bem — disse ela, com animação, na esperança de aliviar a atmosfera entre eles —, espero que seu *Ulysses* encontre um lar. O certo e o melhor. Peço que me mantenha informada.

— Farei isso. — Ele assentiu.

Se *Ulysses* pudesse ser libertado do estigma da pornografia e consagrado como literatura, um pouco da fé de Sylvia em sua terra natal poderia ser restaurada. Ela escreveria para o pai e pediria a ele para orar por isso; embora não acreditasse num homem nas nuvens comandando dramas humanos imensamente complicados, Sylvia achava a fé do pai revigorante. Sempre que ela expressava dúvida ou tristeza quando criança, ele dizia a ela que pedisse ajuda em oração, e prometia que faria a mesma coisa. A solidariedade a fez se sentir mais forte e confiante e, mesmo que não obtivesse o resultado que desejava, ela se sentia melhor sabendo que não estava sozinha em seu desejo. Isso a lembrou do conforto que os livros sempre lhe deram.

Joyce e seu romance exilado precisavam de toda a ajuda que pudessem obter. Sylvia jurou que seria uma das pessoas — uma das mulheres, na verdade — que ajudaria a encontrar uma forma de publicar o romance. *Ulysses* era uma briga na qual valia a pena entrar.

PARTE DOIS
1921-1922

E de fato haverá tempo.

Tempo para você e tempo para mim,
E tempo ainda para uma centena de indecisões,
E para uma centena de visões e revisões,
Antes de comer uma torrada e beber um chá.

A canção de amor de J. Alfred Prufrock, de T. S. Eliot

CAPÍTULO 9

Joyce cumpriu sua palavra e levou para Sylvia todas as notícias que tinha das aventuras de *Ulysses* em Nova York enquanto o inverno do início de 1921 se arrastava — ou seja, ele não levou nada para ela, exceto por um telegrama ou carta ocasional bem breve de John Quinn dizendo que estava fazendo o possível e que haveria um veredito em breve. Ainda assim, o destino do livro de Joyce passou a ser tema de conversa diária na Shakespeare and Company; a loja estava rapidamente se tornando o centro de todas as informações. Se alguém tivesse ouvido um boato — que quase sempre se revelava falso —, ele seria levado para o número 8 da rua Dupuytren, para que a informação fosse passada para Sylvia, que poderia então averiguá-la.

A maior notícia que receberam era a de que nenhuma editora estadunidense se aproximaria do romance de Joyce e, portanto, uma edição privada estava agora fora de questão. Se fosse declarado obsceno pelos juízes do Tribunal de Jefferson Market, na cidade de Nova York, seria um livro banido e com um futuro sombrio.

Joyce passou a chegar na Shakespeare and Company dizendo a Sylvia com entusiasmo exagerado:

— Adivinhe?

Na primeira vez que ele fez isso, com o rosto iluminado de ansiedade, ela sentiu o coração passar de um trote a um galope e perguntou:

— Inocentado?

E ele respondeu:

— Nada!

Ela amassou um recibo de papel e jogou nele.

Depois disso, quando ele a deixava esperançosa, ela simplesmente soprava a fumaça na direção dele com um olhar severo no rosto, e Joyce ria até tossir.

Numa curiosa reviravolta nos acontecimentos, Sylvia começou a ver a jovem noiva de Michel, Julie, com mais frequência na loja.

— Gosto de praticar meu inglês — disse ela quando Sylvia perguntou por que a moça foi para a Shakespeare e não para a La Maison, onde toda a clientela falava francês. — Além disso, Michel adorou sua loja porque você mostrou a ele muitos poetas que ele ama. É uma forma de estar perto dele, entende?

Sylvia sorriu, com o coração explodindo de orgulho. Por mais que gostasse de Julie, ela sentia falta de Michel e se perguntava por que ele aparecia tão raramente agora. Em vez disso, ele enviava Julie para comprar livros e entregar seus pacotes especiais de carne.

No fim de fevereiro, Julie ficou grávida e estava preocupada pois em breve teria que parar de dançar.

— Eu amo balé — contou ela com os olhos brilhando. — Foi a única coisa que me ajudou quando meu pai e meu irmão morreram na guerra e minha mãe foi para o convento. O balé me ajudou a sustentar a mim e a Babette. — Julie se orgulhava da irmã mais nova, que agora estava matriculada na universidade e planejava se tornar professora. — Como posso simplesmente desistir?

O melhor consolo que Sylvia poderia oferecer eram os romances de Jane Austen, livros imbatíveis para retratar as alegrias da vida familiar. Ela nunca contaria a Julie a verdade sobre o que pensava sobre o bebê e a dança: *Graças a Deus, nunca terei que fazer a mesma escolha.*

— Tenho certeza de que a maternidade oferecerá muitas outras recompensas — disse em vez disso, da maneira mais convincente que conseguiu.

— Tenho certeza — concordou Julie, resignada. — Mas você entende, não é?

A menina tremia com a necessidade de ser vista e ouvida. Sylvia segurou as mãos de Julie.

— Entendo perfeitamente. E suspeito que Michel também.

Era impossível ser um leitor tão voraz e não ter empatia.

⁂

A mãe de Sylvia foi a Paris nas primeiras semanas do ano novo e ficou entusiasmada com a Shakespeare and Company.

— Minha querida Sylvia! Que maravilha!

Batendo palmas, Eleanor Beach percorreu a loja, pegou um volume e mal olhou para ele antes que sua atenção fosse atraída para outra direção. *As páginas de Whitman são perfeitas! Ah, e os Blake! Você tem algum Rossetti?*

Sem o pai ou as irmãs presentes, Sylvia viu a mãe de uma maneira totalmente nova. Ela estava mais leve, mais animada, sempre surpreendida ou quase prestes a se surpreender — e absorta por completo nos próprios pensamentos e buscas. Sylvia pensou que poderia ser capaz de beijar Adrienne bem na frente da mãe, e Eleanor nem perceberia.

— Sua mãe é encantadora — disse Adrienne ao fim de um longo dia que incluiu uma viagem ao Museu Rodin *e* ao d'Orsay.

Embora ela ficasse de pé o dia todo na loja, Sylvia raramente sentia os músculos doerem tanto quanto depois de caminhar em museus e estações de metrô.

— Obrigada por nos fazer companhia. Foi heroico da sua parte.

— Eu me diverti muito. Eleanor é uma grande conhecedora de Paris e dos artistas. Aprendi bastante com ela hoje.

— Ela gosta de dar palestras, não é?

A mãe de Sylvia fez um discurso especialmente longo diante de *O pensador*. Sylvia poderia ter gostado mais se não fosse a quinta palestra do dia.

Adrienne riu.

— Ela gosta, mas eu gosto de aprender.

Sylvia também. E ela amava a mãe. Então, por que se sentiu tão sobrecarregada assim com o comportamento da mulher?

Eleanor se jogou na vida cotidiana da loja, e Sylvia ficou emocionada ao ver tantas coisas sendo feitas por causa do entusiasmo da mãe: a organização das obras em ordem alfabética, a limpeza e arrumação total da sala dos fundos, que tinha começado a parecer um amontoado de caixas entreabertas.

— Obrigada, mãe — agradeceu Sylvia, sentindo-se ao mesmo tempo grata e boba por não ter concluído nenhuma das tarefas semanas antes.

Olhando para a sala arrumada, ela não conseguia entender por que não tinha sido capaz de fazer nada daquilo sozinha. Outras coisas — clientes, conversas — sempre pareciam mais urgentes.

— Fico feliz em ver que você ainda precisa de sua mãe — replicou ela dando beijos nas bochechas de Sylvia. Então, mais baixinho, acrescentou: — É bom ser necessária.

Havia algo no tom da mãe que partiu um pouco o coração de Sylvia. Mas fazia sentido de um jeito doloroso. Eleanor florescia no caos de ser anfitriã e com trabalho significativo e tangível. *Como Adrienne*, ela percebeu com um estalo.

Agora que as filhas estavam todas crescidas e nenhuma delas tinha filhos que precisassem de uma avó, Eleanor ficava sozinha a maior parte do tempo. Seu marido, o pai de Sylvia, sempre fora absorvido pela paróquia e pelo ensino; exceto pelos eventos sociais que o trabalho exigia, Sylvester Beach não precisava de Eleanor para pensar, pregar e escrever. E de qualquer maneira, Sylvia sempre suspeitou que a mãe preferia falar sobre artistas a falar de Deus. Ela adorava isso na mãe.

Quando Eleanor saiu de Paris depois de duas semanas turbulentas para fazer uma viagem de trem até Florença, onde planejava visitar um de seus amigos mais antigos, ela deixou Sylvia com a loja toda arrumada e o coração confuso. Era fácil não pensar nos pais quando estava longe deles. Mas a visita a fez sentir muita falta dos dois e também os ver de forma diferente. Quem era essa mulher que a criara? Talvez fosse a hora de conhecê-la de um novo jeito.

Essa dor no peito logo foi abafada. A notícia do julgamento finalmente chegou à rua Dupuytren, quase uma semana após a decisão ter sido proferida, o que enfureceu Sylvia. Por que aquele maldito John Quinn não havia se incomodado em enviar telegramas a ninguém? *Porque ele está morrendo de vergonha*, presumiu ela. Em vez disso, foi um turista estadunidense que apareceu com uma edição de dias antes de um jornal que revelou o veredicto para Sylvia — certamente antes mesmo de Joyce saber, porque ela o vira na noite anterior, e eles haviam discutido a falta de informação.

E lá estava, em preto e branco: ULYSSES é declarado OBSCENO. MULHERES EDITORAS SE SALVAM.

Mulheres editoras. Era possível serem mais arrogantes?

A suposta defesa de John Quinn foi resumida nos jornais exatamente como Ezra previra: Quinn tentou convencer o juiz de que a escrita de Joyce era muito difícil, confusa e ofensiva em sua representação do corpo e do desejo para inspirar luxúria ou corromper alguém — em especial, não o leitor mais suscetível, preocupação aparente do julgamento.

E quanto aos leitores que realmente compreendem o livro?, pensou Sylvia com raiva. *Eles também não seriam corrompidos porque veriam sua natureza revolucionária, a beleza estonteante nas frases e a humanidade em seus personagens.*

Sylvia se sentiu tentada a queimar o jornal. Ela o guardou apenas para mostrar a Joyce.

Felizmente, não precisou ficar com as páginas por muito tempo, pois ele chegou pouco depois naquela mesma tarde, animado.

— Um excelente dia na minha escrivaninha.

Ela odiava ter que fazer o que estava prestes a fazer, mas não podia deixar de dizer a ele. Então, lhe entregou o jornal.

Fumando sem parar, Sylvia observou os olhos do escritor vagarem pelo artigo, a expressão estoica.

— Bem — disse ele num tom neutro, devolvendo o jornal a ela —, fico feliz que essa sra. Fortune de Chicago, cujo nome é apropriado, tenha pago a fiança das srtas. Anderson e Heap. Eu me sentiria muito pior se minhas duas editoras mais importantes tivessem que passar algum tempo na prisão por minha causa.

Jesus Torto, ouviu Sylvia na voz de Adrienne.

— Sinto muitíssimo. É um crime contra a literatura.

— E, no entanto, o crime é meu, pelo visto. — Joyce inspirou pelo nariz, longa, lenta e profundamente, os ombros subindo como se todo o corpo estivesse sendo inflado. Então ele soltou, quase inaudível: — Meu pobre livro.

— Não está bravo?

— Com o quê?

— Bem... Estou com raiva de Sumner, dos correios, do esquadrão dos vícios e de John Quinn por não ter apresentado uma defesa melhor, e daqueles juízes por serem irremediavelmente iletrados.

— Agradeço sua indignação, srta. Beach.

— Você também deveria estar indignado!

— Mas por quê? Você já faz isso tão bem por mim.

Ela riu, alegre e frustrada.

— O que vamos fazer em relação a você, sr. Joyce?

— Uma pergunta melhor é: o que vamos fazer com o meu livro?

As palavras saíram da boca de Sylvia antes mesmo que a ideia se formasse completamente em sua cabeça:

— Deixe-me fazer isto. Deixe a Shakespeare and Company publicar *Ulysses*.

Era como se cada conversa, cada livro que ela já lera, guardara ou emprestara, cada página emoldurada de Whitman e Blake, cada conversa que tivera com Adrienne sobre a Cahiers, cada incentivo de seus pais, tivesse levado a obra-prima de James Joyce a esse destino. Paris. Na porta dela. Na sua Ítaca.

O sorriso que ele lhe deu era amplo e irrestrito.

— Que ideia maravilhosa!

— Deixe-me verificar alguns números e esboçar alguns termos — pediu ela, tentando soar calma e profissional quando, na verdade, se sentia como uma estudante que queria sair correndo da loja e pular pela rua. *Eu, Sylvia Beach, vou publicar James Joyce!* — Podemos discutir os detalhes amanhã.

Eles deram um aperto de mão diante da bênção de Walt Whitman.

— Estou muito feliz, srta. Beach.

Sylvia não se sentia tão animada assim desde o outono de 1919, quando sabia que abriria esta loja e possível e provavelmente ficaria com Adrienne. Seu corpo transbordava uma empolgação borbulhante que ela não conseguia conter; então, saltitou pela loja e pegou um caderno novo e uma caneta enquanto fumava. A Shakespeare and Company estava prestes a reparar um grande erro, e garantiria a publicação de um *tour de force* que deveria ser leitura obrigatória, não um livro proibido. Adrienne estava certa, evidentemente — a oportunidade certa para ela promover uma mudança no mundo *surgiria*, e ali estava.

E Sylvia admitiu para si mesma que esse empreendimento também colocaria sua loja no mapa. Todos conheceriam a Shakespeare and Company após a publicação de *Ulysses*, o que garantiria seu sucesso e a tornaria o tipo de conquista que provavelmente perduraria mesmo depois que ela morresse.

Estava escuro quando Sylvia enfim ergueu os olhos das páginas carregadas de tinta de seu diário, nas quais escrevera várias equações hipotéticas dos lucros, porcentagens e custos, e anotara as ideias para comercializar o livro mesmo onde ele havia sido proibido. Especialmente nesses locais. A ideia de torcer o nariz para John Sumner e tudo o que ele representava a enchia de alegria. Os lampiões a gás projetavam a luz trêmula nas calçadas úmidas. Chovera. E ela nem percebeu. Com o colarinho levantado, correu para casa, aliviada por não estar muito atrasada para o jantar. Havia uma loja de vinhos não muito longe dali; então, ela parou para comprar uma *fillette de champagne*.

Em casa, Adrienne estava com o rádio ligado, e "Old--fashioned Garden", de Cole Porter, estalava na cozinha. Sylvia sentiu o aroma de tomilho, cenoura e carne bovina e achou que poderia morrer de felicidade naquele momento.

— Querida — disse ela enquanto entregava a Adrienne a *demi-bouteille* gelada. — A Shakespeare and Company vai mudar o mundo. E, mais uma vez, *você* é a inspiração. Preciso saber como você publica *Les Cahiers*.

Adrienne sorriu e ansiosamente pegou o champanhe das mãos de Sylvia.

— Conte-me tudo.

Enquanto Adrienne derramava as bolhas douradas em duas taças, Sylvia passou depressa pelos detalhes de sua indignação com o veredito do julgamento e explicou sua oferta de publicar o romance de Joyce.

— Eu tive que fazer isso — disse ela, sem fôlego. — Como não fazer? — Erguendo a taça, Sylvia propôs: — A *Ulysses*.

Os olhos de Adrienne brilharam de surpresa, orgulho e entusiasmo, e ela tocou a borda de sua taça na de Sylvia para que o som sobressaísse ao barulho da cozinha e à música.

— A *você*, minha querida Sylvia.

As duas deram um gole. Era o melhor champanhe que Sylvia já provara.

Durante o jantar, Adrienne explicou como comandava o aspecto editorial de sua empresa, começando com o tipógrafo Maurice Darantiere, em Dijon, e examinando o número correto de exemplares a imprimir, a forma como calcular os lucros, como coletar assinaturas de compradores interessados e como compartilhar e distribuir os rendimentos. Interessada, Sylvia fez anotações e muitas perguntas. Quando o relógio marcou um novo dia, seu caderno estava repleto de páginas amassadas e seus dedos estavam rígidos, manchados de preto. Foi a bagunça mais linda que ela já tinha feito.

Quando finalmente se levantaram da mesa da cozinha, sentindo as extremidades enrijecidas e engolindo bocejos, Adrienne se virou para Sylvia na pia.

— Eu me preocupo com uma coisa, *chérie* — disse ela com cuidado e ternura.

— *Quoi?*

— Devo falar francamente. — Ela hesitou por um momento e então falou, quase resignada: — Nosso Jesus Torto passa por dificuldade financeira. Ele não sabe lidar com o dinheiro dele nem com o dos outros. É um ótimo escritor, mas... Espero que... Bem, devemos encontrar uma maneira de proteger você e a loja. Espero que não se importe que eu diga isso. Você pode começar repensando os lucros. Setenta e cinco por cento é muito para dar a ele, e você terá uma quantidade significativa de trabalho. Deve considerar o que *você* merece.

O aviso de Adrienne reprimiu um pouco de sua alegria, mas ela sabia que a companheira estava certa. Sylvia assentiu.

— Eu sei que é verdade, embora desejasse que não fosse. Vou pensar nos setenta e cinco por cento.

Adrienne a beijou gentilmente nos lábios.

— Estarei aqui para ajudar, se precisar de mim.

— Eu sempre preciso de você.

Sylvia colocou os braços em volta da cintura macia de Adrienne, em busca de mais: pele, mãos, dobras, suspiros, exclamações. Mas Adrienne a beijou de forma pudica na bochecha e se afastou.

CAPÍTULO 10

A primeira coisa que aconteceu foi que Gertrude a condenou.

Por mais incrível que parecesse, ela e Alice se deram ao trabalho de sair do apartamento aconchegante em meio a neve derretida de março para fazer isso pessoalmente.

— Eu gostaria de devolver meu cartão da biblioteca — informou Gertrude.

— Lamento ouvir isso — replicou Sylvia, sentindo o coração disparar no peito.

Era um mau sinal, se não inesperado. Apesar disso, ela ainda se sentia extremamente confiante na decisão de publicar *Ulysses*; era a coisa certa para ela, para a loja, para a literatura. Tantas pessoas deram os parabéns, expressaram alívio e agradeceram, desde Bob McAlmon e Bryher à própria Margaret Anderson, que escreveu uma carta para Sylvia dizendo: "Eu não poderia estar mais feliz em saber que a melhor livraria fora de Nova York patrocinará este importante trabalho. Quando Joyce escreveu para me contar sobre sua oferta, Jane e eu ficamos felizes e abrimos uma de nossas últimas garrafas de espumante ilegal em sua homenagem." A aprovação deles reforçou a sensação de que ela estava fazendo a coisa certa.

Gertrude voltaria. Com certeza. De qualquer forma, inventar um pretexto para ir à Shakespeare and Company apenas para cancelar sua assinatura quando seria mais fácil simplesmente parar de frequentar o local fez Sylvia suspeitar que aquilo era mais um ataque de raiva do que uma mudança de opinião duradoura.

— A nova Biblioteca Americana em Paris atenderá melhor às minhas necessidades, imagino eu — continuou Gertrude.

Ah, sim, a nova e única concorrente de Sylvia em Paris, que abrira um ano depois dela no oitavo *arrondissement*, mais chique, perto da Champs-Élysées. Mas a biblioteca era muito institucional e não tinha o charme de sua loja. Qualquer um podia ver isso. Também ficava muito mais longe para Gertrude do que a Shakespeare. Mesmo assim, por raiva ou não, o encontro gelou um pouco o coração de Sylvia.

Ela não poderia ficar remoendo aquilo por muito tempo, pois tinha que se dedicar a tarefas urgentes, sendo a principal delas reunir as páginas de Joyce e deixá-las prontas para Maurice Darantiere, de modo a atender o planejamento da data de publicação para o outono de 1921. Ela nunca imaginara que essa parte do processo seria um desafio tão grande, mas as páginas do manuscrito estavam completamente espalhadas, rabiscadas na letra quase ilegível de Joyce — ela se perguntava se não seria a vista falha que fazia o autor presumir que sua caligrafia era melhor do que de fato era. Mas ela passava incontáveis horas analisando os rascunhos manuscritos e comparando-os às edições da *The Little Review* e da *The Egoist* e encontrando todos os tipos de discrepâncias que precisavam ser verificadas antes de começar a tarefa igualmente árdua de datilografá-los em páginas em branco para Darantiere.

O fato de Joyce fazer uso tão substancial de pontuação, parágrafos, subtítulos e coisas do gênero em sua obra não facilitava o trabalho dela. Cada letra, vírgula e ponto e vírgula simplesmente tinha que estar no lugar correto para que *Ulysses* fosse apreciado pela obra que era.

— É tão irônico — disse ela a Adrienne, com os olhos turvos numa manhã, enquanto bebia um café forte e fumava — que algumas das coisas que mais amo neste livro sejam o que me levará à loucura.

Adrienne riu.

— Você é mais forte do que isso, *chérie*. — Empurrando um prato de torradas e geleia caseira na direção de Sylvia, ela acrescentou: — Aguente firme.

Algumas noites, quando ouvia as badaladas da meia-noite, seus olhos doíam de tanta concentração e Adrienne já tinha ido para a cama, Sylvia se perguntava se o lucro de um terço que ela enfim decidira manter seria suficiente. No entanto, com a mesma rapidez com que surgiam, ela empurrava aqueles pensamentos mesquinhos para longe. Lucro não era a motivação de Sylvia; ela precisava cobrir os custos, mas qualquer dinheiro que ganhasse voltaria para a Shakespeare and Company. Não era seu objetivo enriquecer, e uma carta de seu pai que chegara em momento oportuno lhe lembrou disso.

As parteiras são tão essenciais para o plano de Deus quanto a criação, pois sem essas almas corajosas e altruístas que trazem uma nova vida ao mundo, ninguém poderia prosperar. Siga em frente, filha. Sua mãe e eu estamos muito orgulhosos de você.

Quando estava quase perdida, Cyprian voltou a Paris para fazer um filme.

— Na hora certa! — exclamou Sylvia, dando um abraço apertado na irmã na entrada da loja.

Foi muito bom ver um pedacinho de casa no meio do novo caos em sua vida. A irmã parecia um colete salva-vidas que lhe atiraram em alto-mar.

Assim que Cyprian se instalou num hotel em Montparnasse, as duas se encontraram no Loup, e, enquanto comia uma salada de ervilha no início da primavera, Sylvia desabafou sobre seus problemas.

— Tentei datilografar sozinha um pouco, para colocar tudo num rascunho coerente para a gráfica, mas simplesmente não tenho tempo. Você pode me ajudar, querida irmã?

Cyprian, expansiva e corada de felicidade por estar de volta a Paris, prestes a participar de um trabalho emocionante nas telas, apertou a mãos da irmã.

— Nada me faria mais feliz. Sou um gênio da datilografia, você sabe. Quando voltei a Nova York, tive que aceitar alguns empregos de secretária e, acredite, ninguém tem uma caligrafia pior do que um contador de Wall Street sob pressão.

Sylvia colocou as mãos no rosto da irmã e beijou sua testa.

— Estou tão aliviada! Obrigada.

— Você também deveria pensar em ter um assistente na loja, se não se importa que eu dê minha opinião. Você parece muito esgotada. Quando foi a última vez que teve uma noite de sono decente? Quando foi a última vez que penteou o cabelo, por falar nisso? E amanhã vou levá-la para comprar um vestido novo.

— Não tenho dinheiro para pagar um vestido, Cyprian. Ainda mais se eu contratar um assistente, e devo admitir que estive pensando mesmo nisso.

Ela vinha pensando nisso havia semanas. Um infeliz efeito colateral da publicação de *Ulysses* foi que o funcionamento diário da loja começara a parecer prosaico. Foi emocionante se lançar num projeto para o qual tivera que aprender muito — os meandros da impressão, o processo de escrever para livrarias, colecionadores e outros escritores para fazerem a assinatura do romance, a redação de avisos para jornais para que publicassem sobre o progresso do livro e obtivessem publicidade gratuita. Para a surpresa dela, eles publicaram! Um punhado de repórteres locais se interessou pelo livro de Joyce porque era proibido, e a publicação por parte de Sylvia do romance "obsceno" era igualmente interessante por ser o primeiro livro da Shakespeare and Company. A história até atraiu uma jornalista estadunidense chamada Janet Flanner, que, de Paris, enviou matérias para a *The New Yorker*.

— É uma pena que você seja um passarinho tão minúsculo, porque poderia pegar emprestadas algumas das minhas roupas — observou Cyprian.

Sylvia sorriu.

— Eu ainda tenho seus sapatos vermelhos da grande inauguração da loja.

— Você já os usou de novo?

— Uma vez. Para ir a um show no Le Chat Noir.

Cyprian balançou a cabeça.

— Não aguento você. Se sua loja se tornar mundialmente famosa, você terá que me deixar vesti-la.

— Por quê? Para que você não fique envergonhada da sua irmã mais velha se ela for fotografada para a *Vanity Fair*?

— Exato.

— Se você conseguir datilografar *Ulysses* direito, vamos fazer uma viagenzinha até a Printemps.

— Combinado — disse Cyprian, gargalhando como uma vilã de vaudeville.

No entanto, Cyprian mal havia começado a datilografar quando invadiu a Shakespeare and Company agitada, perturbada e soluçando com as páginas amassadas nas mãos.

— Eu não consigo — lamentou ela.

Embora a última coisa que Sylvia quisesse fazer fosse consolar a irmã melodramática, ela lembrou que Cyprian estava lhe fazendo um favor; então, a abraçou e murmurou:

— Querida irmã, como posso ajudá-la?

— Você pode dizer a este seu Jesus Torto que não é de se admirar que ele esteja ficando cego. *Eu* estou ficando cega e não aguento mais.

O tom de nervosismo da irmã era um presságio e, por um instante, Sylvia teve dificuldade para respirar. Nem sua irmã poderia ajudá-la. *Quem sou eu para publicar James Joyce?* Ela se sentia uma amadora. Tudo aquilo estava muito além de sua capacidade.

Desesperada, ela tentou convencer Cyprian a continuar.

— Lamento muito que seja um grande desafio. E se eu pagar mais a você? Pense no direito de se gabar com os artistas nos cafés. Seu nome estará no livro mais famoso do mundo!

Mas Cyprian não queria saber de nada disso.

— Eu preciso *dormir*, Sylvia. Tenho me levantado de madrugada para fazer isso e veja só as olheiras sob meus olhos! Sou *atriz*, pelo amor de Deus. Eu não posso ter essa aparência.

Sylvia reconheceu essa truculência, e sabia que era o fim da linha para Cyprian.

Quando a irmã saiu, Sylvia desmoronou sobre a mesa na loja silenciosa. Ela não conseguia não desejar que fosse sua mãe que estivesse em Paris em vez de Cyprian.

— Sylvia?

Ela se assustou e ergueu os olhos; pensava que estivera sozinha com a irmã, mas lá estava a amiga Raymonde Linossier, que morava na vizinhança e foi uma de suas primeiras e das mais assíduas clientes. Médica com consultório próprio nas proximidades, ela era uma raridade, e Sylvia a admirava profundamente.

— Minha nossa, sinto muito que você tenha ouvido tudo isso — murmurou Sylvia.

— Entendo perfeitamente os caprichos da relação entre irmãs. — Raymonde sorriu, e Sylvia teve vontade de chorar. Ela continuou: — Além disso, acho que posso ajudar. Veja, meu pai não está bem, e tenho que ficar muitas horas por dia cuidando dele em sua casa. Tenho lido o tempo todo, mas seria bom mudar de ritmo de vez em quando. Talvez eu pudesse datilografar algumas das páginas de Joyce. Seria uma honra.

Os olhos de Sylvia se arregalaram.

— Eu nunca poderia pedir isso a você...

— Não sejamos esnobes, Sylvia. Só porque sou médica não significa que eu não consiga datilografar.

— É provável que seja um trabalho muito frustrante, como você pôde ver...

— Sou durona. Eu era uma das únicas duas mulheres nas aulas de medicina.

Sylvia sorriu.

— Bem, então, deixe-me mostrar o que precisa ser feito.

Outra Florence Nightingale para resgatar Ulysses.

A neve do inverno derreteu, anunciando a primavera, em cujas poças os pombos se orgulhavam de tomar banho nas calçadas e sarjetas. Num dos primeiros dias quentes, um garoto muito jovem, muito bonito e com certeza do Meio-Oeste dos Estados Unidos entrou na loja. Ele tinha o cabelo cor de graxa e um bigodinho aparado que Sylvia presumia que ele mantinha para conferir um pouco de seriedade ao seu rosto lisinho, quase de adolescente. Troncudo, porém compacto, seu físico a fazia pensar nos meninos atléticos de sua juventude, que preferiam jogar bola a ler livros.

E como uma criança bem-educada que frequentava a igreja, ao entrar na loja, tirou o chapéu de *tweed* gasto e começou a examinar as prateleiras de romances e periódicos. Era uma manhã movimentada, e Sylvia o observava de soslaio enquanto registrava as compras e anotava livros que seus clientes habituais retiravam da biblioteca.

Por fim, logo depois que Sylvia acendeu um cigarro, sentada em sua mesa, ele se aproximou.

— Você é a Sylvia Beach?

Ela nunca se acostumou, por mais que isso acontecesse: era um elogio e tanto quando um jovem estadunidense como ele sabia quem ela era. E havia uma empolgação efervescente, pois sentia que estava prestes a ouvir uma ótima história sobre como esse recém-chegado descobrira a loja e ela.

Com um sorriso amplo, ela deu uma tragada no cigarro, e depois o largou e estendeu a mão para cumprimentá-lo.

— Sou eu mesma! Prazer em conhecê-lo, senhor...?

— Hemingway — disse ele, ansioso. — Ernest Hemingway.

Bem, ele não era ninguém de quem ela já tinha ouvido falar, mas ainda assim sentiu que havia uma história por trás de sua chegada.

— De onde veio, sr. Hemingway?

— Ernest, por favor. E de Chicago, com minha esposa, Hadley.

— Você terá que trazê-la da próxima vez. E da mesma forma, me chame de Sylvia. Então, o que o traz a Paris e à Shakespeare and Company?

— Há um ano que ouço que Paris é o melhor lugar para um escritor trabalhar. E por "melhor" quero dizer mais barato. Consegui convencer o *Toronto Star* a me pagar como correspondente. Mas também vou escrever minhas próprias histórias. Talvez um romance. E Sherwood Anderson me contou sobre a sua loja. Ele falou com muito entusiasmo, na verdade, mas devo dizer que os elogios não fazem justiça. — Ele observou o entorno com um olhar avaliador e agradecido. — Eu não tinha ideia — completou, maravilhado.

— São apenas livros e cadeiras — disse Sylvia, embora a admiração do jovem a tenha agradado.

— E as páginas de Walt Whitman. — Ele se voltou para as folhas emolduradas, olhando tão de perto os rabiscos feitos a lápis que o nariz quase tocou o vidro. — Qualquer lugar presidido por Shakespeare e Whitman é destinado à grandeza — disse, ainda examinando as palavras no quadro.

— Muitas pessoas têm dificuldade para entender a combinação — observou ela.

Desviando os olhos de Whitman em direção a ela com um semblante compenetrado e sério, ele replicou:

— Eu, não.

Sylvia sentiu uma afinidade instintiva com aquele tal de Ernest Hemingway de Chicago. Ela o apresentou a Bob McAlmon e a outro estadunidense recém-chegado a Paris, o compositor George Antheil.

Os dois chegaram poucos minutos depois, e os homens logo se tornaram amigos. Ela teve a sensação de que alguma peça que faltava fora encontrada e encaixada no lugar.

Ela arranjou um cartão de empréstimo na biblioteca para Ernest, embora ele não tivesse vindo com dinheiro suficiente para adquiri-lo.

— Confio que você vai voltar — disse ela.

— Obrigado — agradeceu ele, como se ela tivesse lhe presenteado com uma bicicleta nova no Natal.

— E, se você ainda não garantiu acomodações permanentes, não me importo em dizer que a loja pode servir como endereço para receber correspondência pelo tempo que precisar.

— Sylvia gosta de ser um contraponto francês ao serviço postal dos Estados Unidos, que mais parece uma polícia — gracejou Bob.

Ernest franziu a testa.

— Sim — resmungou ele. — O serviço postal de Sumner com certeza não é amigo dos escritores.

— Você está ciente das angústias de nosso amigo James Joyce?

— É claro. Sou jornalista.

— Então também está fugindo por causa da escrita incendiária?

— Dificilmente — respondeu ele.

Sylvia teve a impressão, pela careta de Ernest, de que a falta de perseguição talvez fosse algo que ele quisesse remediar.

— Você é jovem. Tem tempo de sobra — observou Bob num raro momento de seriedade.

— E então, algum de vocês esteve na guerra? — perguntou o novo amigo com um sorriso que mostrava uma mudança de assunto intencional.

— Corpo Aéreo — respondeu Bob, embora sem nenhum orgulho. — O George aqui era muito jovem, o que é ainda mais lamentável. Ele estava em Nova York confraternizando com a mesma editora que foi condenada por serializar *Ulysses*.

— Margaret Anderson é uma grande amante da música — disse George com adoração, e não pela primeira vez Sylvia se perguntou o que teria acontecido entre os dois.

Ela ouvira falar que Margaret estava tão feliz sendo par de sua coeditora Jane Heap quanto a própria Sylvia com Adrienne, mas, nesse meio, nunca se sabe.

— Além disso — disse George, tornando sua voz um pouco mais austera —, Margaret foi depois da guerra. Durante a guerra, eu estava estudando com Ernest Bloch.

— Eu dirigi uma ambulância na Itália — contou Ernest, sabiamente ignorando a tensão entre os outros dois homens.

— Um trabalho pavoroso, ouvi dizer — replicou Bob.

— Certamente não me impediu de ser ferido. Tiro de morteiro. — Ele apontou para os pés.

— Vamos dar uma olhada — sugeriu Bob.

Sylvia tinha visto muitos feridos de guerra, mas observar alguém curado em sua loja era a primeira vez. As cicatrizes de Ernest eram muitas e rosadas, uma dispersão de linhas costuradas como confetes macabros no pé, no tornozelo e na panturrilha.

— É de se admirar que você não manque — comentou ela.

Ele deu de ombros.

— Foi superficial. Não atingiu o osso.

O sino na porta da loja tocou, e Adrienne entrou.

— Monnier! — exclamou Bob de forma bem calorosa. — Os prazeres deste dia continuam.

— *Mon amie* — cumprimentou Sylvia, acenando para Adrienne —, este é Ernest Hemingway, que acabou de chegar de Chicago em nossa bela cidade. Ele estava nos mostrando seus ferimentos de guerra. E, Ernest, esta é Adrienne Monnier, dona de uma loja muito parecida com esta, mas de literatura francesa, na rua do Odeon. Na verdade, a loja dela esteve aberta durante toda a guerra, e é a razão pela qual a Shakespeare and Company existe.

Ele se levantou e estendeu a mão para Adrienne, que sorriu e a apertou vigorosamente.

— Já ouvi falar da sua loja — disse Ernest num francês excelente. — Seria minha próxima parada hoje.

— Fico feliz em ouvir isso, *monsieur* Hemingway. Eu poderia atendê-lo esta tarde, mas agora estamos fechados para o almoço.

Ele riu.

— Fechados para o almoço. Eu amo a França. Bem, espero ver você lá em breve. E pode me chamar de Ernest. — Em seguida, de forma abrupta, ele colocou o chapéu na cabeça e disse: — Se vocês me derem licença, tenho que ver se Hadley precisa de alguma coisa. Vou trazê-la comigo da próxima vez, prometo. É a maior leitora que conheço.

Quando ele saiu, Sylvia fez algo que raramente cogitava fazer: enxotou todos da loja, proclamando que, pelo menos uma vez, experimentaria o prolongado intervalo para o almoço da França. Então, de braços dados, ela e Adrienne andaram castamente até o bistrô favorito das duas, onde dividiram um bife de péssima qualidade e uma jarra de vinho.

— Sabe, tenho vergonha de admitir, mas ando me sentindo um pouco entediada na loja ultimamente, desejando poder me concentrar por completo em *Ulysses*. Mas hoje me fez lembrar de como a loja pode ser divertida.

— Por que você sentiria vergonha disso? Há dias em que fico de olho no relógio e juro que parece que já se passou uma hora, mas, na verdade, foram só três minutos. É normal.

— Como você lida com isso?

Adrienne deu de ombros.

— Você planeja momentos mais emocionantes.

— Mas os melhores não são planejados.

— Pode parecer assim, mas não é verdade. Ernest não foi à Shakespeare por acaso. Ele foi lá por causa da experiência que você proporciona aos escritores estadunidenses em Paris. Ele já tinha ouvido falar de você. Quanto mais experiências você proporcionar, mais pessoas interessantes vai atrair.

— Sempre pensei em abrir uma lojinha de chá em cima da livraria. Um lugar onde os escritores possam beber e trabalhar em paz, perto de uma biblioteca, se precisarem.

Adrienne sorriu.

— Eu adorei a ideia. Você devia fazer isso.

Mas como arranjar tempo para isso?

— Algum dia — disse ela, sentindo-se igualmente empolgada e exausta de pensar na ideia, olhando para seu prato para não ter que ver a reação de Adrienne à sua ambivalência.

CAPÍTULO II

O pai de Raymonde teve uma recuperação repentina e quase milagrosa, o que significava que a própria Raymonde poderia voltar a atender pacientes — mas ela disse a Sylvia que não se preocupasse com a datilografia porque encontrara uma substituta, a sra. Harrison, uma inglesa que tinha ido à loja algumas vezes com Raymonde e estava ansiosa para fazer o trabalho. Sylvia mal teve tempo de respirar antes que a calamidade a atingisse. Num dos primeiros dias quentes de maio, a sra. Harrison entrou apressada na Shakespeare and Company torcendo um lenço muito gasto nas mãos vermelhas.

— Ah, Sylvia, sinto muito — soltou ela com uma voz trêmula.

Embora a expressão da mulher amedrontasse seu coração, Sylvia replicou:

— Não, não, eu deveria estar lhe agradecendo.

— Você não vai agradecer quando eu lhe contar o que aconteceu.

— Tenho certeza de que podemos dar um jeito, seja o que for.

Desabando em lágrimas e soluçando, a sra. Harrison contou a história.

— Eu estava quase... finalizando... o episódio de Circe. Estava tão bom, mas... mas... mas... eu o deixei na minha mesa... Sinto muito, eu nunca deveria ter... porque... porque... *meu marido* voltou para casa... leu e *queimou. As duas cópias.* — Ela se desmanchou inteira em lágrimas.

— As duas? A sua cópia datilografada e o rascunho de Joyce?

Chorando, a sra. Harrison assentiu.

— Ah, pelo amor de Deus! — exclamou Sylvia. — O que há com os homens e este livro?

— Sinto muito, Sylvia.

— Não é você quem precisa se desculpar.

Isso fez a sra. Harrison chorar ainda mais. Se não estivesse espumando de raiva, Sylvia poderia estar chorando também — não de tristeza, mas de exasperação. *Ulysses* nunca seria publicado como livro? Seria seu próprio fracasso a derradeira condenação da obra à obscuridade?

Joyce ainda nem terminou a obra, lembrou-se ela. Eles já teriam que adiar a publicação do outono para o inverno. Joyce havia prometido terminar a obra em meados de janeiro para que o romance pudesse ser publicado no dia de seu aniversário, 2 de fevereiro. Ele faria quarenta anos naquele ano, 1922. Algo nessa meta parecia incentivá-lo — tanto que nos últimos tempos ele raramente ia à Shakespeare and Company, de tão decidido que estava a terminar. Sylvia esperava que os olhos não falhassem antes que ele terminasse; Joyce disse a ela que, na maioria das vezes, depois de parar de escrever, passava o resto do dia na cama, com compressas de água fria nos olhos.

Enquanto a sra. Harrison chorava, tudo em *Ulysses* parecia condenado. Quando Sylvia finalmente a convenceu a ir ao consultório de Raymonde para se acalmar, Sylvia se sentou, fumando desanimada, e o próprio Joyce fez uma de suas aparições pouco frequentes.

— Tenho más notícias — anunciou Sylvia, enquanto ele apoiava a bengala nas estantes e se sentava na cadeira verde.

Ela explicou o que havia acontecido com as páginas mais recentes do escritor.

— Bem, suponho que você apenas terá que pedir a John Quinn a cópia dele.

Sylvia piscou, sem entender.

Cópia de John Quinn?

Ah, sim. Ela lembrava. Joyce estivera enviando duplicatas de seus rascunhos para Quinn desde o início, que os comprava como se fossem objetos de arte. Não foi Ezra quem dissera a ela naquele mês? Ela havia esquecido completamente. Agora, relembrando, o fato deixou Sylvia com mais perguntas do que respostas. Joyce tivera tempo — sem mencionar a visão produtiva o suficiente — para fazer cópias de seus capítulos? Qual seria a diferença das páginas de Quinn em relação àquelas que Ezra editou e que acabaram sendo impressas na *The Little Review*? Por que John Quinn estava comprando o romance de Joyce, quando ele efetivamente o denunciara como repulsivo num tribunal? Ela não via muito sentido em fazer qualquer uma dessas perguntas a Joyce; muitas vezes sentia que quanto menos soubesse do processo, melhor.

— Bem, esta é uma excelente notícia — replicou Sylvia de maneira simples.

Então, depois que ele foi embora, e a sra. Harrison, já sem lágrimas, se acalmou ao saber que ainda havia esperança, Sylvia não perdeu tempo e escreveu para o advogado.

Caro sr. Quinn,

Sou Sylvia Beach, proprietária da Shakespeare and Company, uma livraria e biblioteca com obras de língua inglesa no sexto arrondissement *de Paris. Em primeiro lugar, deixe-me estender minha admiração por suas tentativas de garantir um futuro para o* Ulysses *de nosso querido amigo James Joyce nos Estados Unidos — que é minha casa tanto quanto a sua, pois nasci em Maryland e fui criada em Princeton, Nova Jersey.*

Também sou uma grande admiradora de James Joyce. Ele se tornou figura constante na Shakespeare and Company, e Um retrato *é um dos meus romances prediletos.* Ulysses *poderia muito bem substituir a outra obra, e foi por isso que me ofereci para publicá-lo quando ficou evidente que os editores estadunidenses não poderiam fazê-lo.*

Juntar o manuscrito completo está se revelando uma tarefa difícil, no entanto, devido aos ataques e ao laborioso processo de escrita de Joyce.

Tive conhecimento de que o senhor tem uma cópia completa do manuscrito. Eu ficaria muito grata se pudesse me enviar o seu rascunho. Óbvio, eu iria reembolsá-lo pelas despesas do envio e devolveria as páginas para o senhor depois de copiá-las.

Espero que, se uma de suas viagens o trouxer a Paris, o senhor passe na loja. Seria maravilhoso conhecê-lo pessoalmente.

Muito obrigada e lhe desejo tudo de bom.

Atenciosamente,
Sylvia

Um mês se passou, e não houve resposta. Três outros datilógrafos trabalharam nas páginas após o episódio do sumiço de Circe, e Sylvia conseguiu enviar a *monsieur* Darantiere os primeiros capítulos para a composição tipográfica, observando que havia um espaço em branco a ser preenchido quando algumas páginas chegassem dos Estados Unidos. Quando Darantiere lhe devolveu o primeiro conjunto de páginas para revisão, ela abriu o pacote embrulhado com as mãos tão empolgadas que até tremiam. Ela era editora, afinal! Ah, e estava tudo lindo. O papel era firme e branco; a tinta, fresca e preta. Sylvia passou a mão sobre as páginas, que pareciam muito novas e suaves, e faziam um som reconfortante em seus dedos.

Joyce foi à loja um ou dois dias depois que as páginas chegaram, e Sylvia as entregou com um sorriso ansioso.

— Não estão lindas?

Os olhos dele estavam lacrimejando bastante nos últimos tempos; então, ela não podia ter certeza, mas pensou ter visto as lágrimas deixarem a visão dele ainda mais turva.

— Minha nossa — disse o autor num tom abafado enquanto gentilmente folheava as páginas.

— Você vai querer levá-las para casa, imagino. Para verificar se está tudo correto.

De tão hipnotizado pelas páginas, ele demorou um ou dois minutos para responder. Finalmente, pigarreou e disse:

— Sim, obrigado.

Era uma tarde quente, e Sylvia levou o cigarro para fumar do lado de fora, na entrada da loja. Joyce se juntou a ela no degrau, e os dois, juntos, olharam de um lado para o outro da rua Dupuytren.

— Algum Leopold hoje? — perguntou ele.

— Nenhum ainda.

Este era um dos jogos favoritos dela, que muitas vezes contava com a participação de Joyce naquele mesmo lugar e também em mesas de café nas calçadas dos cruzamentos: quais transeuntes se pareciam com Leopold Bloom, Stephen Dedalus, Gerty MacDowell e outros personagens principais de *Ulysses*?

Como Joyce nunca os descrevia no sentido convencional, o jogo dos dois se baseava mais em sentimento, no ar de alguém que passava por ali. Stephens geralmente eram jovens, famintos e tensos; Leopolds estavam mais próximos da meia-idade, eram mais lânguidos e bem nutridos; Gertys eram confiantes, sem medo de encarar ou de ser encaradas.

— Hoje eu vi um Leopold muito bom perto da *école* vindo para cá, num sobretudo de boa qualidade, mas ligeiramente puído, batendo na perna um jornal enrolado.

— Você já viu alguma outra bengala de freixo em Paris? Continuo esperando que isso se torne uma tendência.

— Minha querida srta. Beach, alguns hábitos são muito exclusivos para serem adotados pelo homem comum.

Ela riu e em seguida exclamou:

— Olha! Uma Molly Bloom.

Joyce voltou o olhar para a mesma direção que Sylvia, para a mulher alta com um corpo violão caminhando pela rua com — de todas as coisas — uma rosa vermelha enfiada atrás da orelha, em seu longo e belo cabelo castanho.

— Meu Deus, ela está vindo na direção do teatro. Será que talvez também seja uma cantora de ópera?

— Deve ser.

— Um bom presságio.

Joyce amava ópera. Ele estava tão familiarizado com Mozart e Rosetti quanto com Homero e Tennyson.

— Muito bom — concordou Sylvia assim que a mulher passou pelos dois no número 8, sem nem mesmo olhar para eles, mas deixando para trás uma nuvem de um forte perfume de rosas.

— Falando em bons presságios, Adrienne e eu já recebemos vinte respostas às nossas cartas solicitando assinaturas para *Ulysses*, além das doze que já tínhamos recebido de nossos principais clientes em Paris. As pessoas estão muito animadas para enfim ler a obra inteira. Inclusive William Butler Yeats.

— Só de pensar em enviar a obra de James Joyce para escritores como Yeats causava em Sylvia uma sensação de palpitação.

— Na verdade, dada a rapidez com que estamos recebendo respostas às nossas solicitações, eu não ficaria surpresa se precisássemos de uma segunda impressão logo em seguida.

Eles haviam concordado em imprimir mil exemplares na primeira edição, cem dos quais seriam autografados e impressos no melhor papel da Holanda e custariam 350 francos, e outros 150 seriam em papel *vergé* da Arches e custariam 250 francos. Os demais seriam impressos em papel convencional e custariam 150 francos. Todas as edições seriam encadernadas com uma capa de papel azul litografada na cor exata da bandeira grega — pelo menos esse era o plano. Ela e Maurice Darantiere ainda não tinham encontrado a tinta certa.

— Você já recebeu resposta de Shaw?

— Ainda não, mas tenho certeza de que receberei.

Sylvia não sabia por que Joyce estava tão preocupado com a reação de George Bernard Shaw à carta pessoal e ao apelo por uma assinatura; ele nem mesmo quisera solicitar ao grande dramaturgo, que era seu conterrâneo, mas Sylvia insistira.

— Ele não gosta de mim — advertira Joyce.

— Tenho certeza de que ele não vai permitir que isso atrapalhe a compra do seu livro.

— Quer apostar? Se ele responder e for gentil, ou se ele comprar um exemplar, você ganha, e eu terei que levá-la para almoçar no Maxim's. Se ele nunca responder, ou se sua resposta refletir os sentimentos verdadeiros e negativos a meu respeito, você terá que me levar para almoçar.

— Posso aceitar esses termos.

Eles selaram o acordo com um aperto de mão. Joyce sorriu e disse:

— Já consigo sentir o gosto da sopa de tartaruga.

Enquanto esperavam por Shaw, Joyce passou algum tempo com as provas vindas de Dijon. Alguns dias depois, voltou à Shakespeare and Company com as páginas cheias de anotações, e passagens inteiras riscadas.

O papel antes limpo e nítido se tornara macio e cinza. O coração de Sylvia disparou no peito.

— Meu Deus, espero que ele possa fazer todas essas mudanças.

— Tenho certeza de que pode. Fiz alterações em *Um retrato* nessa fase também.

Mesmo assim, Sylvia teve a sensação de que deveria ir pessoalmente falar com Maurice. Ele já estava fazendo a ela o enorme favor de imprimir o romance antes de receber um valor adiantado.

— Você deve convidá-lo para um bom almoço — aconselhou Adrienne.

— Justo o que eu preciso, outra despesa.

Até chegar o dinheiro dos clientes para adquirir o romance, Sylvia não tinha nada.

— Vai valer a pena. Maurice adora comida boa e um bom vinho. Conheço o lugar perfeito em Dijon.

— Você vem comigo?

Adrienne soltou um estalo com a língua e depois beijou Sylvia com ternura.

— É claro.

Sylvia fumou um cigarro atrás do outro durante a viagem de trem, sentindo nojo dos dedos com cheiro de fumaça, mas foi incapaz de parar. Então, quando chegaram e se depararam com o tipógrafo alto e forte, de cabelo preto como um corvo, entre as máquinas de ferro que zumbiam e tilintavam na oficina, a boca de Sylvia parecia seca como cinzas.

Ele cumprimentou Adrienne como um velho amigo, com um abraço e um beijo nas bochechas, e um em Sylvia, com quem ele se encontrava pela segunda vez. No primeiro encontro, alguns meses antes, quando ela lhe explicara que ele imprimiria um romance que havia sido proibido nos Estados Unidos, seus olhos brilharam maliciosamente e ele disse, para o grande alívio de Sylvia: "Então o trabalho será muito interessante, *non*? *Bon*. Não tenho medo dos tribunais estadunidenses."

— A que devo o prazer da presença das minhas duas *libraires rebelles* favoritas? — perguntou, no segundo encontro.

— O Petit Cochon ainda serve o melhor *boeuf bourguignon* da França? — indagou Adrienne.

— Sim, mas acho que o *coq au vin* deles superou o outro prato.

— Então vamos pedir os dois.

A carne e o frango estavam deliciosos, e, embora Sylvia não tivesse estômago para comer, durante a refeição ela finalmente mostrou as páginas a Darantiere.

Ele franziu a testa para as duas.

— Você foi sábia ao pedir o Bordeaux.

— Sabemos como é demorado incluir alterações e sentimos terrivelmente por ter de pedir tantas mudanças — murmurou Adrienne, se desculpando, e Sylvia ficou muito grata pela relação de longa data da companheira com o tipógrafo. — Mas, para simplificar, Joyce é um gênio. E este livro será famoso. *Você* será famoso, como o homem corajoso e habilidoso que imprimiu o livro.

Darantiere olhou cuidadosamente para cada página com uma expressão inalterada. Por fim, pôs o papel de lado e disse:

— Se continuar assim, o trabalho vai custar mais.

— Quanto mais? — perguntou Adrienne.

Ela e Sylvia haviam discutido essa inevitabilidade e chegaram a uma decisão sobre a quantia extra que Sylvia poderia pagar. *Ainda bem que Adrienne existe,* Sylvia pensou enquanto a companheira pechinchava brilhantemente com o tipógrafo. Não demorou até que ela o fizesse chegar ao número certo, e a estadunidense enfim começou a relaxar, embora o *coq au vin* já estivesse frio.

Alguns dos melhores descansos de *Ulysses* vinham quando Ernest e Hadley Hemingway visitavam a Shakespeare and Company, o que acontecia com frequência. Uma das primeiras coisas que Ernest fez foi insistir em levar Sylvia e Adrienne para uma luta de boxe em Ménilmontant.

Sylvia nunca tinha estado lá antes, e quando Adrienne sussurrou para ela no confortável vagão do metrô que era um bairro onde vivia apenas gente à toa, a estadunidense sentiu como se estivesse num filme emocionante, cheio de personagens nefastos e atos ilícitos. Apertando o braço de Adrienne, sussurrou, sem fôlego:

— *Quel frisson!*

— *Tu es terrible* — sussurrou Adrienne em resposta, embora tivesse sorrido e se encostado em Sylvia ao dizer isso.

— O boxe é uma tremenda metáfora para a vida — disse Ernest ao se sentarem, ele e Hadley formando um quarteto sociável com Sylvia e Adrienne.

O pequeno público era uma mistura fascinante de homens de barba bem-aparada que vestiam ternos feitos sob medida ao lado de parisienses da classe trabalhadora de boina, muitos dos quais pareciam estar discutindo de modo apaixonado e apontando acaloradamente para o ringue brilhante rodeado por todos os que estavam sentados; também havia muito mais mulheres do que Sylvia previra, muitas com roupas e penteados finos.

Ela ficou tão absorta em assistir a Ernest vendo a luta quanto na luta em si. Era quase como se o jovem escritor tentasse controlar os homens no ringue enquanto movia os ombros e braços, punhos cerrados, dando pequenos socos no ar, e alternadamente murmurando e gritando instruções do lado de fora.

— Não baixe a guarda! Punhos para cima! Abaixe, seu idiota! Espere! Deixe-o vir até você!

Adrienne às vezes cobria os olhos com as mãos, e espiava entre os dedos quando narizes jorravam sangue e o peito de alguém era cortado.

— São só arranhões — dizia Ernest fazendo pouco caso.

Sylvia se viu surpreendentemente atraída: a determinação obstinada dos homens com as mãos envoltas em bolas apertadas na frente do rosto, e a vibração e a zombaria da multidão em volta do ringue. Os boxeadores tinham pés tão leves! Às vezes parecia que estava assistindo a um baile de cabaré.

Hadley parecia tão empenhada na luta quanto o marido. Quando percebeu a atração mais melindrosa de Adrienne pelo espetáculo, disse a Sylvia:

— Eu fiquei assim nas primeiras lutas a que Tatie me trouxe. Agora não consigo desviar os olhos.

Aparentemente, Ernest também atraíra Ezra para o ringue, porque Sylvia ficou sabendo que os dois passavam longas e suadas horas num ginásio próximo, enquanto o escritor mais jovem ensinava ao mais velho os pontos mais delicados do pugilismo. Às vezes, ela pensava que era uma pena Gertrude estar perdendo a diversão dos estadunidenses da Shakespeare and Company por causa dos seus sentimentos em relação a Joyce, que fizera amizade com todos eles, e Sylvia se lembrou de que Ernest e muitos dos outros compareciam ao salão da rua de Fleurus com certa regularidade. Parecia que Gertrude tinha posto Ernest debaixo de suas asas; o fato de *ele* ser amigo *daquele irlandês* parecia ter menos importância para a grande dama do que o fato de Sylvia ser. Ela se perguntou como Ernest se sentia por ser um protegido, aquele ex-motorista de ambulância esquentado que parecia determinado a mostrar aos escritores mais velhos o que sabia sobre boxe, jornalismo, guerra e vida.

Uma coisa ela sabia, e isto a emocionava: ela descobriria como todos os dramas na multidão aconteciam, porque sua loja estava rapidamente se tornando o cofre dos segredos, das ambições, das esperanças e dos medos do Quartier Latin. Estava até começando a ganhar um pouco de dinheiro, que mandara para a mãe para pagar a dívida, mas imediatamente o recebeu de volta com uma carta dizendo: "O que eu lhe dei não foi um empréstimo, querida. Foi um presente. Mal posso esperar para ler *Ulysses* na íntegra."

— A Shakespeare and Company está indo muito bem. — Adrienne se gabava em nome de Sylvia para os próprios pais em Rocfoin, ou para qualquer outra pessoa que quisesse ouvir.

— É tudo por sua causa e por causa da La Maison — replicava Sylvia.

— Nada disso — dizia Adrienne.

Sylvia não sabia por que a fé descarada de Adrienne nela a deixava tão constrangida. Embora pudesse ver como seu coração e seus talentos estavam presentes na Shakespeare and Company, ela também sabia muito bem de suas origens e das formas como Adrienne a apoiava todos os dias. O que era a Shakespeare sem a La Maison? Um meio sonho, uma irmã gêmea sentindo falta da outra. Mas...

Contanto que estivessem juntas, talvez nada disso importasse.

CAPÍTULO 12

Cara srta. Beach,

 Obrigado por me consultar. Estou ciente de sua oferta para publicar Ulysses, *que tenho comprado apenas porque acho que algum dia poderá ter valor. As páginas em si deixam um cheiro na minha gaveta.*
 Devo dizer que acho sua investida em publicar tão equivocada quanto a das srtas. Anderson e Heap — e da srta. Weaver também, se eu quiser completar a lista de mulheres enganadas de forma a arruinar suas vidas por Ulysses.
 Minhas páginas de Joyce são algo mais próximo de um artefato do que qualquer coisa que se pareça com um rascunho útil; no entanto, vejo em sua carta que, apesar do estado infeliz, elas representam a única versão completa existente do manuscrito. Como tal, já são mais valiosas do que quando as comprei. Portanto, não posso arriscar enviá-las para o exterior, especialmente na atual atmosfera de busca, apreensão e censura.

 Atenciosamente,
 John Quinn, Adv.

A indignação subiu à sua boca na forma de alguns epítetos em francês escolhidos para John Quinn, Adv., quando

Adrienne irrompeu na loja com uma expressão ruborizada e emocionada.

— A Shakespeare and Company pode se mudar para a rua da La Maison!

— Não. — Ela não se atreveu a ter esperanças. *É sério?*

— É! *Monsieur* Bousset, do número 12, sairá em julho.

— Bousset? O vendedor de antiguidades?

Adrienne assentiu vigorosamente, e as duas se abraçaram apertado e dançaram pela loja. Elas já tinham conversado diversas vezes sobre como seria maravilhoso se as lojas complementares pudessem ser mais próximas uma da outra, não só para o ir e vir das duas ser mais simples, mas também para o bem de seus clientes. De muitas formas, La Maison e Shakespeare eram uma entidade, e estar no mesmo quarteirão só deixaria isso mais evidente.

— Bem, é óbvio que isso alegra o meu dia. Era o que eu precisava — disse Sylvia, entregando a carta de John Quinn para Adrienne.

Ela leu e anunciou:

— John Quinn é quem está sendo enganado, e esta carta cheira muito pior do que qualquer coisa que Joyce já escreveu sobre as necessidades corporais menos delicadas. Não deixe esse imbecil mexer com você, *chérie*.

Sylvia sorriu e ergueu a sobrancelha esquerda de um jeito que passou a significar *Eu gostaria de poder beijar você agora*. Mas, infelizmente, havia clientes desconhecidos na loja.

Depois de fazer planos para ver o novo espaço na rua do Odeon, Adrienne saiu, e Sylvia escreveu uma resposta para John Quinn, porque, apesar de não querer digná-lo com uma contestação, ela precisava daquelas páginas — e logo.

Caro sr. Quinn,

Entendo sua reticência em enviar tão preciosa correspondência para o exterior e lamento terrivelmente ser necessário insistir no assunto — mas o senhor poderia muito bem ser o salvador de Ulysses*! Tenho outra sugestão: minha mãe mora muito perto da cidade de Nova York. Seria possível ela ir ao seu escritório e copiar as páginas necessárias?*

Com agradecimentos e desculpas,
Sylvia

Depositando a carta na caixa do correio, ela prendeu a respiração, esperando que ele e sua mãe aceitassem aquele acordo.

※

À medida que a primavera se transformava em verão, Sylvia começou a ficar ansiosa com a mudança para a rua do Odeon. Obviamente era a coisa certa a fazer, e ela mal podia esperar para estar do outro lado da rua de Adrienne, mas como diabos faria a mudança, administraria a loja e conseguiria dar conta das alterações consideráveis de Joyce, que a cada página ameaçavam fazer Maurice Darantiere desistir do trabalho? Embora as assinaturas e os pagamentos iniciais de leitores ansiosos fossem constantes, Sylvia se via muitas vezes sem dinheiro para qualquer coisa relacionada a *Ulysses*, especialmente porque o custo da impressão aumentava a cada revisão que Joyce fazia.

Além de tudo isso, os olhos de Joyce pareciam estar piorando mais a cada dia, e a estadunidense temia ter que adiar a publicação de novo, independentemente do quanto ele estivesse decidido a ter o livro pronto para seu aniversário, em fevereiro.

Numa manhã ensolarada e abafada de junho, Giorgio e Lucia Joyce entraram na loja corados com o calor e o esforço de, aparentemente, terem vindo correndo do apartamento de Valery Larbaud, que ficava num pátio arborizado próximo à rua Cardinal Lemoine e fora emprestado para a família Joyce enquanto o proprietário passava o verão à beira-mar.

Os adolescentes desengonçados tentaram explicar sua presença repentina, mas apenas falaram ao mesmo tempo, numa cacofonia alta e confusa.

— Venham, venham, vocês dois — convocou Sylvia, conduzindo-os para a sala dos fundos para que não incomodassem os visitantes, que, sem dúvida, não tinham ideia de que eles eram filhos de um grande escritor, talvez até mesmo do escritor cujas palavras procuravam nas prateleiras. — Tudo bem, Lucia, você primeiro — disse Sylvia, com as mãos na cintura e pronta para ouvir com atenção.

— Os olhos do papai estão doendo muitíssimo, srta. Beach. Mamãe ficou acordada a noite toda cuidando dele — disse a garota, resfolegando.

— Papai disse que, se há uma pessoa que pode ajudá-lo, é a srta. Beach — acrescentou Giorgio.

— Eu me pergunto por que ele não escolheu o sr. Pound.

— Ah, ele e o sr. Pound tiveram uma briga — disse Lucia solenemente.

Sylvia tinha a sensação de que o desentendimento seria temporário. Passara a sentir que os dois homens eram como irmãos, a todo momento buscando uma briga, mas, no fim das contas, dispostos a deixar de lado suas diferenças pelo interesse do sangue compartilhado nas veias — no caso deles, sangue literário.

— E mamãe acha que o sr. Pound não tem as melhores intenções com relação ao papai — acrescentou Giorgio.

É óbvio.

— Eu tenho uma ideia. — Sylvia estalou os dedos. — Corram e digam a seus pais que passarei lá em breve.

Eles deram um suspiro audível de alívio, e Sylvia os mandou embora com uma *madeleine* cada um, embora suspeitasse que Giorgio teria preferido um cigarro.

A questão mais premente era como escapar da loja por algumas horas. Ela já vinha querendo contratar um assistente havia algum tempo, como dissera a Cyprian, e momentos como este reforçavam a ideia. Havia uma doce garota grega chamada Mysrine Moschos que aparecera outro dia e dissera habilmente a Sylvia que procurava um emprego e que ficaria feliz com a oportunidade de trabalhar com livros e escritores. Sylvia não poderia arcar com tal luxo, e era por isso que andava adiando a tarefa de contratar alguém. Também não poderia não arcar. Em especial quando estava prestes a se mudar.

E Joyce, ela tinha certeza, diria que a nacionalidade de Mysrine era auspiciosa naquele momento, quando ela também tentava localizar a cor exata da bandeira grega para a capa de *Ulysses*.

Sylvia interpretou aquilo como um sinal do deus de seu pai quando telefonou para Mysrine naquela tarde para perguntar se a grega poderia passar lá e cuidar da loja enquanto ela saía por algumas horas. Em menos de dez minutos, a jovem estava parada à sua porta.

— Muito obrigada. — Sylvia se emocionou depois de passar um breve tutorial sobre o sistema de empréstimo de livros e do registro de vendas. — Se alguém perguntar mais alguma coisa, anote o nome, o endereço e o número de telefone, se houver, e informe que entrarei em contato em breve. Ou peça, com as minhas devidas desculpas, para passarem aqui amanhã.

— Obrigada pela oportunidade — disse com tanta confiança a garota de cabelo cor de cedro que Sylvia saiu da loja com uma explosão de gratidão no peito, equilibrando o mal-estar no estômago.

Nunca antes a livreira deixara a Shakespeare and Company nas mãos de outra pessoa que não Adrienne, e teve a sensação de que o que sentia era algo semelhante ao que uma mãe de primeira viagem deve experimentar ao deixar seu bebê com uma babá pela primeira vez.

Felizmente, o oculista, dr. Louis Borsch, estava no consultório naquela tarde e concordou em vê-la. Ela o conhecera alguns meses antes, quando um canal lacrimal irritado a fizera ir até a clínica próxima que atendia estudantes e pacientes com poucos recursos, e ele prescreveu um colírio que trouxe alívio durante a noite. Já naquela época, as habilidades do médico a fizeram pensar em indicá-lo a Joyce, que tinha a visão turva; então, ela fez questão de anotar o nome e o endereço do consultório na rua de la Paix.

O que foi mais surpreendente e lisonjeiro foi que o dr. Borsch se lembrou dela.

— É claro que me lembro da empreendedora dona de livraria dos Estados Unidos — disse ele quando ela se apresentou novamente. — Lamento não ter tido a oportunidade de frequentar o seu estabelecimento.

— Estarei lá quando você tiver um tempinho — assegurou ela. — Hoje, porém, você tem a oportunidade de ajudar um de meus clientes mais ilustres. James Joyce é um escritor irlandês de considerável aclamação.

Ele assentiu.

— Estou ciente do livro *Dublinenses* — disse.

— Fico feliz de ouvir isso. Bem... sabe, ele tem um terrível acometimento dos olhos, que naturalmente atrapalha sua escrita. Já piorou a ponto de seus filhos irem à minha loja esta manhã implorar por ajuda.

— Ele tem outro médico?

— Ele teve outros médicos na Europa e acho que há um aqui em Paris, mas deve haver um motivo para recorrerem a mim e não ao médico.

— Infelizmente, não posso fazer uma visita domiciliar a um paciente que ainda não está sob meus cuidados. Mas, se puder trazê-lo aqui, eu ficaria feliz em vê-lo no mesmo instante.

Sylvia correu para a rua Cardinale Lemoine. Depois de subir o lance da escada estreita de madeira, ela encontrou o apartamento, que em geral era claro e arejado, com muitos odores corporais azedos e pungentes, bem como de antissépticos, mesmo com todas as janelas abertas.

A sra. Joyce tinha as bochechas vermelhas quando Sylvia a encontrou ao lado da cama do marido, trocando uma compressa úmida sobre seus olhos. Quando viu Sylvia na porta, ela não alterou seus movimentos, mas disse, numa voz dramática, seu sotaque irlandês contribuindo para o *páthos* da cena:

— Graças a Deus você veio, srta. Beach. Ele dorme e acorda e sente dores noite e dia. Eu simplesmente não sabia o que fazer. Nunca esteve pior.

— A srta. Beach está aqui, querida? — perguntou Joyce, humilde, num tom um pouco acima de um sussurro.

— Está, sim, meu querido. Exatamente como você disse que ela estaria.

Sylvia ficou tocada pela cena de ternura doméstica, e todas as suas perguntas sobre o homem e a esposa até então aparentemente incompatíveis foram repentina e vigorosamente respondidas.

Sylvia atravessou a soleira, sentindo que estava se intrometendo, embora tivesse sido convidada.

— Fui visitar um oculista de primeira linha, dr. Louis Borsch — disse, em um tom calmo. — Ele se qualificou em Viena com os melhores cirurgiões, e agora passa grande parte do tempo ajudando aqueles que normalmente não poderiam pagar por serviços como os dele. Como eu, quando fui à sua clínica meses atrás. — Sylvia ensaiara esse discurso ao sair do consultório, querendo ter a certeza de apelar para o lado pragmático da sra. Joyce e, ao mesmo tempo, garantir ao sr. Joyce que ele receberia o melhor tratamento.

— Ele poderá nos visitar em breve, então? — perguntou a sra. Joyce, segurando a mão do marido a centímetros do peito dele.

— Sinto muito, ele não pode fazer uma visita domiciliar antes de ser oficialmente contratado como médico do sr. Joyce — explicou Sylvia com o tom de voz que considerava prudente. — Mas, se o sr. Joyce conseguir ficar de pé e andar um pouco, podemos pegar um táxi até o consultório dele.

Como Lázaro — ou talvez mais parecido do que nunca com um Jesus Torto —, Joyce se levantou do leito de doente momentos depois de ouvir as palavras de Sylvia.

— Nora, meu amor, poderia buscar o meu casaco? — pediu ele, e a sra. Joyce se apressou em arrancar a vestimenta do gancho do outro lado da sala e ajudá-lo a vestir o traje.

Seus movimentos eram os de uma pessoa quase ou totalmente cega que aprendera havia muito a viver com a ajuda de outras pessoas.

— Agora descanse — disse ele, de alguma forma sabendo exatamente onde dar um beijo na testa da esposa, que o recebeu com os olhos fechados e exaustos.

A sra. Joyce pôs a mão do marido na de Sylvia e os dois desceram as escadas e saíram no fim da tarde já quase escurecendo.

Meu Deus, espero que o dr. Borsch ainda esteja no consultório, pensou Sylvia.

Por algum golpe de sorte, ele estava. Sylvia desejou de todo o coração ter levado um livro consigo — ela estava no meio de *Three Soldiers*, de um escritor estadunidense promissor chamado John Dos Passos, que Ernest recomendara — para que ela pudesse se entreter nas pequenas cadeiras de madeira da sala de espera vazia.

Por fim, o dr. Borsch a chamou para se juntar a eles em sua sala de exames arrumada, que tinha muito mais instrumentos do que a clínica para a qual Sylvia fora quando o conheceu. Ela ouviu o dr. Borsch explicar o estado perigosamente avançado do glaucoma de Joyce.

— Embora uma operação pudesse corrigir o problema, eu não aconselharia — concluiu ele. — Os riscos são muito altos. Uma série de coisas pode dar errado, e eu gostaria de continuar observando a evolução para ver se, com tempo e cuidado, podemos ajudar o sr. Joyce sem partir para algo tão invasivo quanto uma cirurgia.

— Obrigado, doutor — disse Joyce, no sotaque irlandês mais forte que Sylvia já o ouvira usar, a mão com dedos longos sobre o coração. — Meu último médico em Zurique avaliou que a cirurgia seria o único caminho a seguir se eu tivesse um surto de irite tão terrível quanto este. Portanto, estou grato por seu conselho mais conservador.

— Os médicos costumam discordar — disse o dr. Borsch de forma prudente. — Eu não culparia você se quisesse buscar uma terceira opinião.

— A opinião do médico da sra. Beach é mais do que suficiente para mim — replicou Joyce, e Sylvia sentiu uma gratidão com o dobro do tamanho de seu coração.

Pela primeira vez em horas, ela se lembrou de uma coisa: Como estaria Mysrine? Como estaria sua loja? A preocupação a arrepiou e a fez recusar o chá e os biscoitos que Nora lhe ofereceu quando deixou Joyce de volta no apartamento de Larbaud.

Mas ela não precisava ter se preocupado. Tinha sido uma tarde de pouco movimento, e Mysrine recebera mensagens e aumentara as vendas exatamente como Sylvia havia descrito. Ela até tirou pó das prateleiras. Sylvia contratou a jovem na hora.

— Vejo você amanhã de manhã.

Sua primeira funcionária. Que conquista!

Mas, quando Adrienne ficou sabendo, durante o jantar, sobre seu dia e seus sucessos, ela semicerrou os olhos para Sylvia.

— Estou muito feliz por você ter contratado uma assistente, mas… — disse.

Sylvia deixou passar uns segundos, observando Adrienne lutar para encontrar as palavras, antes de dizer:

— O que é? Você sabe que pode me dizer qualquer coisa.

— Mas eu já disse.

— O quê?

— Que ele é um grande escritor, mas não… um grande homem.

Foi isso que ela disse? Quando tinham falado pela primeira vez sobre a publicação de *Ulysses*? Sylvia se lembrava do aviso de Adrienne como mais… benevolente. A frustração agora evidente no rosto de Adrienne deixou a outra nervosa.

— Faz diferença se ele é um grande homem?

Adrienne deu de ombros e bufou de forma irritantemente francesa com seus lábios perfeitos.

— Só para nós.

— Faz mesmo? — Sylvia não tinha tanta certeza se fazia. Ou por quê.

Adrienne baixou a cabeça e a balançou. Em seguida, arrastando os olhos para os de Sylvia, disse:

— Não precisa fazer.

Sylvia estava genuinamente confusa. Seria possível que Adrienne estivesse com ciúmes? Mas ela sabia que a outra nunca se sentira atraída por homens. A francesa estava consumida pela necessidade de reafirmar seu amor.

Sylvia colocou uma mecha de cabelo escuro atrás da orelha e, em seguida, usando o polegar para acariciar a bochecha de Adrienne, disse:

— Ninguém fica entre nós. Não no meu coração.

Adrienne fechou os olhos, a beijou e então sussurrou:

— Não é o seu coração que eu temo, *chérie*.

E embora Sylvia não tivesse certeza se entendia o argumento de Adrienne, ficou aliviada porque a conversa parecia ter chegado ao fim. Beijando Adrienne com mais vontade, Sylvia jurou pensar mais no assunto e se certificar de que nada seria um empecilho entre ela e a mulher que mudara sua vida para melhor.

※

A resposta seguinte de John Quinn tinha uma surpresa. *Simplesmente não posso me separar das páginas, mas estarei em Paris para ver os novos Picasso no fim do mês e as levarei comigo.*

Bem, obrigada, Picasso, pensou Sylvia. *Joyce e eu temos uma grande dívida com você*. Pensar no artista espanhol fez Sylvia se lembrar de Gertrude, e ela decidiu escrever um bilhete dizendo oi na esperança de iniciar o processo de amansá-la, amaciando-a com gentileza.

Poucos dias depois da carta de Quinn, Sylvia recebeu outra de Margaret Anderson, da *The Little Review*, em resposta a uma pergunta sobre quais livrarias nos Estados Unidos seriam mais receptivas à publicação do romance proibido de Joyce. Anderson respondeu com uma lista de lojas repleta de anotações perspicazes, e Sylvia se pegou rindo e sentindo como se a outra mulher estivesse parada bem ali na Shakespeare and Company, contando-lhe as fofocas editoriais estadunidenses em vez de listá-las a caneta-tinteiro. Seus pensamentos sobre uma loja em Chicago foram especialmente engraçados:

É nítido que o proprietário é do Meio-Oeste, pois prefere um bife bem passado, mas isso pode ser negligenciado diante do fato de que adora leituras violentas.

No final da longa missiva, ela acrescentou:

Ouvi dizer que John Quinn estará em Paris em breve. Espero que, para o seu bem, ele a evite, pois a opinião dele a seu respeito não é muito melhor do que aquela em relação a mim ou a Jane. Ele é um esnobe terrível e odeia a Washington Square — minha querida casa! — com a paixão que tem por tudo que não seja totalmente higienizado e homogêneo. Uma vez o ouvi se referir à minha rua como um mictório. Um mictório! Acredito que o que ele quis dizer foi um banheiro a céu aberto, pois as mulheres não usam mictórios; mas por que discutir com um homem como esse? O bom é que tenho um senso de humor saudável. Mas suponho que eu esteja sendo uma grande ingrata, pois ele aceitou cuidar do nosso caso pro bono. Só seria melhor que tivesse de fato nos ouvido sobre como defender o livro de Joyce. Bem, fico feliz em passar o bastão desses problemas para você. Espero que não se importe. Não é tão ruim quanto fiz parecer, e sinto que você também tem um senso de humor elevado, do qual vai precisar, risos.

Sylvia imediatamente respondeu a ela agradecendo e a tranquilizando: *Devo aceitar o bastão com entusiasmo até a linha de chegada, e estou muito grata a você e Jane pelas etapas da corrida que completaram em grande estilo.*

O restante de junho avançou num ritmo considerável, dada a supervisão das consultas de Joyce com o dr. Borsch, a troca de páginas entre ele, as datilógrafas (a mais recente delas era Julie, empolgada e já no fim da gestação) e Darantiere, a preparação da nova loja da Shakespeare and Company na rua do Odeon — prateleiras para montar, limpeza e pintura por fazer, livros para deslocar e perguntas a responder. As semanas de pagamento de dois aluguéis quase dobraram o número de cigarros que Sylvia fumava por dia para acalmar os nervos e pelo medo da falência.

Adrienne se recusava a deixar Sylvia fazer compras ou pagar qualquer coisa quando elas saíam. Ainda assim, só lhe restavam umas últimas centenas de francos. Ela nem tinha certeza de como iria pagar Mysrine dali a uma ou duas semanas.

— Eu me sinto péssima por não poder contribuir mais — comentou Sylvia enquanto ela e Adrienne comiam outra refeição simples de omeletes e salada.

— Todo mundo precisa de ajuda às vezes — disse Adrienne.

— E vai valer a pena tê-la na Odeon. Juntas, poderemos ajudar ainda mais escritores, o que vai garantir o sucesso e a solvência da sua loja. Em breve você poderá abrir aquela loja de chá também.

— Espero que sim.

— Por que você duvida tanto?

Sylvia se recostou na cadeira, olhou para a refeição parcialmente consumida, e disse:

— Você já se perguntou alguma vez se estava fazendo a coisa certa?

— Com a La Maison? Não, nunca. Isso me trouxe mais felicidade do que qualquer outra coisa em minha vida. Trouxe amigos, a literatura e você. Achei que você sentia o mesmo pela Shakespeare.

Havia um tom petulante e impaciente na voz de Adrienne.

— Sim — assegurou-lhe Sylvia. — Estou preocupada com o dinheiro, só isso.

— O dinheiro virá. — Adrienne foi enfática. — E, enquanto isso, não se preocupe em depender um pouco de mim. Eu amo você, *chérie*. Fico feliz em poder ajudar.

Ninguém além da mãe de Sylvia havia expressado um sentimento como aquele em relação a ela, e isso lhe causou uma dor lancinante no coração. Ela sentia falta da mãe. Era mesmo certo depender de Adrienne daquela forma?

※

No dia em que John Quinn apareceu, sem avisar, no número 8 da rua Dupuytren, Sylvia ficou muito feliz por Ernest e Bob estarem lá para ajudá-la a carregar as caixas entre o antigo endereço e o novo, no número 12 da rua do Odeon, que cheirava a madeira serrada, tinta fresca e buquês de lírios e rosas levados para ela por amigos entusiasmados como Michel e Julie, Raymonde Linossier e George Antheil.

O advogado alto e bonito, com o cabelo meticulosamente aparado, rosto selvagem e barba feita, entregou um maço de papéis a Sylvia e disse:

— Gostaria de tê-los de volta antes do fim da semana.

Com uma enorme sensação de alívio, ela passou os olhos pelas linhas familiares escritas por Joyce, folheando as páginas até ver — *sim*, o último episódio perdido de Circe estava lá!

— Até o fim da semana não será um problema — replicou ela.

John Quinn colocou as mãos no cinto e franziu a testa.

— Espero que sua nova loja seja maior do que esta. Você realmente vendeu livros aqui?

— É um pouco maior, sim — respondeu Sylvia, tentando se manter positiva, mas sentindo a raiva que acumulara ao ler cada uma das cartas dele.

— Ótimo. Não podemos ter Joyce publicado por uma instituição tão pequena.

— Então o livro dele é repulsivo mas grandioso? — interrompeu Bob sem olhar para Quinn, empilhando uma caixa sobre a outra.

Ernest estava do outro lado da sala, colocando o máximo que podia em outra caixa enquanto ouvia e ria da vulgaridade de Bob.

— Agradeço se não me lembrar do julgamento — pediu Quinn. — Foi uma grande decepção.

— Para todos nós — retrucou Bob, levantando as caixas e levando-as para fora da loja enquanto Sylvia continha uma risada.

— Vou ignorar o sarcasmo dele à luz dos esforços — observou Quinn.

— Ah, ele é sempre alegremente sarcástico — comentou Sylvia.

— Ele é o favorito das editoras, não é?

— Das srtas. Anderson e Heap? Acho que sim.

— Elas se sentiriam em casa aqui — disse Quinn. — Estou surpreso que não tenham vindo visitar.

— Espero que venham um dia, mas sei que elas não ganham muito dinheiro com o periódico.

— Porque elas insistem em fazer escolhas absurdas.

Como aceitar que você as representasse?

— Na verdade, srta. Beach — continuou ele — espero que você não cometa os mesmos erros que elas cometeram. Você deve manter Joyce na linha. Soube que ele a está importunando com revisões intermináveis.

— Ah, não é problema nenhum. — Foi um prazer mentir para aquele homem.

— Ezra diz o contrário.

— O querido Ezra gosta de cuidar de mim. Ele é como um irmão, o que é bom, porque eu só tenho irmãs.

— Parece-me que Joyce precisa de mão firme para guiá-lo no caminho certo. Direi algo a ele.

— Você pode dizer o que quiser ao sr. Joyce, mas, por favor, não diga nada em meu nome. Nos damos muito bem e aprovo o trabalho dele em *Ulysses*. Como sua editora.

Quinn cruzou os braços sobre o peito e, do alto de sua envergadura considerável, olhou para Sylvia.

— Você soa como Margaret Anderson.

Sylvia se esticou o máximo que seu diminuto corpo permitiu e respondeu:

— Considero esse o mais alto elogio.

— Acho que você perceberá que Sylvia sabe exatamente o que está fazendo — disse Ernest, enquanto colocava uma caixa no ombro, assustando Sylvia, pois ela se esquecera de que ele estava ali com eles.

— Você gostaria de vir conosco ao nosso novo local? — perguntou ela para John Quinn, animada com a defesa do amigo. — Talvez se sinta melhor na Odeon.

Ele seguiu Ernest e Sylvia sob o sol escaldante de verão e olhou para as lojas vizinhas, com ar de avaliação. Não era um bairro com galerias de arte e restaurantes finos, pensou Sylvia, que com certeza era algo a que ele estava acostumado a visitar em Paris. O Quartier Latin era muito mais parecido com a Washington Square, e Sylvia se lembrou do que Margaret escrevera sobre a opinião de Quinn em relação àquela parte da cidade de Nova York. *Um mictório*.

— Muito melhor — declarou ele em relação à loja maior, com suas novas prateleiras e piso varrido, usando um lenço amassado para enxugar o suor da testa alta.

Sylvia balançou a cabeça e disse a si mesma para ficar feliz por ele ter trazido as páginas de *Ulysses* que faltavam. Ela teve que esconder a risada quando Ernest pôs uma caixa nas mãos de Quinn e disse:

— Seria de grande utilidade poder contar com outro par de mãos fortes. Não podemos deixar as mulheres fazendo todo o trabalho pesado, não é mesmo, senhor?

⁂

A Shakespeare and Company fechou com menos de vinte francos no caixa depois que Sylvia pagou o aluguel final na Dupuytren e a segunda parcela em sua nova loja na Odeon.

E, embora isso lhe causasse um nó na garganta, ela teve que dizer a Mysrine que não poderia pagar a ela naquela semana.

— Prometo pagar o dobro na semana que vem.

— Eu entendo — disse a jovem. — Eu vi o livro contábil, então, sei.

— Obrigada — sussurrou Sylvia, cheia de culpa, embora soubesse que não tinha feito nada de errado. Não exatamente.

Ela vinha recusando convites para drinques e jantares por semanas porque sabia quanto dinheiro teria que gastar naquelas noites no Le Dôme ou no Monocle. De qualquer maneira, ela mal tinha tempo, pois passava longas horas organizando a nova loja. "Adoraria ir, mas estou muito ocupada" havia se tornado um refrão para ela. Todas as noites, ela se deitava na cama com as costas, as pernas e os braços doloridos de tanto se curvar, levantar e empurrar coisas.

Quando um cheque substancial da esposa de Bob, Bryher, chegou da Itália pelo correio, onde ela estava viajando com H. D., Sylvia quase desabou na loja em meio a lágrimas de vergonha e gratidão. A quantia era para três cópias de *Ulysses*, mas Bryher pagou bem a mais, fato que ela reconheceu em sua carta.

> *Sylvia, querida, perdi sua carta que dizia quanto custa cada cópia, então, se não paguei o suficiente, por favor me avise. Se, por outro lado, enviei dinheiro a mais, recuso-me a ouvir uma palavra a respeito.*

Quando Bob entrou na loja, alguns dias depois, ela o levou para o canto e sussurrou:

— Obrigada.

Seu sorriso era amplo e despreocupado.

— Nós, editores, precisamos nos manter unidos, certo? Acho que você está fazendo uma coisa incrível. E eu acredito em carma.

Ela o abraçou com força, engolindo os soluços ameaçadores. Ele retribuiu o gesto.

— Posso recomendar um casamento de *conveniência* como o meu? Um cônjuge com grandes fundos é capital, se assim posso dizer.

Sylvia riu e enxugou algumas lágrimas dos olhos.

— Você pode, Bob. Você pode dizer o que quiser.

Embora eu saiba que seu casamento é mais complicado do que de conveniência. Ela mal conseguia acompanhar a competição entre Bob, Bryher e H. D.; os três trocavam de cama como se fossem tendências mudando.

— Eu sempre faço isso, não é?

— Graças a Deus — disse ela, rindo ainda mais e abraçando-o novamente. — E tenho certeza de que a sua Contact Editions será um grande sucesso.

O empreendimento editorial de Bob, com o apoio de Bryher, estava indo bem; William Carlos Williams já havia prometido a ele seu próximo livro de poemas, e Ernest estava pensando em escrever um livro de contos.

Embora a maioria dos assinantes de *Ulysses* não fosse pagar integralmente até receber o exemplar, Sylvia ficou animada ao ver mais e mais pedidos de seus amigos franceses e estadunidenses locais — que alegria —, bem como de escritores e outras figuras importantes no exterior, como T. S. Eliot, T. E. Lawrence, Winston Churchill e Wallace Stevens.

Até mesmo editores estadunidenses como Ben Huebsch e Alfred Knopf, que se recusaram a publicá-lo, queriam uma de suas edições de Paris para suas coleções particulares.

E finalmente tiveram notícias de George Bernard Shaw, que escreveu uma carta para Sylvia explicando por que ele não compraria *Ulysses*: ele lera partes da obra nos periódicos e concluíra que era "um registro revoltante de uma fase nojenta da civilização" e que, embora "eu tenha andado por aquelas ruas e conheça aquelas lojas… escapei de lá e fui para a Inglaterra aos vinte anos". Na Irlanda, terra natal dele e de Joyce, "eles tentam limpar um gato esfregando o nariz do animal na própria sujeira", o que parecia ser o objetivo de Joyce no romance. Mas a parte favorita de Sylvia na carta era a conclusão: "Sou um senhor irlandês idoso, e se você imagina que algum irlandês, que dirá um idoso, pagaria 150 francos por um livro desse, pouco conhece meus conterrâneos."

Joyce leu e releu a carta em meio às caixas de livros e quinquilharias que ela e Mysrine haviam desempacotado o dia inteiro no novo endereço na rua do Odeon.

— Parece que você me deve um almoço — disse ele.

— Não sei disso, não — retrucou Sylvia. — A carta dele pode estar cheia de críticas, mas ele obviamente pensa que você é um escritor notório, considerando que ficou tanto tempo explicando por que não comprará seu livro. Além disso, é hilária.

Durante toda a manhã, Sylvia dera risada com as tiradas dele. Fazendo uma pose teatral com um braço acima da cabeça, ela arriscou um forte sotaque irlandês numa voz rouca.

— Eu sou um *cavalheiro* irlandês. Cof, cof. Digo, cavalheiro.

Lucky, o gato, saltou de uma das caixas e andou até Sylvia, que riu, o pegou no colo e encostou seu nariz no dele, dizendo:

— Lucky, o que você diria ao sr. Bernard Shaw, cavalheiro irlandês?

Joyce sorriu.

— Você falou exatamente que nem ele.

— E, no entanto, nunca nos conhecemos.

Acariciando o pelo macio entre as orelhas de Lucky, ela completou:

— Então teremos almoço. Maxim's, certo? Mas você vai ter que esperar até que eu me restabeleça.

— Sou o rei da paciência.

— Temos outras vitórias para brindar também — disse ela, sentindo-se leve pela primeira vez em semanas. Ajudava ter Joyce na loja, lembrar que ele era real, que o livro era de verdade e uma obra-prima, e que ela iria publicá-lo. — Larbaud me escreveu dizendo que está trabalhando duro na tradução para o francês e espera fazer uma leitura na casa de Adrienne no outono, e... — Ela fez uma pausa para conferir o máximo efeito dramático. — *Monsieur* Darantiere está no encalço da cor perfeita da bandeira grega para a capa! Um de seus sócios na Alemanha afirma ter o corante perfeito, e ele precisava ir para lá a negócios, de qualquer maneira; então, disse que daria uma olhada nisso.

— São Caetano de Thiene está sorrindo para nós.

— Meus santos estão um pouco enferrujados, pois fui criada na igreja presbiteriana.

— Santo padroeiro da boa fortuna. E da Argentina.

Ela riu.

— Isso significa que a Argentina está cheia de gente com sorte?

— Talvez a sra. Joyce e eu devêssemos ir até lá descobrir. Li que é um país lindo.

Embora relutasse em fazer isso, ela disse:

— Para voltar ao assunto de Darantiere, acho que devo avisá-lo que todas as revisões que está fazendo aumentaram substancialmente os custos de impressão. Não me importo, mas acho que você deve ficar sabendo que pode não haver lucro se todo o dinheiro da assinatura for usado para aplicar as mudanças.

Ele suspirou — Sylvia notou que ele vivia suspirando nos últimos tempos — e deu de ombros.

— É mais importante estar tudo certo do que nós ficarmos ricos.

Exatamente como ela pensava.

Mas, nesse caso, por que ele apostou o almoço no Maxim's?

CAPÍTULO 13

Na semana entre o Quatro de Julho e o Dia da Bastilha, antes que todos os amigos abandonassem Paris e se dirigissem para o frescor do mar ou das montanhas para passar o restante do longo e quente verão, a Shakespeare and Company reabriu em novo local, em frente à La Maison des Amis des Livres.

Valery Larbaud saiu de Vichy e voltou para Paris para a ocasião, e todos os amigos mais próximos de Sylvia e Adrienne foram para brindar com champanhe e desejar boa sorte a Sylvia, enquanto o sol baixava e uma brisa soprava do Teatro Odeon. O quarteirão estava tão lotado de escritores, leitores, artistas e músicos franceses e estadunidenses, habitantes locais e expatriados, que "dava para confundir isso com uma nova exposição no Louvre", como Adrienne gorjeara.

Elas tilintaram as taças.

— Você se superou — disse Sylvia, olhando para a mesa farta de frutas da safra, lindamente podadas e cortadas em formato de pequenos animais, ou arrumadas como flores; muitos queijos, pães, *saucissons* e saladas, e a *pièce de résistance*, um bolo enorme de dois andares no formato de dois livros: *Autobiografia*, de Benjamin Franklin, e *Folhas de relva*, de Walt Whitman.

Sylvia tinha ouvido Adrienne xingar o *fondant* muitas vezes nos últimos dois dias, e ela teve que armazenar o produto final no freezer de Michel, mas ficou impressionante.

— Obrigada — sussurrou Sylvia o mais sugestivamente possível no ouvido de Adrienne.

Cyprian estava como gostava, dedicando a atenção de seus longos cílios apenas aos convidados mais famosos. Hadley e Ernest se deram as mãos, riram e conversaram com todos, enquanto Ernest enchia as taças com vinho dourado das garrafas geladas e informava a todos:

— Terminei outro conto na semana passada!

Julie cambaleava, jogando o peso para trás para sustentar a barriga protuberante, embora Michel parecesse tudo menos feliz, com os olhos cansados e a postura caída. Sylvia não queria bisbilhotar, mas esperava que um deles ou os dois a visitassem logo, para que pudesse verificar o que estava acontecendo e se poderia ajudar de alguma forma.

Bob se embebedou rapidamente, e Bryher, que acabara de chegar à cidade, mal tomou um gole de champanhe. Os dois assistiram com olhar de inveja enquanto H.D. flertava com todos os outros, alheia às reações de seus dois amantes — e à de Ezra, pois ele também tivera uma vez um namorico juvenil com a poeta. O espetáculo deixou Sylvia ainda mais grata pela firmeza de seu amor por Adrienne. As duas não ficavam mais acordadas até uma da manhã, mas falavam e riam sem parar e sabiam exatamente como dar prazer uma à outra na cama; Sylvia apreciava os momentos em que a respiração de Adrienne ficava irregular e pesada, seus dedos puxando com força o cabelo de Sylvia enquanto o prazer pulsava pelo corpo.

A sra. Joyce entregou a Sylvia um lindo pote de gerânios coral.

— Para sua entrada — disse. — E obrigada pelo dr. Borsch. Ele é um verdadeiro salva-vidas. O sr. Joyce fica muito mais relaxado sob seus cuidados.

— Por nada. Também estou aliviada.

— Agora, se eu pudesse fazê-lo dar aulas novamente...

— Espero que ele não precise dar aulas depois que *Ulysses* for publicado — replicou Sylvia.

A sra. Joyce balançou a cabeça.

— Lecionar é uma atividade *respeitável*.

Sylvia riu para si mesma ao notar como a sra. Joyce e John Quinn soavam parecidos, com aquele pensamento tão convencional —, e, no entanto, como cada um estava emaranhado na vida de um dos menos convencionais dos escritores.

Joyce se aproximou, passou o braço pela cintura da esposa e lhe ofereceu um copo de água gelada; e a maneira como ela se apoiou nele garantiu a Sylvia que, independentemente do que Nora dissesse, seu amor era inabalável.

— Parabéns, srta. Beach — disse ele, observando o cenário alegre diante deles —, pela sua Stratford-on-Odéon.

Ela bateu palmas.

— Que nome maravilhoso! — arfou.

Até a sra. Joyce acrescentou, com um aceno de aprovação:

— Há algo universal nisso.

Se aquilo não foi um batismo, ela não sabia o que era.

Adrienne cunhou um termo igualmente delicioso para o pequeno pedacinho de Paris das duas: Odeonia. Sylvia amava os dois, a maneira como os nomes da sua amada e do seu escritor soavam ao seu ouvido e eram sentidos na boca quando ela os dizia.

Stratford-on-Odéon.

Odeonia.

O de Adrienne tinha a vantagem de ser o mesmo nome em inglês e em francês e, embora o dela tivesse uma qualidade atemporal e mítica, o de Joyce transformava as lojas francesas e estadunidenses em algo tão importante para a história das letras quanto o escritor que deu nome à loja.

Sylvia notou, no entanto, que, embora usasse os dois apelidos de forma intercambiável, glorificando ambos, Adrienne nunca usava o termo de Joyce. E ele nunca usava o dela.

Pouco depois da inauguração, Paris se esvaziou, e as respostas às suas perguntas sobre *Ulysses* se esgotaram — temporariamente, ela esperava — enquanto as pessoas desfrutavam das férias de verão. Pelo menos ela tinha um refúgio de verão gratuito para visitar: a casa dos pais de Adrienne em Rocfoin, onde elas tinham decidido ficar até setembro. Para economizar nas despesas, ela fechou a loja até que voltasse; Mysrine às vezes ia verificar as coisas, separava a correspondência e atendia a solicitações enquanto reenviava as cartas que exigiam a atenção de Sylvia, que, por sua vez, tinha o dinheiro de Bryher e das vendas que fizera na inauguração, o suficiente para se manter por algumas semanas.

Fora da cidade, ela tentou preencher seus dias com o máximo possível de atividades fisicamente desgastantes: fazendo longas caminhadas pelos bosques e colinas, cortando lenha e buscando água, explorando cidades próximas com ruínas romanas e medievais e lendo, lendo por horas ao final de cada dia. Ela descobriu que, se não estava cansada o suficiente à noite, acordava na escuridão com o coração acelerado e uma poça nos lençóis onde seu corpo estivera. *Será que Joyce está bem? Como estarão os olhos dele? Com certeza o dr. Borsch ou a sra. Joyce entrariam em contato comigo se ele piorasse. Ele vai terminar a tempo para o lançamento em fevereiro? O que vou fazer se eu ficar sem dinheiro? Será que já estou sem dinheiro? E se minhas contas não estiverem corretas? E se Gertrude nunca mais voltar à loja? Será que o azul grego da Alemanha vai ser o certo?*

E se não for? E assim por diante. Ela poderia ficar acordada por horas se preocupando e especulando; então, o dia seguinte pareceria uma marcha forçada até que ela acidentalmente adormecesse na sombra com um livro no colo antes do jantar, e todo o processo se repetiria.

— Sylvia, você precisa parar de se preocupar assim — disse Adrienne certa manhã, enquanto estavam na cama, ouvindo os pássaros saudarem o sol.

— Mas investi tudo no livro de Joyce. E se for um fracasso?

— E daí se for? Você ainda terá a Shakespeare and Company, e a Odeonia é muito mais do que *Ulysses*.

— Não quero ser um fracasso.

— Eu sei que não. E não vai. Mas, se isso acontecer, o fracasso será dele, não seu.

Ela não tinha tanta certeza assim.

※

Ao retornar a Paris em setembro, Sylvia sentiu como se pudesse respirar livremente pela primeira vez em semanas, sabendo que logo estaria entre os muitos amigos que a ajudariam a garantir que *Ulysses* não fosse um fracasso. Na manhã de segunda-feira, ela abriu as venezianas barulhentas de sua loja e de imediato viu em sua mente uma nova disposição de livros e periódicos para a vitrine. A tensão no ombro deu uma aliviada.

Ela estava montando a vitrine, tomando cuidado para não deixar as cinzas do cigarro caírem nos livros, quando Joyce chegou girando sua bengala e parecendo bem melhor do que antes. Os dois se abraçaram, e ele quis que ela contasse tudo sobre as férias dela, o que ela fez, o quanto pôde, antes de não conseguir se conter:

— Agora você precisa me contar o que está acontecendo com *Ulysses*.

— Bem, passei a maior parte do mês de agosto na cama, tanto que os calos em meus dedos por segurar a caneta começaram a cicatrizar. Mas não há o que temer, minha querida srta. Beach, pois fiquei o tempo todo pensando em *Ulysses*, deslocando-o na minha mente, peça por peça, e imaginando uma maneira de finalizá-lo. Então, por um milagre, há cerca de uma semana, acordei enxergando, como se tivesse bebido a água de Lourdes. Peguei um novo pedaço de papel, preenchi minha caneta com tinta e comecei a escrever. Não me lembro de ter escrito tanto ou tão rápido antes.

— Você tem feito isso no sol? Sua pele parece tão bronzeada e saudável.

— Sim. Existe um banco agradabilíssimo no pátio da casa de Larbaud, e achei perfeito para escrever. Até aquela cadela me expulsar. Felizmente, ela aparecia sempre, e eu aprendi a ir ao Dôme e terminar por volta das três da tarde. Às seis, o sr. Hemingway ou o sr. McAlmon costumavam se juntar a mim.

— Parece uma semana perfeita.

— Hoje não fui ao Le Dôme por você, porque um passarinho me contou que estava de volta.

— Ah, não teve nada a ver com a carta que escrevi para você na semana passada?

— Absolutamente nada a ver!

Eles sorriram, e Sylvia se sentiu leve e feliz.

— Senti a sua falta. Vamos ver se Molly ou Leopold estão por aí?

— Vamos — concordou ele, e eles foram até a entrada olhar.

Adrienne por acaso estava varrendo o degrau da frente de sua loja e acenou.

— Acabei de ver Buck Mulligan passando!

— Buck! Não o vemos há séculos, pobre velho — disse Joyce.

— Fico feliz em ver você passeando — comentou Adrienne do outro lado da rua.

— Nunca estive tão bem — disse ele.

Adrienne inclinou a cabeça e deu a Sylvia um olhar que dizia: "Está vendo?"

Está tudo bem, e Sylvia beijou o dedo indicador e o dedo médio e mandou um *baiser* para o outro lado de Odeonia.

※

O ritmo do outono era tão brusco quanto o clima, e isso afetava mais pessoas além de Sylvia. Larbaud estava tão ocupado que não conseguiu seguir com a tradução de *Ulysses*, embora tivesse prometido terminar o ensaio que estava escrevendo sobre o romance para a ilustre *Nouvelle Revue-Française*. Parte dele Larbaud leria em forma de palestra na La Maison naquele outono — embora, ironicamente, fosse esse prazo que o impedia de traduzir a obra.

— Perdão. Amo demais o trabalho de Joyce para não lhe dedicar toda a atenção. E eu tenho uma sugestão para você, de qualquer forma. E Jacques Benoist-Méchin?

— Bem, ele não é você, mas faz traduções adoráveis — respondeu Sylvia, aliviada por Larbaud ter resolvido o problema para ela, de modo que ela não precisasse pensar mais no assunto.

Benoist-Méchin era frequentador assíduo da loja de Adrienne, um *potasson* honorário; então, Sylvia o conhecia havia anos. Ele era muito jovem, mas tinha o dom dos idiomas — falava e lia francês, inglês e alemão como um nativo em cada um dos idiomas. Em alguns aspectos, era uma escolha melhor do que Larbaud, embora ela nunca fosse dizer isso ao amigo.

— Estou honrado por você considerar o meu nome — disse Benoist-Méchin a Sylvia na Shakespeare, segurando a boina nas mãos nervosas. — O trabalho de Joyce é revolucionário.

Com um caloroso aperto de mão estadunidense, Sylvia disse:

— Eu não poderia estar mais feliz por você aceitar o trabalho. Eu não posso mentir, no entanto: não será fácil.

— Melhor ainda.

Que alívio. Alguém que queria estar à altura do desafio!

Com quase todos os mil primeiros exemplares impressos na primeira leva por Darantiere vendidos a leitores e a livrarias estadunidenses rebeldes, Sylvia tinha voltado sua atenção para as críticas e — mal podia acreditar — o contrabando.

— Estou prestes a me tornar uma contrabandista — disse ela a Adrienne, Larbaud, Rinette e Fargue num jantar em outubro. — Embora talvez um termo melhor seja "contralivrista"! Ela riu ruidosamente, mas sozinha, e logo percebeu que os amigos franceses não tinham entendido o jogo de palavras. — Um contrabandista vende bebidas alcoólicas ilegais nos Estados Unidos; então, um contralivrista vende livros ilegais — explicou ela.

— Ahhhhhhh. — Eles suspiraram e riram com aprovação.

— Eu não posso usar os correios — ponderou ela —, mas, para compradores individuais, posso usar um serviço postal privado assim que os livros chegarem na fronteira. Já levar uma grande quantidade de livros para a Washington Square

BookShop e a outras livrarias que fizeram encomendas é outra coisa completamente diferente.

— Depois de receberem o livro, como vão expô-lo? Elas dificilmente podem exibi-lo nas prateleiras — argumentou Fargue.

— Suponho que encontrarão alguma maneira secreta de informar certos clientes de que têm cópias numa sala nos fundos. Mas isso, como dizem, não é problema meu.

Fargue esfregou as mãos.

— Que história maravilhosa — disse, com um sorriso malicioso. — *O livro proibido e o gim da banheira.* — Ele pronunciou o título num inglês com forte sotaque, para alegria do grupo.

Mesmo com a ajuda de Mysrine, a nova loja estava tão cheia que impediu Sylvia de pensar o suficiente sobre o problema do contrabando. A Shakespeare and Company não se resumia só ao mercado de livros e à biblioteca: havia se tornado o centro de informações de todos os turistas e expatriados em Paris para as centenas de estadunidenses que visitavam a cidade por qualquer período de tempo, de uma semana a um ano ou mais. Todos os dias, seus amigos levavam mais amigos, e desconhecidos chegavam com cartas de apresentação ou o endereço da loja rabiscado num guardanapo ou pedaço de papel. Eles apareciam para tudo, fosse em busca de serviços postais e solicitações de acomodação ou para obter informações sobre óperas, balés e museus.

Também apareciam para espionar. Sylvia passou a reconhecer o olhar furtivo: enquanto fingiam ler um livro ou periódico, os olhos dos estadunidenses vagavam para longe da página, e inspecionavam cada rosto na loja em busca de James Joyce, que era um cliente assíduo, o que sem dúvida tinham ficado sabendo em um dos muitos artigos publicados na imprensa francesa e estadunidense sobre o progresso do livro banido do escritor irlandês.

Para seu deleite particular, Joyce costumava ficar à vista de todos, sentado na cadeira verde ou num canto da sala da biblioteca. Sylvia nunca, jamais o apresentava a um estranho, e proibia Mysrine de chamá-lo pelo nome quando a loja estava cheia. Como gostava de uma brincadeira, Joyce dava uma piscadela e um sorrisinho para Sylvia quando ouvia um casal dizer um ao outro: "Será que James Joyce está aqui?". Sylvia gostaria que eles olhassem menos e comprassem mais, mas as vendas aumentaram apenas o suficiente para diminuir sua preocupação. *Contanto que ele consiga terminar o livro em janeiro*, dizia a si mesma.

Surpreendentemente, embora tivesse um bebê em casa, Julie continuou a acompanhar Joyce, datilografando as páginas enquanto ele as produzia e revisava. Sylvia ainda estava preocupada com ela e Michel, no entanto. A tristeza que vira em seu rosto em julho não havia desaparecido. Adrienne relatou que, embora sorrisse e brincasse em sua *boucherie* como sempre fizera, havia um vazio nele que não existia antes. Sylvia tentou perguntar a Julie se estava tudo bem, e até se ofereceu para dar um descanso na datilografia, mas a única resposta que recebeu foi:

— Eu preciso disso, Sylvia. Michel trabalha muito e dorme pouquíssimo. Bem, acho que nós dois dormimos mal com a pequena Amélie chorando no meio da noite, mas ele tem pesadelos que o acordam também.

— Pesadelos? — Sylvia esperava que a pergunta não fosse muito invasiva.

— Com a guerra — respondeu Julie.

— Sinto muito. Ele ainda lê Owen e Sassoon? Muitas vezes, ajuda a se sentir menos sozinho.

— Constantemente — disse ela, parecendo triste e perdida.

— Você vai me dizer se houver algo que eu possa fazer, não é? — Palavras muito inadequadas, mas foram as únicas.

— Você pode me manter ocupada — respondeu Julie com uma veemência que surpreendeu Sylvia.

— Posso, sim — prometeu ela. — E posso lhe dar isto. Sylvia foi até as prateleiras de sua loja, arrancou *Mulherzinhas*, de Louisa May Alcott, e o entregou a Julie. — É um presente. Para você. Ela é a primeira grande escritora dos Estados Unidos, e esta é a história maravilhosa de quatro irmãs.

— Obrigada. — A voz de Julie estava rouca, e a pequena Amélie começou a chorar no carrinho. Assustada, Julie se curvou para o bebê, falou com ternura e acariciou a bochecha da filha. — Obrigada — sussurrou Julie de novo antes de empurrar o carrinho para fora da loja, deixando Sylvia com o desejo de que houvesse algo mais que ela pudesse fazer.

CAPÍTULO 14

— A noite passada foi realmente incrível — disse Ernest na tarde de 8 de dezembro, na Shakespeare and Company, parecendo um pouco pior e estampando a ressaca no rosto bronzeado e bonito.

Sylvia também estava cansada, embora não tivesse ficado na rua até tão tarde quanto ele. Todos foram ao Dôme para celebrar depois de duas horas emocionantes em que 250 amigos e admiradores se reuniram na La Maison para ouvir Jimmy Light, um dos estadunidenses em Paris, ler *Ulysses* e, em seguida, ouvir Valery Larbaud explicar a genialidade do romance e sua contribuição para as literaturas francesa e estadunidense. Tinha sido muito empolgante, com todos os amigos, velhos e novos, presentes naquela estreia francesa do romance de Joyce. À meia-noite, Sylvia e Adrienne tinham deixado Joyce, Ernest e cerca de uma dúzia de outros que ainda bebiam.

— E pensar que você foi tão cético sobre a noite. — comentou ela.

Sylvia amava implicar com Ernest. Ele se tornou como um irmão ou primo para ela. Sylvia também não se importava com as provocações dele.

— E eu tenho culpa? Você deu um baile de debutante para um romance escrito em inglês, e nem para o romance em si, mas para um pedacinho de uma tradução francesa, numa livraria de livros franceses, quando a livraria de títulos em inglês e a editora do romance estão do outro lado da rua. E pensou que eu era o louco?

— Funcionou, não foi?

— Funcionou. Você e Adrienne fazem tudo funcionar.

— Bem, queríamos reconhecer a integração de Joyce na comunidade literária local. Você e ele são pássaros raros aqui, sabe, falando a língua de Larbaud, Gide e Benoist-Méchin e fazendo amizade com eles. Muitos dos estadunidenses e britânicos são reservados.

— Eles é que estão perdendo.

— *Oui.*

Ernest franziu a testa.

— Devo admitir que a noite passada me deixou com ciúme.

Sylvia riu.

— Ernest, Joyce é quase vinte anos mais velho do que você.

— Sim, e ele era quase dez anos mais velho quando publicou *Dublinenses* — acrescentou ele tão depressa que Sylvia percebeu que havia passado um bom tempo pensando sobre os escritores e seus sucessos, comparando-se a eles, o que lhe lembrava do Prufrock de Eliot e suas colheres de café. *Bem, por que não? Ernest é um homem competitivo; é provável que as comparações o inspirem a trabalhar mais.*

— Hadley comentou comigo no outro dia que os contos que você está escrevendo agora são excelentes. Verdadeiramente novos e empolgantes. Isso é o mais importante.

— Espero que sim. É difícil, você sabe, estar aqui com Stein, Joyce e Pound. Quero escrever bem e dizer algo novo, mas é difícil sentir que isso é possível com eles por perto.

— Acho que é *melhor* se você estiver fazendo algo diferente do que Joyce e os outros estão fazendo.

Isso é algo que eu nunca consegui descobrir como fazer: como ser Sylvia Beach diante da existência de Chopin, Whitman e Joyce.

— Se você está dizendo. Você é uma das poucas pessoas cuja opinião realmente importa para mim.

— Isso significa muito para mim.

Por alguns minutos, os dois cuidaram de seus assuntos separadamente na loja. Então, ocorreu a Sylvia que aquele jovem boxeador, jornalista, ex-motorista de ambulância, homem com muito mais experiência de vida do que sua idade real fazia presumir, poderia ser capaz de ajudá-la com um problema que vinha crescendo em sua mente.

— Ernest — disse ela baixinho, pois havia outras pessoas na loja —, estava pensando se você poderia me ajudar com uma coisa.

— Se eu puder, ajudo, sim.

— Preciso descobrir como contrabandear o livro de Joyce para os Estados Unidos. Primeiro, tenho que conseguir que a obra atravesse a fronteira; depois, preciso colocar os exemplares em segurança nas mãos de pessoas que pagaram um bom dinheiro por eles. A reputação da Shakespeare and Company está em jogo.

— É uma maravilha que você não diga que é a *sua* reputação.

— Ah, não sou tão importante quanto a loja.

— Discordo veementemente. — Ele sorriu. — Mas é exatamente por isso que eu faria qualquer coisa que estivesse ao meu alcance para ajudá-la. Acho que conheço alguém. Dê-me até o período depois das festas de fim de ano.

— Muito obrigada.

— Feliz Natal, Sylvia.

— Feliz Natal, Ernest.

O ano de 1921 chegou ao fim de maneira apropriada. Enquanto Cyprian festejava com os amigos do teatro e cinema em Paris, Sylvia passava um feriado tranquilo com Adrienne e os pais da francesa no campo, onde grandes fogueiras e saborosos vinhos alegravam todas as noites frias. Elas progrediam pela montanha de livros que vinham pretendendo ler, aconchegadas debaixo de pilhas de cobertores no sofá, às vezes acompanhadas por Mousse, o cão pastor da família, que se juntava ao emaranhado de pernas, aquecendo-as com sua forma pesada e peluda.

— Queria poder ter um cachorro na Shakespeare and Company — disse Sylvia, acariciando distraidamente os cachos da cabeça de Mousse.

— Claro que você pode — replicou Adrienne.

— Mas nosso Jesus Torto tem medo de cachorros.

— A melhor maneira de ele superar esse medo bobo é sendo amigo do cachorro.

— Talvez, mas não antes de *Ulysses* sair.

— *C'est vrai*. Seria um erro perturbar a explosão final. Para o seu próprio bem.

Explosão era a palavra certa para isso, pois as alterações que ele fizera nas páginas de Darantiere pareciam uma profusão de palavras e símbolos. Até Julie começou a esmorecer — "Agora ele pode estar escrevendo mesmo em grego antigo!" —, e Sylvia teve que trazer um último datilógrafo para ajudar nas primeiras semanas de 1922, elevando o total para mais de uma dúzia.

Joyce estava tão ocupado que raramente ia à loja, e quando Sylvia ia ao apartamento dele para recolher e entregar páginas, ela costumava encontrá-lo sozinho.

— Onde está a sra. Joyce? Lucia? Giorgio?

— Não tenho ideia. — Era sua resposta invariável.

— Você comeu?

— Eu acho que... possivelmente... ontem...

Aí, Sylvia ia para a *boulangerie* e *fromagerie* do bairro e levava dois pães e um pouco de queijo duro que não apodreceria caso ele se esquecesse de colocá-lo na caixa térmica. Julie lhe disse que Michel enviara algumas carnes curadas para a casa dos Joyce com base na mesma teoria. Uma vez, Sylvia ficou parada e esperou enquanto ele terminava um sanduíche e um copo grande de água na frente dela.

Mesmo com os olhos lacrimejantes, vermelhos e inflamados, ele continuou a trabalhar. Pelo que ela sabia, tudo o que ele fazia era escrever e dormir. Ernest e Bob não o viam nos cafés desde a leitura.

— Muito impressionante — observou Bob. — Estou feliz pelo homem, mas isso significa que vou gastar cinquenta francos.

— Não entendi.

— Há uma aposta para saber se ele vai terminar de escrever antes dos quarenta anos — explicou Ernest.

— Entendi. — Apesar de suas próprias preocupações com o livro e seu escritor, Sylvia achou isso muito divertido. — E qual foi a sua aposta?

— Mudei a minha aposta após a leitura, o que Bob aqui gentilmente me permitiu fazer. Não pensei que houvesse alguma maneira de Joyce terminar até ver a expressão em seu rosto quando Larbaud o chamou de gênio umas setenta vezes.

— Nada como a bajulação para incentivar um homem — disse Bob.

Sylvia riu e balançou a cabeça.

— Acho que é mais do que bajulação.

— Bajulação nunca é demais — comentou Ernest. — A

propósito, Sylvia, tenho uma pista para discutir com você em relação ao assunto que você mencionou antes do Natal.

— Excelente! Passa aqui amanhã?

— Não faltaria por nada.

※

— Sinto muito, sr. Joyce, mas não posso deixar que acrescente mais uma palavra — disse ela, enfim, menos de uma semana antes do aniversário do autor. Ele foi até a Shakespeare and Company para fazer o pedido, que ela supôs que mostrava o quanto queria mudar o manuscrito, mas Sylvia começou a sentir que as mudanças tinham menos a ver com a genialidade do que com mania, compulsão, e até mesmo medo de realmente acabar. Talvez Bob ganhasse a aposta, afinal. Alguém tinha que se colocar entre Joyce e ele mesmo. — Fazer mais mudanças a esta altura praticamente garantiria que esta edição não daria lucro, e poderia até mesmo fazer *monsieur* Darantiere desistir. Por favor, *por favor*, não me peça para fazer isso.

A voz dela tremia de raiva e medo. Sylvia odiava ter chegado àquele ponto.

— É apenas na última página — implorou ele, com a voz embargada de cansaço e desespero. — Nada além disso precisa mudar.

Sylvia estava com o coração na boca, e sua cabeça latejava. Ela fechou os olhos e respirou; então, perguntou, com as pálpebras ainda a protegendo:

— Quantas palavras são?

— Três. As três últimas. Por favor, Sylvia.

Ela deu um suspiro ruidoso.

— Tudo bem. Vou perguntar. Mas não posso prometer nada.

— Obrigado.

Ele parecia prestes a chorar.

Ela nunca mais publicaria nada. Nunca mais. Foi muito doloroso.

No primeiro trem de Paris para Dijon em 2 de fevereiro de 1922, Sylvia cochilou com a testa encostada na janela gelada. Considerando sua animação por estar nesta missão, ela ficou surpresa ao perceber como estava cansada. A senhora idosa sentada ao lado dela teve que sacudi-la suavemente para acordá-la alguns minutos antes de o trem chegar a Dijon.

A primeira coisa que ela fez na loja de Maurice foi dar a ele um presunto com o melhor Bordeaux que ela pôde pagar, dois potes de compotas de Adrienne e os melhores *saucissons* que Michel tinha sido capaz de doar.

— Você foi gentil com Julie quando eu não conseguia ser eu mesmo — argumentou o açougueiro com gratidão e em tom de desculpa. — É o mínimo que posso fazer.

O tipógrafo sorriu para ela quando a viu, antes mesmo de ela lhe entregar a cesta.

— Está pronto — disse ele.

O alívio que sentiu foi tão grande que, em segundos, ela começou a soluçar nos braços de Maurice. Seu abraço foi firme e forte, e ele a abraçou até que ela não tivesse mais lágrimas.

— Sinto muito — desculpou-se ela.

— Não fique assim. Você colocou seu coração nisso, assim como *monsieur* Joyce. Nem sempre temos controle sobre nosso coração.

— Eu me sinto muito sortuda por ter feito essa jornada com você. — *Essa odisseia*.

— Eu também — disse ele. — Venha, deixe-me mostrar os primeiros exemplares.

Nas mãos dela, ele pôs um livro pesado como um tijolo. O papel grosso e cor de creme era cortado à mão nas bordas e encadernado em azul da cor exata da bandeira grega — uma tonalidade que, na forma de livro, lembrava o pigmento azul usado nos manuscritos medievais, o Mediterrâneo e as *pâtes de fruits*, tudo de uma vez. Era uma de suas 150 melhores edições, e estava absolutamente linda. Quando Sylvia o abriu, o livro soltou um estalo satisfatório em saudação, e quando ela viu as palavras nas páginas sem manchas de correções feitas a lápis, seus olhos se encheram de lágrimas de novo.

— Veja a folha de rosto — disse Maurice em tom abafado.

Tratando-o com o cuidado que teria com um recém-nascido, Sylvia foi até a página e viu "Shakespeare and Company" impresso abaixo de ULYSSES e o nome de Joyce.

Ela não conseguia olhar para ele por mais de um segundo. Era muito para assimilar de uma só vez.

Ela fechou o livro e o segurou contra o peito.

— Não sei como lhe agradecer — confessou.

— Bem — disse ele —, é por isso que você está me pagando de forma tão generosa.

E eles riram juntos.

Em comparação, na viagem de trem de volta para casa, Sylvia se sentiu como se estivesse pegando fogo. Ela *mal podia esperar* para pôr o livro nas mãos de Joyce, pois estava voltando de Dijon com os únicos dois exemplares existentes até o momento, e um seria o melhor presente de aniversário da história dos presentes. Sylvia saiu da Gare de Lyon praticamente correndo debaixo da neve, e entrou num táxi para chegar o mais rápido possível ao apartamento mais recente de Joyce na rua da Université, tamborilando os dedos no livro o tempo todo.

Na porta, a sra. Joyce cumprimentou Sylvia, que ergueu o livro sem dizer nada, mas com um sorriso enorme. A outra mulher deu um grande suspiro e disse:

— Bem, entre.

— Quem é? — perguntou o sr. Joyce, pelo que parecia ser da cozinha.

Giorgio avistou Sylvia e o livro na entrada.

— Seu presente de aniversário! — respondeu o garoto.

Os batimentos de Sylvia aceleraram no corpo todo, e foram até a ponta dos dedos e lóbulos das orelhas. Colocando o livro para trás, ela entrou silenciosamente no apartamento. Ela e Joyce se encontraram no corredor e, assim que a viu, ele pôs a mão no peito e ergueu as sobrancelhas por trás dos óculos.

Tão lentamente quanto sua própria empolgação permitia, ela trouxe o livro para a frente do corpo e o segurou no peito.

Giorgio soltou um grito de alegria, e Lucia — que meteu a cabeça para fora do quarto no corredor — suspirou de felicidade.

— Ah, é lindo, papai!

As mãos de Joyce tremeram quando ele pegou o livro. Ele olhou para baixo com reverência, para o título branco e seu nome na capa.

— É... mesmo verdade...?

Sylvia pôs a mão no cotovelo dele e apertou um pouco.

— Seu *Ulysses* está finalmente em casa.

Ele soltou um suspiro forçado, e ela pôde ouvir todas as emoções que Joyce tentava conter.

— Obrigado, Sylvia.

— É minha completa honra e prazer — disse ela, acreditando em cada palavra.

Ela havia feito uma aposta e tinha acertado. Tudo valera a pena. Este momento, este livro, este escritor, esta cidade. Stratford-on-Odéon.

Odeonia.

Sua própria Ítaca mítica.

O romance trouxe mais notoriedade para a loja do que ela ousara imaginar. Em 3 de fevereiro — uma sexta-feira, um dia agitado mesmo na semana mais lenta —, Sylvia colocou seu exemplar de *Ulysses* na vitrine da Shakespeare and Company, e a notícia se espalhou por toda a margem esquerda, a Rive Gauche, como fogo. Todos os frequentadores assíduos passaram para admirá-lo, e dezenas de outras pessoas que ela não conhecia foram até lá para ver o livro proibido de Joyce; a maioria também se inscreveu para obter o cartão de empréstimo ou comprou outros livros.

Avisos sobre a chegada do livro também apareceram em nada menos do que três jornais no fim de semana e, assim, a semana seguinte levou bandos de estadunidenses, ingleses, parisienses e até mesmo alguns italianos e alemães perdidos à sua porta. Joyce passava por lá todos os dias no meio da manhã e, no primeiro dia em que Larbaud e Fargue, os Pound e os Hemingway estavam lá, parecia uma festa, com Joyce como o convidado de honra; em certo momento, Sylvia refletiu sobre como ele se parecia de repente com Gertrude, embora ela e Alice estivessem notável e previsivelmente ausentes da diversão.

Não apenas novos clientes chegavam todos os dias, como ela era inundada com cartas de admiradores e cínicos; sabia qual era já na primeira frase, e não se incomodava em ler as discordantes: a menos que fossem de outro escritor famoso, iam direto para o lixo. Sua favorita desse gênero veio por meio de Ezra Pound, que aparentemente continuou a ir atrás de George Bernard Shaw para convencê-lo a comprar o livro. Por fim, farto, Shaw enviou a Ezra um cartão-postal com uma imagem de Cristo sendo sepultado enquanto sua mãe e Maria Madalena choravam, e Shaw escreveu: "J.J. sendo colocado no túmulo por suas editoras após a recusa de G.B.S. em comprar *Ulysses*."

Foi Joyce quem levou o cartão-postal para a loja, e ele, Sylvia e Mysrine riram tanto que as lágrimas escorreram dos seus olhos, e a estadunidense sentiu uma pontada aguda na lateral do corpo.

Alguns escritores diligentes chegaram a enviar pedidos para que considerassem a publicação de seus romances incompreendidos, aos quais ela respondeu que, embora desejasse poder considerar os manuscritos de outros autores, sua agenda estava lotada por conta de *Ulysses* e da Shakespeare and Company. Sylvia ficou surpresa ao descobrir que nem mesmo sentiu um impulso de publicar as obras de outros escritores. Em primeiro lugar, a Shakespeare and Company permaneceria uma livraria e, em segundo, a editora de James Joyce. Isso era mais do que suficiente.

CAPÍTULO 15

Assim que Maurice começou a enviar caixas do romance para o número 12 da rua do Odeon, incluindo a edição regular, Sylvia pôs em ação o plano que ela e Ernest haviam tramado para contrabandear *Ulysses* para os Estados Unidos — um processo que, na verdade, começaria no Canadá, onde Sylvia pagara o aluguel de um modesto apartamento em Toronto para um certo Bernard Braverman, um velho compatriota de guerra de Ernest que já fora editor da *The Progressive Woman*.

— Eu o conheço — contara Sylvia a Ernest enquanto eles sussurravam os detalhes do plano na sala dos fundos da Shakespeare and Company.

— Sério?

— Bem, nós trocamos cartas uma vez. Seu periódico era amigável a artigos sobre sufrágio e emancipação das mulheres e, na época, eu estava fazendo campanha em Washington, DC, e escrevendo ensaios ocasionais sobre assuntos progressistas; então, lhe enviei um para publicação. Ele recusou, mas foi extremamente educado. E estou muito feliz por ser ele quem vai ajudar *Ulysses* agora.

— Que mundinho pequeno. O que fez você parar de escrever?

Ela deu de ombros.

— Nunca foi o meu forte.

— Se você desistiu tão facilmente assim, então acredito.
— Desistir, jamais.
— Jamais. É a única certeza.
— A Shakespeare and Company é o meu forte. — Dizendo isso em voz alta, parecia certo e verdadeiro. *Era* o forte dela. E era para *ela*.
— Sorte a nossa.

Foi assim que, na primavera úmida e fria de 1922, Saint Barney, como Joyce o batizou, recebeu caixas que continham centenas de exemplares de *Ulysses* no Canadá, onde não era ilegal — caixas embaladas por Sylvia, Mysrinee e às vezes até pelo próprio Joyce, que não tinha o menor jeito com a cola e o papel, e sempre parecia sair da loja coberto com a gosma pegajosa, a qual ele jurava que gostava de descascar à noite.

Todos os dias, durante semanas, Bernard enfiava um exemplar na calça ou jaqueta e depois embarcava numa balsa que o levava a Michigan, onde deixava o livro num quarto de hotel em Detroit. Depois de acumular o suficiente, ele os enviava para os respectivos endereços através do American Express.

Foi um processo lento e trabalhoso, e Sylvia começou a receber cartas de reclamações de seus mais impacientes e descontentes compradores: "A sra. Wilcox recebeu o dela na semana passada, e como meu dinheiro vale tanto quanto o dela, quero saber onde está o meu exemplar." E daí em diante. Até o dia em que chegou um telegrama do próprio Bernard.

AUTORIDADES DE FRONTEIRAS SUSPEITAM. PRECISAMOS ACELERAR. AJUDA EXTRA. NÃO SE PREOCUPE. MANDAREI NOTÍCIAS.

Sylvia fumou meio maço a mais de cigarros quando a mensagem chegou e passou grande parte da noite tossindo, enquanto ela e Adrienne faziam uma refeição gelada, com queijo, pão e frutas, porque ela chegava em casa *bem* tarde todas as noites, e Adrienne estava trabalhando num ensaio próprio e publicando uma tradução de Larbaud da obra de Whitman para a Cahiers. Ela não conseguia se lembrar da última noite relaxada que tinham passado juntas, sem que fossem interrompidas pelo trabalho.

— *Chérie* — chamou Adrienne, e Sylvia pôde ouvir a hesitação em sua voz enquanto continuava —, talvez menos Gauloises fosse bom para você.

— E para os meus dentes também. — Sylvia suspirou. — É tão difícil. Tentei fumar menos, mas...

— É uma compulsão.

— Ah, é muito mais do que isso.

Adrienne franziu a testa, e Sylvia se perguntou por quanto tempo ela vinha reprimindo esses pensamentos sobre o fumo. Quase todo mundo que elas conheciam fumava, até a própria Adrienne de vez em quando, mas, como acontecia com drinques e absinto, alguns do círculo de amizade exageravam. Gauloises eram seu vício, assim como vinho era o de Joyce, e Sylvia sabia disso — secretamente. Ela começou a notar que, quando fumava mais do que seu maço usual em um dia, sua cabeça parecia dolorosamente apertada e, não importava quanta água ela bebesse, ia para a cama com sede; depois, era punida ainda mais, e levantava-se para se aliviar sete vezes durante a noite.

Incapaz de pensar em desistir, ou mesmo de discutir mais com Adrienne, ela limpou os pratos e mudou de assunto:

— Você acha que os livros vão chegar em segurança ao destino?

— Espero que sim, mas ninguém pode ter certeza. Você fez absolutamente tudo o que podia. A única coisa que pode fazer agora é rezar.

Sylvia ergueu uma das sobrancelhas.

— Peça ao seu pai para rezar, então.

As duas riram juntas. Então Sylvia fez chá e pegou a preciosa lata de chocolate, na qual Adrienne acumulava apenas as melhores barras de chocolate amargo para serem saboreadas após o jantar.

— Também estou preocupada com a pirataria — disse Sylvia, mordiscando um quadrado que deveria ser doce, mas tinha gosto de fumaça. — *Ulysses* parece pronto para isso, assim como *Filhos e amantes*. Não sei se Lawrence conseguiu algum dinheiro com esse livro. Escrevi para John Quinn para ter certeza de que nosso romance está protegido por direitos autorais, e ele me garantiu que a publicação na *The Little Review* já era protegida por direitos autorais, mas algo ali não me parece totalmente adequado. E se *Ulysses* for copiado e vendido sem permissão e não estiver protegido por direitos autorais, não teremos recurso.

— Um problema de cada vez. Vamos garantir que nossos exemplares cheguem a portos seguros primeiro. E por que não deveríamos acreditar em *monsieur* Quinn sobre os direitos autorais?

— Ezra disse que não tem certeza se Quinn está certo. Ele disse que a obra deveria ser catalogada na Biblioteca do Congresso. — Ela tomou um gole do chá de camomila e o sentiu tirando as cinzas de sua língua.

— Um livro banido pode ser catalogado?

— Não faço ideia. Eu perguntei, mas Quinn nem se preocupou em responder.

— Existe alguma maneira de impedir a pirataria de um livro, mesmo que tenha direitos autorais?

— Provavelmente não.

Sylvia cruzou os braços sobre a mesa e se inclinou para a frente. Adrienne enroscou os dedos no cabelo dela.

— Se vier uma tempestade, decidiremos a melhor forma de resistir a ela. Não adianta se preocupar agora com algo que pode não acontecer.

Sugestiva, Adrienne moveu a mão do cabelo de Sylvia para o pescoço, e deslizou os dedos sob o colarinho para que pudesse mover a mão livremente sobre os músculos, ossos das costas e ombros. Já fazia um tempo que ela e Adrienne não faziam amor, e esse gesto solícito evidenciou todos os átomos de seu entusiasmo. Logo elas estavam se beijando e puxando blusas, botões e calcinhas. Quando estavam nuas na cama, Adrienne disse a Sylvia:

— Feche os olhos e não abra, aconteça o que acontecer.

Então, Sylvia a ouviu se levantar da cama e sair do quarto.

Seu coração disparou, e os olhos se abriram. O que ela estaria fazendo? Depois de alguns sons misteriosos na cozinha, Adrienne voltou para o quarto. Sylvia fechou os olhos com força e tentou relaxar nos travesseiros.

— Aonde você foi?

— *Shhh*. Mantenha os olhos fechados.

Então, Sylvia sentiu algo frio e macio em seu seio. Parecia um dedo, mas… não. E ela sentiu o cheiro de algo doce. Baunilha?

— O quê…?

— *Shhhh!*

O dedo frio, escorregadio e doce traçou um caminho pelos seios e tronco, e Sylvia se sentiu incrivelmente excitada e chocada.

O que Adrienne está fazendo? Isso é… creme inglês?

Ela sentiu a boca de Adrienne, os lábios e língua quentes, refazendo os caminhos traçados com o dedo, e a sensação foi…

bem, ela não se importava mais com o que Adrienne estava fazendo. Contanto que continuasse.

※

Sylvia lavou as mãos em relação a John Quinn quando — fiel ao caráter e à sua desconfiança em relação a qualquer mulher que tentasse ajudar Joyce — ele encontrou um meio alternativo de contrabandear suas próprias catorze cópias de *Ulysses* para os Estados Unidos. Ele mandou um mensageiro para a Shakespeare and Company para coletar seu estoque e colocá-lo que nem presunto e queijo entre dois Cézannes que ele adquirira de uma galeria, os quais deveriam ser bem embrulhados e enviados para Nova York. Assim que o menino deixou a Shakespeare and Company com seu sanduíche de livros, Sylvia bateu a porta e gritou:

— Já vai tarde!

Confusos, felizmente os cinco clientes na loja não sabiam da situação e não a conheciam.

Os livros contrabandeados de Saint Barney continuaram chegando, entretanto, e aos poucos Sylvia começou a receber mais cartas de agradecimento e parabenização do que de questionamentos e críticas. De seus amigos na Inglaterra, como Eliot, ouvia-se pouco além de elogios e admiração:

Para onde vai a literatura daqui?

Que ousadia! Lidaremos com aquele monólogo final na voz de Molly por gerações...

Fiquei comovido até as lágrimas e outras emoções menos mencionáveis pelo incômodo das mentes de Stephen e Leopold...

As palavras de Joyce não são apenas arte, como seu volume deveria estar num museu! De fato, é o que há de melhor na edição de livros. Parabéns, Sylvia!

Sylvia nunca tinha recebido mais do que um punhado de elogios de amigos íntimos e familiares por algo que ela tivesse realizado antes. Mas esta avalanche de elogios e agradecimentos... bem, nada poderia se comparar ao momento em que ela segurou o livro nas mãos pela primeira vez, mas o efeito cumulativo de tanto enaltecimento a fez se sentir aliviada, mais inteligente e, de alguma forma, mais alta, tudo de uma vez. Tudo isso combinado ao novo estágio de experimentação sexual em que embarcara com Adrienne fazia Sylvia de repente se sentir tonta na metade do tempo. Na outra metade, ela se perguntava: *Como Adrienne pensava em fazer isso? Sou criativa o suficiente para ela? Eu sou o suficiente para ela? Estou fazendo o bastante por* Ulysses? *Pela Shakespeare?*

Ela expressou algumas dessas preocupações a Cyprian.

— Meu Deus, Sylvia — disse a irmã —, você trabalha o dia todo e nunca sai comigo à noite. Como poderia estar fazendo mais do que isso?

Pedidos de tradução de toda a Europa começaram a chegar, e Sylvia estava trabalhando com Harriet Weaver numa edição em inglês que deveria ser impressa em Dijon e serviria como a segunda edição oficial do romance, porque todos os tipógrafos "desta ilha minúscula e provinciana", como disse Harriet, rejeitaram "o maior romance de nosso tempo". No fim de março, todos os 750 exemplares da edição regular haviam se esgotado.

Críticas surgiram também. A primeira foi no *London Observer* um mês após o lançamento do livro, e Sisley Huddleston proclamou que "sua obscenidade é de alguma forma bela e força a alma a se apiedar". A princípio, Sylvia se preocupou com as reações de Joyce às críticas, mas ele as aceitou com tranquilidade. Na verdade, tornou-se uma brincadeira na loja, em especial depois que o romance foi duramente criticado no *The Sporting Times*, de Londres, no qual o próprio Joyce foi chamado de "lunático pervertido", embora fosse "um escritor de talento". Sob a gigantesca manchete O ESCÂNDALO DE ULYSSES, DE JAMES JOYCE, o jornal ainda havia listado todos os cavalos da temporada que iriam correr com *handicap*.

— Bem — disse Joyce —, fico feliz em saber que meu livro se equipara ao dérbi na avaliação dos ingleses.

Depois do ocorrido, era um tal de "Em que coluna estamos hoje, srta. Beach? Na de jóqueis ou na de artistas?". Eles mantiveram uma contagem contínua de jóqueis (avaliações desfavoráveis) e artistas (avaliações favoráveis). Muitas vezes, o que era escrito como crítica era lido por Sylvia e Joyce como elogio.

— Esta crítica diz que *Ulysses* é uma bíblia para exilados e rejeitados — disse ela.

— Apoiado — replicou Joyce, com sua bengala no ar.

— Amém — concordou Adrienne.

— Exatamente — acrescentou Larbaud.

Com a mesma frequência, havia uma mistura de elogios e críticas.

— Edmund Wilson, em *The New Republic*, depois de compará-lo a Flaubert e dizer que lhe falta algo, conclui que "apesar de todos os seus terríveis *longueurs*, *Ulysses* é uma obra de grande gênio". E que isso "tem o efeito imediato de fazer todo o resto parecer pretensioso. Desde que li o romance, o estilo de outros romancistas parece intoleravelmente frouxo e descuidado".

— Pretensioso, é? Prefiro isso a "apático" — disse Bob, que, naquela manhã, pedia conselhos a respeito de sua Contact Editions.

— Tudo bem, então, acho que, no geral, Wilson está na coluna de artista — disse Sylvia, fazendo uma marca com giz no pequeno quadro que haviam escondido atrás da mesa para a brincadeira. — Quem é o próximo?

Em abril, ela chegou para abrir a Shakespeare and Company sob a tênue luz amarelada da manhã, e encontrou Joyce desgrenhado e taciturno no degrau da entrada com sua bengala jogada para o lado e a cabeça entre as mãos, cotovelos sobre os joelhos.

— Meu Deus, há quanto tempo você está aqui? Está frio.

Ela o ajudou a se levantar e em seguida abriu a porta. Assim que entraram, ele se sentou na cadeira verde e começou a soluçar.

Não seria bom ter clientes entrando naquele momento; então, Sylvia trancou a porta, manteve as cortinas fechadas, e se ajoelhou ao lado do amigo.

— Tenho certeza de que podemos dar um jeito, seja o que for.

Ele enxugou o rosto com um lenço úmido e torcido.

— Nora foi embora.

— O quê?

— Ela foi para a Irlanda ontem. Com as crianças.

Minha nossa. Sylvia sabia que a esposa dele ameaçava havia muito tempo fazer exatamente isso, mas sempre presumiu que não passava de uma ameaça. Uma ameaça que muitas vezes conseguia fazer o marido se lembrar do que era de fato importante na vida, de modo que ele conseguira controlar por um tempo as travessuras da embriaguez. Parecia curioso que agora, quando *Ulysses* estava indo tão bem e a carreira de Joyce dera uma guinada para melhor, ela tivesse ido embora.

— Sinto muito — disse Sylvia, pois parecia não haver mais nada a acrescentar. — Mas ela com certeza vai voltar.

— Ela diz que não vai. E *não posso* mais morar lá. Ela sabe disso.

— Dê algum tempo a ela — aconselhou Sylvia, cujas experiências com a variação de humor de Cyprian e também com o luto de Adrienne mostraram o poder do tempo.

Os problemas de Michel e Julie não confirmavam isso, embora ela se preocupasse com os dois. O tempo decorrido desde a guerra parecia ter desgastado Michel, e havia algo em ter um filho que despertava o pior nele. Julie ainda não compartilhara nenhum detalhe com ela; então, era difícil para Sylvia decifrar exatamente o que estava acontecendo — tudo o que ela sabia era que o leitor sorridente e voraz que tinha a intenção de lutar contra seus demônios ao lado de Sassoon, Homero e Whitman desaparecera.

Mas Sylvia obteve consolo no fato de que Nora não tinha traumas de guerra como Michel. Parecia provável que Joyce estivesse lidando com um caso de desgraça familiar que seria receptivo aos poderes de cura do tempo e até mesmo da distância.

— Ela vai sentir sua falta — acrescentou Sylvia com a maior compaixão que pôde.

— E o dr. Borsch acha que, no fim das contas, talvez eu precise de cirurgia — lamentou ele. — Parece que meus problemas dentários podem estar piorando meus problemas nos olhos.

— Meu Deus.

Sylvia suspirou, sentindo os próprios membros enrijecerem com um pouco da ansiedade transbordante do escritor. Problemas dentários? Quais são os problemas nos dentes? Seriam eles o motivo pelo qual ele sempre pedia sopa para o jantar?

— Vou fazer um chá — disse ela, tanto porque a bebida quente seria reconfortante quanto porque lhe daria um minuto para pensar no que dizer e em como ajudar seu pobre e querido James Joyce, cuja vida parecia arruinada.

Mas, quando surgiu com uma bandeja com chá forte, leite, açúcar e um pacote de *crèmes* de gengibre que ela sabia que ele amava e por isso guardara num armário especial nos fundos, tudo o que conseguiu dizer foi:

— Deixe passar um mês e, se ela não voltar a Paris, conversaremos sobre como seduzi-la para que ela retorne. Nesse meio-tempo, vamos garantir que você tenha a melhor saúde possível para quando ela voltar.

Ele suspirou muito enquanto colocava o açúcar no chá, tomava um gole e mergulhava o biscoito no líquido para amolecê-lo, o que levou Sylvia a perguntar:

— O que há de errado com seus dentes?

— Abcessos. Muito comuns por conta do péssimo estado da odontologia na Irlanda. — Ele pronunciou o nome de seu país de origem de forma dura.

Sylvia assentiu e observou a dificuldade com que ele comia o *crème* de gengibre, movendo-o na boca sem realmente mastigar e, enfim, engolindo de forma lenta. Ele comeu mais dois biscoitos assim e bebeu mais três xícaras de chá enquanto Sylvia sentia o coração acelerar, os ombros enrijecerem, as palmas das mãos e os dedos pegajosos de açúcar e suor. Ela não tinha certeza do motivo pelo qual essa tragédia a afetou tanto, mas afetou.

Falar acalmava a ansiedade, pelo menos para ela; então, ela começou a descrever seus planos para a próxima edição de *Ulysses* — uma conversa unilateral que consistia principalmente em balbuciar enquanto ele assentia e às vezes a agradecia. Quando ele parou de responder, ela abriu as venezianas e voltou sua atenção para os primeiros clientes da loja. Trabalhar também a acalmava, pois ela se concentrava em livros, números e outras coisas tangíveis. Ele saiu pouco antes do almoço com George Antheil, que lhe falou de um quarteto que tocaria no Jardim de Luxemburgo.

— A música foi meu primeiro amor — revelou Joyce. — Eu costumava cantar muito bem.

— Você ainda canta? — perguntou George.

Ele balançou a cabeça como se fosse a coisa mais triste do mundo.

— Vamos ser saudados por alguns concertos pitorescos — disse George.

Joyce assentiu e apoiou todo o seu peso sobre a bengala enquanto George lançou um olhar para Sylvia que dizia: *Deixa comigo*. Quando estavam na Odeon, longe dos olhares de todos, tudo em Sylvia relaxava.

Mais tarde naquela noite, ela beliscou o jantar distraidamente enquanto explicava a situação de Joyce e Nora para Adrienne.

— É muito triste para ele — disse Adrienne —, mas não posso culpá-la.

Embora Sylvia às vezes pensasse consigo mesma como seria difícil conviver com Joyce, a reação de Adrienne ainda a surpreendia.

— Por quê?

— Ele diz que se dedica a ela, mas me parece que os dois levam vidas diferentes. Ela não liga para livros. Ele está obcecado pelo próprio livro. Eles raramente vão a eventos juntos.

Essa observação despertou um incômodo em Sylvia.

— Deve ser horrível amar alguém tanto quanto Joyce ama Nora e não sentir que é correspondido.

— Pelo contrário, acho que ela o ama de coração. Acho que não gosta é de se sentir ignorada.

Sylvia assentiu lentamente.

— Mas ele é um gênio.

— Os gênios nem sempre são bons maridos.

Sylvia acendeu um cigarro e deu uma longa tragada.

— Espero que ela volte — disse.

— *Moi aussi.* — Adrienne hesitou e em seguida acrescentou: — Mas, se ela não fizer isso, lembre que não é problema seu.

— Como você consegue? — perguntou Sylvia.

— Consigo o quê?

— Manter as coisas... tão separadas assim.

Adrienne deu de ombros.

— Eu me lembro o tempo todo de que meus amigos, mesmo aqueles que amo de todo o coração... Lembro a mim mesma de que eles não são eu. Eu sou Adrienne e tenho minha própria vida com que me preocupar.

— Meu pai costumava dizer que fomos colocados na Terra para servir.

— É possível servir sem se perder.

Sylvia assentiu, sabendo que Adrienne estava certa, mas se perguntando, lá no fundo: *Quem é Sylvia Beach sem James Joyce e* Ulysses*?*

Era difícil separar tudo. A Shakespeare and Company havia se tornado famosa e bem-sucedida por causa de seu livro notório; foi o que enfim lhe permitiu realizar algo que parecia independente de Adrienne e da La Maison. Ela adorava pensar em si mesma como a salvadora do livro, embora reconhecesse que esse sentimento não era totalmente puro. Mas era verdadeiro. E o que isso dizia sobre ela e sobre o que ela tinha a perder?

PARTE TRÊS
1925-1931

O artista, como o Deus da criação, permanece dentro ou atrás ou além ou acima de sua obra, invisível, refinado fora da existência, indiferente, aparando as unhas.

Um retrato do artista quando jovem, de James Joyce

CAPÍTULO 16

—Feliz Bloomsday! — exclamou Sylvia para seu primeiro cliente em 16 de junho de 1925, usando o termo que inventara no ano anterior para comemorar o dia em que os inúmeros eventos épicos de *Ulysses* acontecem. Teddy, o terrier de pelos grisalhos que adotou a loja, e que Sylvia adotara em troca, latia alegremente, como se repetisse a saudação de sua dona.

Por acaso, seu primeiro cliente foi Ernest, que chegou animado naquela manhã quente de verão. Ele cheirava a luz do sol, sabão e ao vapor crescente das calçadas que haviam sido lavadas pelos garis horas antes.

— Feliz Bloomsday! — replicou ele, abaixando-se para coçar atrás das orelhas de Teddy. — Já escrevi boa parte de um conto hoje.

— Meu Deus, você é muito produtivo.

— Tenho que ser o mais produtivo possível antes de partirmos para a Espanha.

— Ah, sim, Pamplona. As touradas. Lady Macduff?

Sylvia deu risada. Lady Duff Twysden era o nome verdadeiro, mas ela nunca conseguia ouvi-lo sem pensar em *Macbeth*; por isso, não resistiu ao trocadilho. Teddy saiu trotando para encontrar Lucky, que vivia o tempo todo na loja, ao passo que o cachorrinho dormia na cama com Adrienne e Sylvia todas as noites. Canino e felino se davam bem durante o horário comercial, e Lucky se saía muito bem em manter Teddy longe de Joyce quando ele passava pela loja — pelo que o escritor era muito grato, e chegara até a rebatizar o gato tenaz de Lancelot.

— Ela mesma — respondeu Ernest, que se agachou para ver melhor a prateleira da letra *W*.

— Você vai à festa mais tarde? — perguntou Sylvia, referindo-se à primeira festa de Bloomsday, que ela esperava que se tornasse anual, a ser realizada naquela noite, no belo aposento de Joyce na praça de Robiac, perto da Torre Eiffel.

Pouco depois do retorno relutante de Nora da Irlanda, Joyce encontrou um lugar espaçoso e agradável para a família, com grandes janelas e uma fachada estilo *belle époque* especialmente incrível. "Tive de fazer alguma coisa para garantir que ela ficasse desta vez", confidenciara Joyce a Sylvia. "Tornar nossas vidas mais respeitáveis. Nada de mudanças." E ouvi-lo dizer aquelas palavras encheu Sylvia de um alívio inesperado.

Os últimos dois anos pareciam uma Pax Odeonia. Sylvia encomendou uma terceira edição de *Ulysses*, ela e Adrienne começaram a traduzir poesia juntas, e embarcaram numa versão francesa de *Prufrock*, de Eliot, para um novo periódico que Adrienne estava lançando pela La Maison, *Le Navire d'Argent*. Elas também descobriram um novo destino preferido para as férias — Les Déserts —, onde se regozijavam com o sol, caminhadas, flores silvestres e com o fato de estarem bem longe do ritmo implacável de suas vidas em Paris, onde cada vez mais estadunidenses chegavam para ficar. Quer fossem solteiros aspirantes a escritores ou jovens famílias ansiosas por um recomeço, todos passavam na Shakespeare and Company assim que desembarcavam, cheirando a empolgação, nervosismo e ao almoço do trem. Cansada de repetir as mesmas informações várias vezes, Sylvia escrevera um documento de boas-vindas de três páginas repleto de recomendações de restaurantes, hotéis, igrejas e teatros, de onde centenas de estadunidenses recém-chegados anotavam com ferocidade e gratidão informações privilegiadas. A Contact Editions de Bob havia decolado e publicado o primeiro livro de Ernest em 1923, *Three Stories and Ten Poems*, que foi muito aclamado. Enquanto isso, os Joyce começaram a decorar a casa como nunca antes, com papel de parede, tapetes persas e cortinas pesadas e dramáticas. Era tudo tão caro que Harriet Weaver chegou a observar isso numa de suas cartas a Sylvia sobre a edição inglesa de *Ulysses* e outros assuntos dos negócios de Joyce: "Fiquei com a impressão de que Paris era barata para se viver, o que a tornava mais atraente para os jovens artistas, mas isso não pode ser verdade se as recentes despesas do sr. Joyce com habitação forem verdadeiras!"

Ernest parecia falar no mesmo tom, enquanto deslizava o último volume da poesia de Williams pela mesa em direção a Sylvia e seu livro contábil.

— Você não acha que Joyce ficou grande demais para o sétimo *arrondissement*? Com a vista que tem da torre agora e tudo o mais?

— Ainda dá para ir andando daqui — disse Sylvia, acendendo um cigarro. — E todos os amigos dele estão no quinto e no sexto *arrondissements*. Visitá-lo será como viajar para o exterior.

Rindo, ele replicou:

— Ninguém jamais teve um amigo mais verdadeiro do que você é para Joyce, Sylvia.

— Espero que muitos dos meus amigos possam dizer isso de mim.

— E nós dizemos. Na verdade, Hadley está planejando fazer seu bolo de chocolate estadunidense favorito para a festa como um símbolo de nossa gratidão.

— *Isso* é motivo de comemoração.
— Scott já conheceu Joyce?
— Não que eu saiba, por quê?
— Apenas curiosidade.

Certo. Os dois escritores estadunidenses se conheceram na primavera num dos pontos populares de Montparnasse — o Dingo, talvez — e, de acordo com todos que estavam lá, Ernest Hemingway e F. Scott Fitzgerald começaram a conversar imediatamente sobre tudo: livros, bares, cidades do Meio-Oeste. Não foi nenhuma surpresa. Embora Scott fosse apenas três anos mais velho do que Ernest, estava três romances à frente dele — e com uma ótima recepção da imprensa —, algo que Ernest não suportava. Sylvia o observara ignorar zelosamente as constantes reposições das pilhas de *Este lado do paraíso*, depois, *O belo e o maldito*, e agora, *O grande Gatsby*, enquanto sua edição esguia de contos e poemas teve um número de vendas apenas mediano.

O fato de apenas alguns meses antes Ernest ter perdido uma carta de oferta do editor de Scott, Max Perkins, da Scribner também contribuiu para isso. A carta esperava por Ernest na pilha de correspondências que Sylvia separava para ele na Shakespeare, enquanto ele, Hadley e o filho pequeno, Bumby, estavam na Áustria, onde o escritor assinara um contrato com uma editora menor, a Boni & Liveright. Sylvia sabia que a editora cujo convite ele aceitara agiria corretamente com ele, mas ela viu quando a expressão em seu rosto ficou sombria, ele amassou a carta de Perkins, e rosnou para si mesmo em relação à "minha maldita impaciência. Hadley estava certa, como sempre".

— Ouvi dizer que Zelda e ele vão para a Costa Sul em breve — disse ela, sem se importar que essa informação apenas reforçasse a imagem menos caridosa de seu amigo em relação aos Fitzgerald, de que eles eram mimados e rasos.

Embora Ernest não estivesse de todo errado, Sylvia ainda achava que Scott e Zelda eram animados e divertidos quando estavam juntos, e Scott era charmosamente desajeitado e modesto quando estava sozinho — ele levou dez minutos para enfim se apresentar a Sylvia quando visitou a loja e, ao fazê-lo, disse com olhos arregalados de menino: "Não consigo acreditar que estou conhecendo a famosa Sylvia Beach."

— Típico — murmurou Ernest.

Uma torrente de notas de piano choveu sobre eles do apartamento de George Antheil, que ficava acima da loja. As coisas ficaram tão agitadas que ela desistiu da ideia da casa de chá e alugou o espaço do andar de cima para o compositor, o que complementava a renda de uma forma que lhe poupava tempo e energia.

— Ele está empenhado, hein — disse Ernest com uma mistura de diversão e exasperação.

— Todo dia! — cantou Sylvia, acompanhando o ritmo da música. — Algum dia, a Shakespeare and Company poderá ser mais conhecida como a casa do compositor de *Ballet Mécanique*.

Com a sinfonia sendo ouvida em estreias por toda Paris, o jovem e belo Antheil estava conquistando admiradores, nenhum deles mais empolgado do que James Joyce, cujos olhos continuaram a lhe causar problemas intermináveis enquanto seus ouvidos estavam felizmente intactos e sempre em busca de barulho.

— Deus do céu, espero que não — disse Ernest. Então, quase como se pudesse admitir com a música abafando suas palavras, acrescentou: — Não acho que Hadley queira ir para Pamplona este ano.

— Que pena ouvir isso... mas talvez ela mude de ideia quando chegar. Sei como ela amou as visitas anteriores.

— Espero que sim.

Sylvia havia percebido a tensão entre os Hemingway no passado, e especialmente desde seu retorno das férias de esqui na Áustria; o jeito antes fácil e expansivo um com o outro, as mãos dadas e os beijos desleixados nas bochechas durante o dia e nos lábios à noite deram lugar a uma formalidade rígida. Um deles sempre parecia ter Bumby nos braços ou no quadril feito um escudo macio e sorridente. Ela não conseguia se lembrar da última vez que o casal rira na loja. Ficava triste ao pensar neles.

Por mais que Sylvia amasse Stratford-on-Odéon, não parecia ter sobre o casamento o mesmo efeito que teve sobre a arte. Uniões duradouras como a dos Joyce — embora às vezes voláteis —, eram raras; então, talvez eles estivessem certos em construir um lar no sétimo *arrondissement*, longe de festas como aquela para a qual Bob levara Adrienne e ela na semana anterior, com muitos convidados vestindo nada além de tinta, nem mesmo se preocupando em encontrar um canto reservado para fazer sexo quando desse vontade.

Sylvia ficou indisposta ao pensar em como Adrienne tinha olhado para duas mulheres envolvidas sugestivamente num lençol puído que pulsava de forma ritmada enquanto faziam amor. Sylvia estava satisfeita com a vida sexual delas e como ficara mais íntima e um tanto ousada, mas também tinha plena consciência de que era Adrienne quem tendia a introduzir a variedade e a novidade, constatação que a deixava incomodada. Às vezes, uma tentativa terminava num ataque de riso, mas eram sempre apenas as duas no cômodo. Assistir a Adrienne observar o exibicionismo na festa fez Sylvia temer que houvesse ali um apetite que ela não poderia saciar, o que lhe trouxe a lembrança incômoda do aviso de Cyprian quando Suzanne ainda estava viva.

— Hadley ama você, Ernest.

— Às vezes acho que não sou digno disso.

—Tenho certeza de que você não tem nada a temer — disse ela, embora se perguntasse o que pesava em sua consciência para que ele revelasse tal medo a ela.

Tantos desejos.

﹆

— Eu queria poder ver o sr. Pound enquanto estivesse aqui — disse Harriet Weaver durante o chá e merengues habilmente feitos por Adrienne naquela tarde de julho.

As três mulheres estavam sentadas em cadeiras dobráveis no pequeno pátio de paralelepípedos do apartamento que Harriet alugara para sua estada naquele verão. Uma brisa agitou as folhas dos galhos acima delas e aliviou a transpiração em sua nuca, exposta sob o cabelo recém-cortado. Até mesmo Teddy estava com calor demais para implorar carinho ou brincar, e acabou se deitando para tirar uma soneca na sombra.

Era um lugar agradável a poucos minutos a pé da praça Contrescarpe, muito perto do apartamento de Valery Larbaud na Cardinal Lemoine, e Sylvia ficou satisfeita por ter conseguido garanti-lo para a mulher a quem sempre se sentira tão ligada, tanto quanto suas vidas estavam emaranhadas com a de Joyce. Surpreendentemente, a visita foi o primeiro encontro ao vivo. Sylvia estava ansiosa para apresentar Harriet a Margaret Anderson e Jane Heap, que se mudaram para Paris "para sempre!", como Margaret pronunciara de maneira teatral, depois de sua primeira semana de festas e refeições em Montparnasse. A visita delas ao salão urbano e altamente intelectual de Natalie Barney a colocou numa órbita de alegria. "Por que não vim aqui antes?", ela ficava se perguntando.

— Ezra parece estar gostando tanto da Itália que me pergunto se algum dia o veremos aqui de novo — comentou Sylvia. — É uma pena. Estou com saudade dele e de Dorothy.

— Talvez eu deva ficar por mais tempo e fazer uma visita a eles — disse Harriet preguiçosamente.

Ela tomou um gole de chá e, embora Sylvia estivesse com ela havia pouco tempo, percebeu que a outra mulher estava buscando as palavras certas para dizer o que de fato tinha em sua mente. Adrienne, ainda tímida em relação a seu inglês diante de falantes nativos, fechou os olhos, se recostou na cadeira, e permitiu que a brisa refrescasse seu rosto.

Enquanto esperava que Harriet lidasse com tudo, Sylvia avaliou o vestido cinza liso da inglesa — embora fosse de linho, tinha mangas compridas e estava abotoado até o pescoço, e Sylvia se perguntou se ela não estaria morrendo de calor. A blusa de algodão branco de Sylvia tinha mangas curtas, e, naquela manhã, ela dispensou as meias por baixo da saia, mas ainda sentia um calor desagradável.

— Você não acha — disse Harriet, por fim, num tom quase como se estivesse implorando — que talvez nosso sr. Joyce beba... demais?

Os lábios de Adrienne se contorceram num sorriso. Até ela, a *gourmet* residente da Odeonia e conhecedora de vinhos e conhaques finos, havia se perguntado isso a respeito de Joyce, entre outros amigos deles, incluindo Ezra. A resposta de Sylvia para a pergunta era sempre a mesma, como disse a Harriet:

— Muito. Mas não há nada no mundo que possamos fazer a respeito disso. Nora tentou de tudo, inclusive deixá-lo e voltar para a Irlanda.

— Bom para ela. — Harriet bufou. — Eu aprovo. Mas ela voltou! O que isso ensinou a ele?

— Que ela não pode ficar longe. Que ela o ama como ele é.
Harriet franziu a testa.
— Que bobagem romântica, Sylvia!
— Você e eu não continuamos a ajudá-lo apesar dos defeitos dele? E certamente não estamos apaixonadas por Joyce.
Talvez pelo trabalho dele, mas meu coração pertence a Adrienne.
Os cantos da boca de Harriet se curvaram mais para baixo. Sylvia sabia quantas vezes a inglesa implorara a Joyce para ser mais sensato — em todas as coisas, não apenas em relação ao álcool: escrita, música e dinheiro também. Nos dias em que recebia cartas de advertência de sua patrona, ele ia à Shakespeare e reclamava; depois, ia presentear quem quer que estivesse lá às oito horas da noite com uma boa refeição no Deux Magots.
Mas Harriet nunca cortava o dinheiro.
Ela suspirou.
— Sim, suponho que sim.
A boca de Adrienne formou uma linha fina.
— Entendo sua frustração, Harriet — disse Sylvia, tirando um cigarro da pequena caixa de prata que o próprio Joyce lhe dera de presente de Natal. — Estou constantemente adiantando fundos para as próximas edições de *Ulysses*, e até emprestando dinheiro da loja para ele. — Embora ela nunca admitisse, mesmo para Adrienne, esses empréstimos muitas vezes não eram pagos e acabavam sendo "perdoados" em uma ou outra ocasião, como Bloomsday ou um aniversário. — Mas sinto fortemente que meu papel não é me intrometer na vida dele. Minha função é ajudá-lo a fazer seu trabalho e pôr o livro na mão dos leitores. Afinal, veja o que *Ulysses* já fez! Ninguém pode ignorar isso. Até mesmo escritores como Virginia Woolf, que a princípio pretendia odiá-lo, foram muito influenciados por ele. Você já leu *Mrs. Dalloway*? A obra usa

seu estilo de monólogo interior. *Ulysses* é o livro mais incontornável de nosso tempo.

Ela acendeu o cigarro, deu um trago, e sentiu a fumaça quente chamuscar seus pulmões antes de expirá-la e tomar um gole de chá morno.

— Eu concordo — disse Harriet com convicção. — Embora... eu queira... *compreender* melhor o trabalho mais recente dele.

— *Work in Progress*, você quer dizer? Ou os poemas?

— Os poemas parecem bastante inofensivos. Não é o melhor trabalho dele, mas dá para entender como ele gostaria de escrever algo mais simples após *Ulysses*. A questão é *Work in Progress* mesmo. Eu mal consigo processar a maior parte daquilo, e o que eu consigo entender parece medíocre. *Ulysses* era expansivo. Ampliou nossa visão em relação ao original de Homero, à própria humanidade. Este novo trabalho... não. Na minha opinião. Você também acha isso?

Embora seus olhos ainda estivessem fechados, Adrienne franziu as sobrancelhas. Sylvia não tinha lido os escritos mais recentes e extremamente complicados de Joyce, e percebeu que a opinião de Harriet sobre eles a preocupava.

— Não acho que ele tenha escrito o suficiente para eu julgar — respondeu Sylvia, que era exatamente o que vinha dizendo a si mesma desde que lera as primeiras páginas que ele lhe mostrara.

— Bem, acho isso reconfortante — disse Harriet. — E talvez você esteja certa e nunca deva caber a nós julgar.

Mais tarde, porém, enquanto Adrienne esbarrava incansavelmente em tudo na cozinha, ao preparar um jantar simples de *vichyssoise* e pão enquanto o céu mudava de azul-esverdeado para ametista, ela perguntou a Sylvia em seu francês mais estridente:

— Você acredita mesmo nisso? Que não cabe a nós julgar?

— Adrienne, *mon amour*, não sou nenhuma crítica ou poeta. Não como você. Você sabe disso.

— Não me elogie, Sylvia. Não se subestime o tempo todo. Você está fazendo isso agora mesmo.

— Não acho que eu esteja. Só não almejo a críticas. Você, sim. Isso é maravilhoso. Eu apoio você nisso. E gosto do trabalho de tradução que fazemos juntas, embora não seja nada comparado aos empreendimentos que você assume bravamente.

Adrienne vinha trabalhando ainda mais duro no *Le Navire d'Argent* nos últimos tempos e contratara Auguste Morel para traduzir *Ulysses* para edições futuras, pois o jovem Jacques Benoist-Méchin, que fizera um trabalho maravilhoso para a estreia na França em 1921, tivera que deixar o projeto para assumir outro trabalho com melhor remuneração. Em breve, Larbaud também publicaria um ensaio sobre Walt Whitman, e Adrienne estava trabalhando em outro sobre Gide e Valéry. As longas horas eram pesadas, e a mantinham longe de outras atividades, como cozinhar, que normalmente a relaxava. Sylvia estava tentando ser paciente e esperar até que o pior passasse, como Adrienne fizera com ela na fase mais intensa da publicação de *Ulysses*.

— Você também traduz alguns trabalhos — argumentou Adrienne com uma veemência surpreendente em seu tom. — E a tradução é uma forma de interpretação. Até Pound pensa que é uma arte em si.

Teddy enfiou a cabeça na cozinha para ver o que estava acontecendo.

— Por que você está tão chateada comigo hoje?

Adrienne balançou a cabeça como se quisesse clarear as ideias.

— Eu... Eu só me preocupo de você dar aos outros mais do que o necessário e não ficar com o suficiente para si mesma —

disse num tom muito mais suave. — Olhe para Harriet. Ela dá tudo para Joyce e... o que ela tem a mostrar?

Isso era verdade. A vida de Harriet parecia girar em torno de Joyce.

— Eu tenho a Shakespeare. E você. — Sylvia deu um passo à frente e passou os braços em volta da cintura de Adrienne; depois, beijou seu queixo, pescoço e orelha úmidos e salgados, e sentiu-a relaxar de leve. — E nós temos Teddy. Isso não é prova suficiente de que não sou completamente dominada pelo nosso Jesus Torto?

Adrienne deslizou os braços em volta de Sylvia, e as duas se beijaram.

— Adrienne... — Havia uma pergunta entalada na garganta de Sylvia desde aquela maldita festa. E essa explosão frustrada de Adrienne estava enfim expulsando-a. — Você está feliz? Existe alguma coisa de que você precisa que não compartilhamos? Que eu não estou dando a você?

Adrienne fechou os olhos e encostou a testa na de Sylvia; parecia estar pensando em como responder.

— Não — declarou, por fim. — Com exceção de que eu gostaria que você fizesse a mesma pergunta a si mesma. Não se eu estou dando o suficiente, mas se você está dando o suficiente a si mesma.

— Devo estar, pois nunca estive tão feliz. — Sylvia percebeu que era ao mesmo tempo verdade e uma não resposta à pergunta de Adrienne. — Vou pensar mais sobre isso. — Ela beijou Adrienne e pôs as mãos sob a blusa da amada. — Prometo.

CAPÍTULO 17

—Querida, que bom vê-la! — A mãe de Sylvia chorou, ofegante, beijando a bochecha da filha repetidas vezes e depois a abraçando com tanta força que ela perdeu o fôlego.

Sylvia queria retribuir o afeto e o entusiasmo da mãe com mais carinho, mas as bochechas pálidas e os olhos injetados de sangue de Eleanor Beach, o cabelo desgrenhado e a saia e a jaqueta paradoxalmente elegantes, que traíam ainda mais o motivo do reencontro inesperado, impossibilitavam fazer mais do que abraçar a mãe superficialmente e dizer:

— Estou tão feliz por você estar aqui, *maman*.

Então, para um dos *gendarmes* sisudos que vigiava, Sylvia disse num francês seco e profissional:

— Eu já paguei. Posso levá-la para casa agora?

Ele assentiu sem dizer nada, e Sylvia deu o braço à mãe, e as duas saíram da delegacia de polícia fria e barulhenta. Enquanto a filha fazia contato visual direto com todos os policiais que a encaravam, a mãe mantinha os olhos fixos nos sapatos de couro com fivela na ponta, como era a moda.

Essa maldita fivela. Sylvia ficou se perguntando por que as pessoas que ela mais amava no mundo se importavam tanto com... coisas. Bem, exceto por Adrienne. Joyce, que praticamente implorara por dinheiro a mais para levar sua família para passar férias de verão mais frescas na Bélgica, tinha acabado de enviar para casa aos cuidados da Shakespeare and Company uma pequena pintura renascentista que devia ter custado uma fortuna. E agora aqui estava a mãe de Sylvia, roubando um broche e um lenço de uma butique na Champs-Élysées! Ela nem mesmo dissera a Sylvia que estava na cidade. *E Adrienne e eu temos que juntar cada centavo só para passar algumas semanas em Les Déserts dormindo num celeiro, pelo amor de Deus!*

Ela não os invejava. Não queria coisas. Importava-se apenas com a saúde e felicidade de seus entes queridos e com a loja. Mas o impulso daqueles entes queridos em busca da falsa felicidade material às vezes a fazia ter vontade de vomitar.

Ela se sentia ainda mais grata por Adrienne, cuja grande indulgência terrena era a comida, que pelo menos ela e Sylvia podiam desfrutar juntas. E aquelas semanas com ela no celeiro rústico em Les Déserts, cuidando dos próprios legumes e verduras, colhendo-os e caminhando por trilhas sinuosas nas colinas cor de ouro queimadas pelo sol de verão, foram algumas das melhores de sua vida. Pela primeira vez, ela relutou em voltar para Paris.

Sylvia levou a mãe até a estação, onde se sentaram lado a lado enquanto o trem estalava, apitava e balançava, observando em silêncio os parisienses bem-vestidos, ainda bronzeados das férias de verão, entrando e saindo, lendo jornais ou conversando com amigos. De volta ao coração do quinto *arrondissement*, as duas encararam a brilhante tarde do início do outono, e Sylvia levou a mãe a um pequeno café com três mesas na calçada, pediu um café cremoso e um flã para cada uma e enfim perguntou:

— Por quê?

Com o lábio inferior quase num bico, sua mãe deu de ombros.

— Porque eu os queria.

Os cafés e flãs chegaram, e Sylvia ficou grata pela distração causada pelo tilintar e arrumação de faianças e talheres.

— Holly me escreveu dizendo que a boutique está indo bem — disse ela. Ela se referia à pequena loja de importação em Pasadena, Califórnia, que sua mãe e irmãs abriram havia pouco tempo. Bem, principalmente Holly e Eleanor; Cyprian ficava entre a loja e Hollywood, onde fazia testes para todos os filmes que podia — em geral, para se arrepender amargamente depois. Holly havia escrito que a loja, especializada em utensílios domésticos europeus, ia muito bem no oeste, onde o luxo europeu parecia "mais distante da paisagem aqui do que o Oriente". Com menos polidez, Cyprian escrevera: "Esses fazendeiros não saberiam o que é estilo nem se mordesse as bolas deles; então, podemos vender qualquer coisa, e por um preço alto."

— Está — replicou a mãe, lambendo um pouco de espuma de leite do lábio superior. — Mas não bem o *suficiente*.

— Ah.

Era inútil perguntar sobre o pai, que tinha feito uma visita muito mais convencional a Sylvia no início do verão, quando passara por Paris a caminho dos países do leste para algum trabalho missionário, onde ele ainda estava, na verdade. Por que ele não comentou que a esposa, a mãe de Sylvia, não era mais a mesma? Será que ele não tinha percebido? Se percebeu, por que a deixou sozinha? Por que sua mãe não planejava visitá-lo no continente? As perguntas giravam ao redor de Sylvia e a faziam se sentir insegura.

— Como eu posso ajudar? — perguntou ela à mãe.

Sua pergunta favorita. Se ela pudesse encontrar uma maneira de *ajudar*, as coisas ficariam melhores.

A mãe comeu um pedaço de flã e suspirou.

— É tarde demais para mim, Sylvia. Estou velha, engordei e perdi a minha beleza. A única coisa que me alegra é olhar para coisas bonitas. Não basta, como bastava antes, ir a um museu, a um mercado ou ver uma paisagem como a que existe na Califórnia e admirar tudo de longe. Eu preciso *ter* as coisas. É como se usar uma bela pulseira, ou um vestido, conferisse a mim algumas de suas propriedades. — Ela suspirou de novo. — Ou talvez eu esteja me enganando. Talvez seja só que, quando a beleza está perto de mim, *em* mim, posso esquecer por um momento que não sou mais bonita.

Com o coração apertado, Sylvia segurou a mão de sua mãe na superfície fria da pequena mesa redonda de mármore.

— Eu sinto muito, *maman*. Sei que sou sua filha, mas a vejo de um jeito bem diferente. Você não está velha! E você é saudável. Releia Balzac e se anime com as cortesãs mais velhas. Ou veja Edith Wharton ou Gertrude Stein ainda sendo cortejadas aqui em Paris.

— Eu estou pobre.

— Desde quando isso atrapalhou você?

— Todos os dias da minha vida.

Esta foi uma revelação impressionante. Sua mãe sempre se sentira reprimida assim? Como a própria Sylvia não percebera isso? Ela se perguntou o que Holly e Cyprian pensavam, e tentou se lembrar de escrever imediatamente para as duas.

— Por favor, fique comigo por alguns dias — implorou ela. — Adrienne é uma ótima cozinheira. Comeremos bem, e você vai gostar das figuras que entram e saem da minha loja. E podemos fazer algumas compras. Talvez até fazer um novo corte de cabelo chique!

Eleanor Beach deu de ombros.
Era um começo.

※

— George está na África? — perguntou Julie.
— Meu Deus, por quê? — indagou Joyce.
— Antheil? — Bob entrou na conversa. — Não é à toa que tem estado tão quieto aqui.
— Sim, George Antheil, e sim, na África, mas ninguém realmente entende por quê — relatou Sylvia ao grupo, embora ao mesmo tempo ela começasse a entender por que o compositor tinha ido para o continente do sul. A admiração que Sylvia viu no rosto dos amigos mais sensatos certamente chamaria a atenção para ele e seu *Ballet Mécanique*.

E assim a notícia se espalhou rápido. Os mesmos jornais que relataram o progresso de Joyce em *Ulysses* e, depois, a publicação de Sylvia, agora publicavam rumores sobre o paradeiro do compositor, alimentando conversas e interesse em todos os cafés e bares daquele outono. *Onde está George Antheil? Por que ele desapareceu pouco antes da data marcada para a estreia da versão completa de* Ballet Mécanique *e da prometida apresentação da Segunda Sinfonia? Estaria ele tão desequilibrado quanto sua música bizarra sugere? Estaria ele pesquisando ritmos tribais que usaria numa nova peça para o show programado para a primavera? Seria ele o Gauguin da música?*

Até Sylvia, sua relações-públicas voluntária e colecionadora de correspondência, recebeu poucas informações preciosas em primeira mão. A princípio, ela gostou do relato dos rumores e do interesse geral. Mas, à medida que o outono escurecia, e caminhava para o inverno, a conversa se tornava mais violenta — *talvez ele não se importe com seu público. Como pode um suposto gênio estar trabalhando numa grande sinfonia na África? Ele foi para o* Coração das Trevas? Sylvia enviou uma carta implorando para que ele voltasse para casa logo.

Era simplesmente demais. Quando 1925 chegou ao fim, ela começou a se sentir tão pressionada quanto na época em que estava fazendo malabarismos com as edições de Joyce e as primeiras assinaturas de *Ulysses* no final de 1921. Além das esquisitices de George, havia os negócios habituais de Joyce para dar conta — fazer contabilidade, planejar edições futuras, supervisionar traduções, organizar gastos médicos e consultas, ouvi-lo se preocupar com suas perspectivas porque até Ezra Pound não parecia gostar de *Work in Progress*. E recentemente dois novos problemas surgiram: um tal de Samuel Roth da cidade de Nova York parecia estar serializando uma versão pirateada de *Ulysses* nos Estados Unidos, com a promessa de publicar uma edição completa do romance num futuro próximo. E a filha de Joyce, Lucia, que descobrira havia pouco tempo um estúdio de dança que ela adorava, estava tendo um comportamento cada vez mais problemático e fazendo com que o pai e a mãe discutissem sobre a melhor maneira de cuidar dela.

Além de tudo isso, Sylvia estava tentando seguir o conselho de Adrienne e arranjar tempo para um de seus próprios sonhos: uma retrospectiva de Walt Whitman com exibições de seus rascunhos de próprio punho, as primeiras edições de seus livros e as posteriores, fotografias, retratos, cartas e afins. Pela primeira vez, a própria correspondência com os descendentes dos antigos patronos e amigos do venerável poeta, sem mencionar um punhado de museus que tinham posse de seus artefatos, ultrapassou a quantidade de correspondência relativa a Joyce. Ou talvez isso fosse porque ela estava permitindo que a correspondência de Joyce se acumulasse enquanto trabalhava na obra de Whitman. Joyce, um amante fervoroso do poeta estadunidense, apoiou totalmente o empenho e se ofereceu para ajudar no que pudesse. Ele até a cumprimentou com "Ó Capitão, meu Capitão!" quando entrou na livraria.

Não muito depois do furto cometido pela mãe, numa manhã fria de outono, enquanto Sylvia redigia mais descrições das coisas efêmeras de Whitman e sua mãe e Mysrine ajudavam os clientes, colocavam os livros nas prateleiras e organizavam a sala da frente da loja, Julie entrou com a pequena Amélie a seu lado, parecendo desamparada. A mente de Sylvia de imediato se voltou para Michel, e ela se perguntou sobre seu estado mental, pois a comovente *Mrs. Dalloway* de Woolf fizera Sylvia ter uma linha de pensamento taciturna sobre o doce açougueiro: ele era muito parecido com Septimus Warren Smith, o traumatizado personagem de Woolf veterano da Primeira Guerra Mundial. Julie costumava ser muito reservada em relação a Michel, mas naquela manhã Sylvia decidiu abordar o assunto, e disse na privacidade da sala da biblioteca:

— Você está bem, Julie? Como está Michel?

Lágrimas brotaram nos olhos da jovem e ela engoliu em seco, incapaz de responder. Amélie brincava com o cabelo da mãe enquanto balbuciava.

Sylvia tocou levemente o braço de Julie.

— Há pessoas que entendem o que ele passou, que talvez possam ajudá-lo.

Julie pigarreou.

— Ele nunca aceitaria fazer terapia — disse, com a voz rouca. — Acha que são médicos feiticeiros. — Estava claro que Julie não concordava, e que ela já havia tentado convencer Michel a consultar esse tipo de médico. — A poesia é o melhor antídoto para ele.

— Existe alguma maneira de eu ou Adrienne ou qualquer outro amigo ajudarmos ou conseguirmos convencê-lo a falar com alguém?

Ela balançou a cabeça.

— Um dos melhores amigos de infância dele já tentou. A mãe dele já tentou. Eu já tentei.

O coração de Sylvia pesava no peito.

— Tem mais alguma coisa que eu possa fazer para ajudar *você*?

— Você já ajuda. E Adrienne também. As lojas de vocês... são como o Elísio para nós.

Entrando na biblioteca quase na ponta dos pés, a mãe de Sylvia olhou para Amélie e disse num francês brincalhão:

— Ah, e quem é esta aqui?

Animada pelo interesse em sua filha, Julie cutucou a menina e apontou na direção da mãe de Sylvia.

— Diga seu nome a ela.

— Amélie — murmurou a garota com o punho na boca.

Eleanor abriu um largo sorriso.

— Que nome lindo. Sou *madame* Beach.

Amélie voltou seus grandes olhos azuis para Sylvia e tirou a mão molhada da boca para apontar para ela.

— *Madame* Beach — disse.

— *Mademoiselle* Beach — corrigiu-a Eleanor com uma piscadela. Em seguida, batendo no próprio peito, repetiu: — *Madame* Beach.

Completamente confusa, Amélie olhou para a mãe.

— *Maman*?

Julie riu.

— Você pode chamá-la de *madame* ou *mademoiselle, petit lapin*.

— *Bien sûr* — concordou Eleanor, obviamente orgulhosa de ter alegrado um pouco a melancólica Julie. — Sylvia, você se importaria se eu fizesse uma pequena pausa para levar esta menina fofa para passear e comer *macaron*?

Os olhos de Amélie ficaram ainda maiores, em busca da mãe para obter permissão.

— Que tratamento especial — brincou Julie. Então, olhando para a mãe de Sylvia, agradeceu: — *Merci beaucoup, madame* Beach.

— Pode me chamar de Eleanor — disse ela.

A mãe de Sylvia pegou a mão de Amélie e saiu com a menina, perguntando em voz baixa se ela já tinha ouvido falar de um coelho travesso chamado Peter.

Todo o contexto comoveu Sylvia, que sentiu um nó se formar na garganta. Ela mesma nunca quis ter filhos, mas de repente desejou ardentemente poder dar um neto para a mãe. Ela se perguntou se Holly faria isso, pois era a candidata mais provável, já que Cyprian estava cada vez menos paciente com os homens, em especial com os que ela descrevia como "caubóis nada refinados" da Califórnia.

Sylvia estava se perguntando por que a irmã atriz ficara no oeste em vez de tentar subir nos palcos de Nova York ou Boston, e então chegou a carta em resposta ao estado da mãe delas.

Mamãe parece infeliz no último ano, o que é parte do que me mantém aqui, apesar da falta de papéis para mim. Ela e eu temos muito em comum, em particular o amor pelo luxo europeu, e por isso organizar a loja juntas é um prazer genuíno. Holly é a melhor com os livros; então, nós três formamos uma boa equipe. Papai é inútil, não me importo em lhe dizer isso. Ele está sempre dando aulas, ou na igreja, ou ausente, fazendo seu trabalho missionário. Não parece interessado em nada do que estamos fazendo e, francamente, o sentimento é mútuo.

A carta de Holly não era muito mais reconfortante:

Mamãe e papai não se dão tão bem quanto antes. Há poucas risadas quando os dois estão em casa, e papai simplesmente não entende a loja de jeito nenhum. "Por que vocês não fazem algo mais significativo, como Sylvia?", ele sempre nos pergunta. No entanto, não se preocupe, querida irmã, ninguém censura o seu sucesso! Estamos todos muito orgulhosos. Mas papai parece desejar que todas nós encontremos nossa própria Odisseia para embarcar. Ele não consegue enxergar que já temos a nossa! Estamos felizes na loja... Tenho certeza de que você compreende isso.

As cartas deixavam Sylvia deprimida, não apenas pelos fatos infelizes que transmitiam, como também porque, de Paris, havia muito pouco que ela pudesse fazer. O melhor que sentia que podia fazer era ajudar a mãe a descansar e se divertir antes de voltar para casa — o que ela parecia estar fazendo, especialmente em seu vínculo surpreendente com Amélie, que via quase todos os dias. Eleanor aliviava o fardo materno de Julie por algumas horas, e voltava à Shakespeare tão encantada quanto Amélie, que irradiava alegria inocente após os passeios pelo Jardim de Luxemburgo, idas a shows de fantoches, voltas de pônei, ou um crepe *bretonne* com geleia de morango. Às vezes Julie fazia algumas tarefas, outras vezes desabava na cadeira verde, lia e cochilava. Parecia que todos naquela tríade estavam tirando dali algo elementar de que precisavam.

Com lágrimas nos olhos, Eleanor partiu no final de novembro para uma viagem de compras na Alemanha e na Suíça, mas logo voltou feliz e com as bochechas vermelhas e carregada de bugigangas lindas e delicadas dos mercados de Christkindl: pequenas árvores de madeira com bolas douradas, enfeites de cristal, presépios meticulosamente esculpidos e pintados. Com uma fanfarra corada e arrogante, Eleanor apresentou um exemplar de cada coisa para Sylvia e Adrienne, e Julie e Amélie. O resto ela despachou para a loja em Pasadena, na esperança de que parte chegasse a tempo de ser vendida naquele Natal mesmo, embora ela tivesse comprado o suficiente para o ano seguinte também.

Fiel ao discurso que fizera a Sylvia depois de sua prisão, a proximidade de itens lindos e festivos revigorou Eleanor Beach, algo que suas várias idas ao Louvre não foram capazes de fazer. Sylvia notou uma pulseira fina de ouro no punho direito da mãe, e esperava que tivesse sido obtida com dinheiro e não por meio de um furto, mas não teve coragem de perguntar. Era como a requintada pintura quadrada pendurada na parede de Joyce, perto da janela com vista para a Torre Eiffel; a imagem era uma cena íntima de um ambiente interior, a representação de uma janela, através da qual se podia ver uma fatia do mar e de navios. Era bem do feitio de Joyce pendurar aquele quadro perto da própria janela, tendo o próprio quarto uma vista. Era uma citação, um eco, um diálogo.

Embora odiasse admitir e se sentisse mal por Julie e Amélie, Sylvia ficou aliviada quando sua mãe embarcou no primeiro de muitos trens e navios que levariam Eleanor de volta à Califórnia a tempo de celebrar o Natal com Cyprian, Holly e o pai no sol da Costa Oeste. Enquanto isso, ela e Adrienne foram para o chalé de palha em Rocfoin para comemorar com os Monnier. Deram o presépio de presente, porque mal havia espaço para ele no pequeno apartamento na Odeon, enquanto ele ocupava um lugar de destaque acima da lareira da sala dos Monnier, ao lado da árvore brilhante que decoraram na véspera de Natal. Durante uma semana gloriosa, ouviram músicas natalinas no rádio, beberam vinho quente e comeram os biscoitos de gengibre mais deliciosos que Sylvia já havia provado. Teddy e a enorme cadela dos Monnier, Mousse, lutavam e se aninhavam como se fossem irmãos.

Ao adormecer nas últimas noites de 1925, Sylvia sentiu que algo havia mudado na sua relação com Paris. Seu coração ainda estava lá, ainda era o lugar que ela mais amava em todo o mundo, mas alguma coisa nesses retiros rurais a puxava para longe. Era como a inquietação que ela sentira em todos os outros lugares em sua juventude, a inquietação que sempre a levava de *volta* a Paris. Sentir aquele formigamento de novo era perturbador.

Deve ser a minha mãe. E esse personagem de Samuel Roth, disse ela a si mesma enquanto tentava se concentrar na respiração suave e consistente de Adrienne a seu lado. *Que 1926 traga mais paz.*

CAPÍTULO 18

Sylvia passou de convidado em convidado enquanto a multidão transbordava de sua loja para a rua na amena noite de abril, ocasião da abertura de sua exposição de Walt Whitman. Eliot tinha vindo da Inglaterra; Ezra, da Itália, e seus pais, da Costa Oeste dos Estados Unidos. Até mesmo seus amigos mais modernos do meio literário tinham aparecido, se não para brindar a Whitman — porque, como apontou Eliot, qual é a necessidade de o Velho Walt ser celebrado quando só de ler seus escritos já é possível ouvir seus lamentos berrados —, então para apoiar Sylvia e celebrar uns aos outros. Curiosamente, eram seus amigos e clientes originais de Paris, os *potassons* da loja de Adrienne, os mais apaixonados por Whitman. E Joyce, é óbvio. Justo quando ela pensava que não aguentaria mais as reclamações dele sobre seus olhos e dinheiro, ele aparecia na loja recitando "O Me! O Life!" ou "What I Heard at the Close of the Day" com um punho cheio de narcisos, e ela não conseguia mais se irritar.

— Pena que Gertrude não pôde vir — comentou Ernest. — Talvez seja a única estadunidense em Paris que não está aqui esta noite.

— Não seja dissimulado. Isso não combina com você — replicou Sylvia com um sorriso largo, pois sabia do rompimento recente de Ernest com Stein.

Embora ela não tivesse os detalhes, tinha conhecimento de que havia algum tipo de rixa entre eles, e não podia dizer que estava surpresa. Com a cabeça quente e o ego de Ernest, e a intolerância de Gertrude em relação a qualquer um que ousasse discordar dela de alguma forma, parecia inevitável. E embora Sylvia ficasse aliviada em saber que ela e Joyce não eram as únicas pessoas com quem Gertrude estava disposta a cortar relações, também se sentia genuinamente mal por ela. Só Gertrude e Alice sofriam com a recalcitrância da primeira.

— Dissimulado? Eu? — perguntou Ernest, com um tom ferino.

Sempre fanfarrão, Ford Madox Ford passou com uma garrafa de champanhe e encheu as taças dos dois antes de passar para o próximo grupo de pessoas, e Ernest e Sylvia ficaram alguns minutos revivendo sua aventura na final das corridas de bicicleta Vél d'Hiv no início do mês, que duravam seis dias. O som das bicicletas e o barulho da multidão dentro do Vélodrome tinha sido alto e revigorante.

— Queria sugerir que você patrocinasse um torneio de boxe de escritores parisienses.

Sylvia riu.

— Exatamente do que eu preciso, escritores com as articulações das mãos ensanguentadas!

— Acho que Thornton e Ezra estão em boa forma — disse ele. — Joyce conseguiria dispensa por causa dos olhos, lógico.

Ela balançou a cabeça.

— Não sei como você tem tempo, Ernest!

— Não sei como os outros não têm — replicou ele. — E boa desviada, Sylvia.

Ela se abaixou da forma como vira seu boxeador favorito fazer para escapar de um soco, e ele riu e encostou o a taça na dela.

Em seguida, ela se viu envolvida no que parecia ser uma conversa de cinco anos antes. Ezra, Larbaud, McAlmon e Joyce estavam envolvidos numa intensa discussão sobre o destino de *Ulysses*.

— ... e Quinn estava simplesmente errado — dizia Ezra quando ela se juntou a eles.

— Estou tendo um *déjà-vu* — comentou ela. — Como ele poderia estar errado de novo, no túmulo?

O advogado morrera de repente, quase dois anos antes; tinha apenas cinquenta e poucos anos, e todos ficaram surpresos.

— Os erros dele sobre os direitos autorais ainda nos assombram — resmungou Ezra.

— E é por isso que o editor de pornografia Samuel Roth pode piratear *Ulysses* e ficar impune.

— Pena que Quinn esteja morto demais para se regozijar com seus erros — disse Bob.

— Eu me preocupei com esse mesmo problema em relação a Quinn três anos atrás, quando perguntei se eu deveria ter um exemplar catalogado na Biblioteca do Congresso. Ele me garantiu que os capítulos da *The Little Review* seriam suficientes para cobrir seus direitos autorais. — Sylvia balançou a cabeça. — Não havia como discutir com ele; então, ele não iria ajudar.

— Lamento o dia em que confiei nele — disse Ezra.

— Em quem mais poderíamos confiar? — perguntou ela. — Não era como se outros advogados estivessem fazendo fila para assumir o trabalho dele. Tenho uma lembrança de que Margaret e Jane chegaram a fazer essa busca.

Sylvia deu uma olhada no recinto para ver se conseguia ver as duas editoras, mas não conseguiu avistá-las na multidão.

— Não vamos esquecer que ele foi um grande colecionador e patrono — lembrou Joyce. — E, na época, parecia querer o melhor para o livro.

— Você tem um plano para lutar contra a edição pirata? — perguntou Ezra a Sylvia.

— Ainda não — respondeu ela, irritada que esse assunto estivesse tomando conta de sua festa para Whitman. — Mas planejamos lutar contra isso. É uma fonte de receita para Joyce e para a loja. Não podemos simplesmente ter Roth sugando o que é nosso por direito.

— Exato — concordou Joyce, assentindo.

— Bem, se precisar de alguma coisa, por favor me avise — disse Ezra, como se estivesse se oferecendo para consertar uma de suas cadeiras ou mesas que rangiam.

Ela notou, porém, que ele lançou a Joyce uma espécie de olhar de repreensão, e se perguntou se ela gostaria de saber do que se tratava.

Pedindo licença para cumprimentar Sara e Gerald Murphy, mas, na verdade, tentando fugir do clima pesado da conversa, Sylvia caiu fora. Do outro lado da loja, ela avistou a mãe dando um beijo de despedida em Julie, Amélie e Michel, e o pai a olhava com ternura. Ela estava feliz porque o pai acompanharia a mãe em sua viagem de compras até a Itália, embora fosse trabalhar lá também. Ela achou que seria melhor se a mãe não estivesse sozinha, embora a carta recente de Cyprian sobre o assunto tivesse perturbado sua paz: "Mamãe parece mais mal--humorada quando papai está por perto. Menos capaz de relaxar e ser ela mesma." Sylvia esteve tão ocupada nos dias anteriores que não foi capaz de ter muitos *insights* sobre as relações entre os pais quando eles estavam na cidade. Mas certamente sua mãe estava melhor agora do que no outono. Parecia estar.

Sylvia ia em direção aos pais quando Ezra a interrompeu.

— Você sabia que Joyce contratou Roth para publicar as partes de *Work in Progress* ano passado no periódico *Two Worlds*? — indagou baixinho.

Sylvia balançou a cabeça e teve a mesma sensação de exclusão de anos antes, quando Joyce não a informou sobre o julgamento de *Ulysses*. Era escolha dele serializar seus escritos nos Estados Unidos, mas ela gostaria que ele tivesse transmitido a ideia a ela.

Ezra se inclinou mais perto.

— Há anos Roth está perseguindo Joyce por *Ulysses* — continuou, com os olhos semicerrados. — E eu não isentaria Roth de ter enviado a ele um contrato que implicava mais permissão do que simplesmente publicar partes daquela porcaria de *Work in Progress* que ele está escrevendo agora. Tampouco confiaria em Joyce para ler o documento com cuidado suficiente para evitar uma armadilha dessas. Roth é uma cobra, e Joyce, um cordeiro. Não diga que não avisei!

— Eu me considero devidamente avisada — replicou ela, sentindo seu sangue começar a ficar quente, ruborizando suas bochechas e fazendo o pescoço coçar. — Obrigada, Ezra.

Ó, Walt. Como conseguiu continuar tão otimista sendo — de todas as possibilidades — um escritor?

— Vendeu quantos exemplares?

— Vinte mil.

— Só no primeiro ano?

— Aparentemente.

Joyce afundou em sua cadeira, e Sylvia estava em pé ao lado dele com uma das mãos no ombro do irlandês.

— *O grande Gatsby* não é *Ulysses*. Nem chega perto — disse ela. — Não é nem mesmo um best-seller, com esse número de exemplares vendidos.

— Pode muito bem se tornar um. — Joyce lançou um olhar suplicante para Sylvia. — Você acha que *Gatsby* vai durar? Você sempre disse que *Ulysses* iria.

— Não sei — respondeu ela, incapaz de dizer outra coisa que não a verdade, mesmo para seu escritor favorito, porque o romance de Fitzgerald tinha algo especial. É verdade que aspirava a ser um romance popular e nem sequer estava no mesmo nível do *tour de force* de Joyce. Ainda assim, ele cintilava. Era comovente. Tinha algo da essência estadunidense. Havia um quê de Whitman nisso. — Mas eu sei que sempre houve muito espaço na literatura tanto para a vanguarda quanto para as obras comerciais. Não precisa ser uma competição.

Joyce não respondeu. Cerca de um minuto se passou, e então ele disse:

— Não o vi da última vez que ele esteve em Paris, mas vi fotos em todos os lugares. Ele e a esposa são bonitos. Magnéticos, ouvi dizer.

— Sim — concordou ela cuidadosamente. — Ele e Zelda são charmosos.

— Ernest o conheceu e me disse que uma das razões pelas quais o sr. Fitzgerald queria vir a Paris era para me conhecer. Ele disse que qualquer cidade em que *Ulysses* pudesse ser escrito e publicado serviria para ele. Eu não tive certeza se acreditei. Por que o grande F. Scott Fitzgerald precisaria de Leopold e Stephen?

— Como você pode dizer isso? Todos nós precisamos de Leopold e Stephen. Qualquer escritor que se preze tem que contar com eles.

— Você está falando sério? — Joyce a fitou através do monóculo com seu olho afetado, o outro, com um tapa-olho.

— Lógico que estou falando sério.

— Você já pensou em abrir uma filial de sua loja em Nova York?

Foi uma mudança de assunto tão abrupta que Sylvia teve que sacudir a cabeça e dizer "Não entendi" para ter certeza de que tinha ouvido corretamente.

— Nova York — repetiu ele. — Eu estava pensando outro dia, seria mais fácil lutar contra Roth do outro lado do Atlântico.

— Mas minha casa é aqui.

Do que ele está falando? Está de brincadeira?

Mas ele não estava.

— Seria apenas temporário. Tempo suficiente para você abrir uma loja nos Estados Unidos, derrotar Roth e começar a publicar meu trabalho por lá.

— Mas... *Ulysses* não é mais legal lá agora do que era há quatro anos.

— Talvez pudéssemos encontrar um advogado melhor do que Quinn para lutar por isso novamente. É quase impossível estando em Paris, como descobrimos da última vez.

Respirando com dificuldade para lidar com o pânico crescente no peito, Sylvia considerou por um momento o que dizer.

— Não tenho certeza se já lhe disse isso, mas minha ideia original para a loja era abrir uma livraria francesa como a de Adrienne nos Estados Unidos. Mas os aluguéis em 1919 já eram muito altos e só aumentaram desde então. Minha mãe e minhas irmãs tiveram que ir para Pasadena, na Costa Oeste, na Califórnia, para abrir uma butique, e a Califórnia fica tão longe de Nova York e das publicações quanto Paris.

Ele franziu a testa.

— Vejo que não está interessada na minha ideia, embora possa ser a coisa certa para resolver nossos problemas.

— Não é que eu não esteja interessada, é que vejo isso criando muitos problemas que precisariam ser resolvidos. — *E isso causaria o caos total na minha vida.*

Ele deu de ombros e fez beicinho.

— *Eu discordo.*

— Encontraremos uma maneira de lutar contra Roth — garantiu Sylvia com convicção.

Ela não tinha certeza de como, mas daria um jeito. Tinha que fazer isso. Ela estava contrabandeando centenas de exemplares do romance em todo o mundo, mesmo com as Leis de Comstock, John Sumner e os impedimentos dos correios. Samuel Roth não iria impedi-la. Mas a falta de resposta de Joyce foi o que tirou as palavras de sua boca:

— Sr. Joyce, Roth publicou parte de seu *Work in Progress*?

A cabeça dele se ergueu com tanta surpresa que Sylvia perdeu o fôlego.

Então, voltando a si mesmo e fazendo um gesto de desdém, ele replicou:

— Um ou dois capítulos. Ele queria mais, porém vi como ele é vigarista.

— Eu não culparia você, sabe, caso se correspondesse com ele, especialmente se ele estivesse lhe oferecendo uma bela quantia. — Ela estava dando a deixa para ele ser honesto com ela.

— Você é minha editora, srta. Beach — disse ele com firmeza. *Fim de conversa.*

Ela gostaria de se sentir mais segura.

CAPÍTULO 19

—Mas é claro que Antheil é o Joyce da música — proclamou Margaret Anderson no Le Monocle, o refúgio favorito de Margaret e Jane, sobretudo porque Jane se vestia como muitas das clientes, com um terno de três peças. E muitas das outras usavam boás de plumas e tiaras de lantejoulas como Margaret. Fazendo um esforço em nome das novas amigas, Sylvia calçara os sapatos vermelhos e colocara um vestido preto da irmã, e Adrienne usara um velho terno do pai que caía surpreendentemente bem nela.

Mais cedo naquela noite, elas tinham estado no tumulto que foi a estreia do *Ballet Mécanique* de George Antheil no Théâtre des Champs-Élysées. Enquanto os dezesseis pianos automáticos lançavam suas notas, e a orquestra tocava sua partitura esporádica e dissonante, parisienses e expatriados amantes da música se levantavam, atiravam frutas e vaiavam, inspirando a outra metade da plateia a ficar e torcer. A briga do público ficou mais alta e barulhenta do que as lutas de boxe a que Ernest os levava.

— É verdade — concordou Jane, recostando-se na cadeira de tecido e dando uma tragada em seu charuto fino. — Ambos estão preparados para irritar todo mundo em nome da arte.

— Porém é mais do que a recepção, querida — disse Margaret, entusiasmada. — É também a musicalidade. Não sei se vocês sabem disso — comentou com Sylvia e Adrienne, como se compartilhasse um segredo de Estado —, mas comecei na música. Eu frequentava a orquestra sinfônica muito antes de ser leitora. E o dom que Joyce tem para tocar sua obra *no meu ouvido* foi uma das primeiras coisas que adorei em sua escrita. Não é verdade, Jane? Sempre disse que a musicalidade de Joyce é o que fará seu trabalho durar, não é?

— Sim — concordou Jane com um aceno sábio. — Embora, é óbvio, como *eu* sempre disse, isso não leva em consideração o fato de que a maioria das pessoas reage é ao estilo de sua escrita, à maneira como ela aparece nas páginas. E a suas qualidades obscenas. A um realismo por vezes mortalmente enfadonho. E a seu hábito de expor todos os segredos obscuros e perversos que nossas mentes já guardaram.

— Que são todos atos na sinfonia dele!

Jane deu uma baforada de fumaça perfumada na direção de Margaret e sorriu com adoração. Sylvia teve a impressão de que ela e Adrienne estavam vendo uma rotina a que o casal estava acostumado.

— Não vejo por que não podem ser as duas coisas — sugeriu Sylvia. — Musical *e* literário.

— Ah, Sylvia. — Margaret riu, e terminou o último de seu Côtes du Rhône. — Você não é nada divertida.

Adrienne, que se exauria rapidamente com qualquer conversa relacionada a Joyce, mudou de assunto.

— Então nos conte mais, Margaret, sobre o trabalho de Antheil sob uma perspectiva musical. Não tenho a mesma formação que você. Gosto de música, mas não tenho nenhuma qualificação na área.

— Bem. Nem os filisteus que jogam pêssegos no palco! A fruta ficaria muito melhor numa torta. Uma torta teria restaurado a ordem em suas vidas. Ou uma *tarte*, imagino. Não importa.

Como você sem dúvida ouviu, como todos ouviram, a música de George simplesmente nos diz que a harmonia acabou. Aquela bela música que nos ilude dizendo que a vida tem sentido e que a ordem é uma mentira.

— Estou cansada dessa linha de argumentação que ouvimos o tempo todo sobre a nova escrita e a nova música, assim como ouvimos sobre a nova pintura uma geração atrás — disse Adrienne com irritação. — Como uma peça musical poderia negar séculos de beleza? *Quinta Sinfonia* de Beethoven? Os concertos para piano de Chopin? As fugas de Bach? A nova arte não nega o que veio antes! Não. É uma abertura, um portão para o jardim, que revela um caminho para o que vem a seguir.

— Maravilhoso! — exclamou Margaret fumando o cigarro na ponteira elegante. — Adrienne, você deveria escrever algo para a *The Little Review*.

— *Peut-être* — replicou Adrienne evasivamente, e Sylvia ficou pasma, como sempre ficava, com o *je ne sais quoi* de Adrienne, sua capacidade de comandar a atenção e depois dispensá-la, como se não precisasse mantê-la, pois conseguiria atenção a qualquer instante.

Depois que a empolgação da exibição de Whitman e do *Ballet Mécanique* diminuiu, parecia que o resto de 1926 tinha sido engolido pela batalha judicial de Sylvia com Samuel Roth. Ela aprendeu mais sobre a lei de direitos autorais e pirataria no mercado editorial do que jamais sonhou que pudesse ser possível, e cada detalhe disso era tão enfadonho que ela não desejaria nem para seu pior inimigo ter que vasculhar o assunto. Todos os dias, depois de examinar documentos de cima a baixo, ela desabava no sofá de seu apartamento com Adrienne, de vez em quando esperando que uma de suas enxaquecas aparecesse para que tivesse uma desculpa para não ler mais no dia seguinte. Mas aí a enxaqueca surgia, e Sylvia era derrubada por ela de forma tão dolorosa que amaldiçoava seu desejo estúpido com cada fibra de seu ser. E as dores de cabeça pareciam vir com mais frequência do que antes. Ela não tinha certeza se poderia atribuir isso à dificuldade da leitura, à correspondência cansativa com os advogados em Paris e Nova York, ou ao estresse geral da batalha.

Para piorar a situação, Joyce trouxe à baila sua ideia de loja em Nova York, e quando ele insistiu no assunto, e sugeriu que ela deveria pelo menos tentar encontrar um espaço acessível, Sylvia finalmente disse:

— Sr. Joyce, minha vida é aqui em Paris. Eu não quero morar em Nova York.

— Você sempre pode voltar.

— Mas eu não quero ir embora daqui.

— Nem mesmo para salvar nosso livro?

— Não creio que morar nos Estados Unidos salvará *Ulysses* do sr. Roth. Isso só vai me deixar infeliz, estar longe de tudo e todos que eu amo.

— Srta. Beach, por favor, você deve saber que a última coisa que eu quero é que se sinta triste.

— Então, por favor, pare com essa ideia — pediu ela com mais veemência do que jamais fizera com Joyce. Ou com qualquer outra pessoa. Nem ela tinha certeza de onde tinha vindo aquele tom decidido que implicava *Pare agora de me perturbar*.

Joyce também pareceu surpreso. Olhando para o relógio de bolso, disse:

— A sra. Joyce está me esperando.

Então, juntou o paletó e a bengala, saiu da loja e deixou Sylvia com o sangue quente.

— Gostei de ver — comentou Mysrine, assustando Sylvia a ponto de ela ofegar e pôr a mão no peito.

— Minha nossa, Mysrine! Desculpe. Esqueci que tinha mais alguém aqui.

— Eu tentei não incomodar, e tentei não ouvir, mas... ele estava aborrecendo você, Sylvia. Não era correto. Especialmente depois de tudo o que você fez por ele.

— Você está parecendo Adrienne.

Mysrine sorriu.

— Esse é o melhor elogio que recebo há tempos.

A nova inquietação na relação com Joyce não facilitou resistir às odiosas cartas de Roth e sua equipe jurídica, que se referiam a ela como uma mera secretária e, pior, a xingavam de nomes abertamente misóginos como "machona perversa". "Isso só mostra que, ainda que a lei possa ter mudado, os sentimentos, não. Que longo caminho as mulheres ainda têm pela frente", escreveu ela à irmã Holly e também à velha amiga Carlotta, ambas com quem ela lutara pelo sufrágio.

Houve escaramuças na batalha que foram satisfatórias, no entanto. Ludwig Lewisohn, alemão por descendência, mas estadunidense por criação e qualificação, um romancista com cabeça lúcida e espírito engajado que se apegara aos escritores expatriados aos quais ela começara a se referir como Multidão, apresentou certo dia a Sylvia um rascunho de uma carta na Shakespeare and Company. "Estamos escrevendo para protestar contra o roubo grotesco de uma grande obra da literatura, *Ulysses*, de James Joyce, que foi apropriada pelo pirata Samuel Roth como se fosse um tesouro em alto-mar." O documento deveria ser assinado pelo maior número possível de escritores e intelectuais antes de ser enviado a todos os jornais dos Estados Unidos que o publicassem.

Lágrimas ameaçaram cair quando ela leu a carta em sua loja naquela manhã fria e chuvosa de outono.

— Obrigada — sussurrou para Ludwig, que apenas deu um sorriso para ela.

— Minha querida Sylvia, nós é que devemos agradecer, com mais do que apenas palavras. Com ações. Este é apenas um pequeno símbolo de minha própria gratidão por tudo o que você fez por nós, escritores estadunidenses em Paris.

Ela ficou maravilhada. Aqui estava um membro periférico da Multidão, pouco mais do que um desconhecido para ela e ainda um sócio de sua biblioteca e cliente da loja, levantando-a do chão e sacudindo a poeira. O nó na garganta fez sua voz falhar.

— Acho que MacLeish poderia ler para ver questões de legalidade — continuou Ludwig, e Sylvia assentiu.

— Obrigada.

E lá foi ele à procura de Archibald MacLeish, advogado que virou escritor. Simples assim. Ela estava tão acostumada a depender apenas de Adrienne, sua parceira em tudo, e de Mysrine, a quem pagava, que era estranho e inquietante depender de outra pessoa. Alguém inesperado.

Mas também, que alívio!

A carta e as assinaturas que atraiu funcionaram como um curativo em sua relação machucada com Joyce. Ele começou a entrar na Shakespeare and Company com uma empolgação quase infantil, como acontecera em 1922, quando as críticas e as assinaturas chegavam diariamente e eles se divertiam lendo em voz alta, jogando nomes e frases pela loja como num jogo de tênis verbal.

— Sério? — indagava ele. — O sr. Wells assinou em prol do meu livro?

— Do seu livro e em nome do pensamento independente e das editoras — dizia ela, e Joyce erguia um copo invisível para brindar.

Todos assinaram. Toda a Multidão, obviamente, mas também Somerset Maugham, E. M. Forster, o estimado físico Albert Einstein e o dramaturgo italiano Luigi Pirandello. Até George Bernard Shaw.

CAPÍTULO 20

Em 14 de março de 1927, pouco mais de um mês depois que a publicação de *Ulysses* completou cinco anos e Joyce, 45, Sylvia fez quarenta. Embora ela não tivesse planejado nada para comemorar o aniversário, os amigos tinham outras ideias em mente. Tudo começou com Adrienne servindo café e sua *tarte aux prunes* preferida na cama. Em seguida, Bob passou na loja com uma caixa de sua marca indulgente predileta de cigarros, alguns dos quais eles fumaram juntos, apoiando-se nas vitrines da loja, com rostos, mãos e casacos aquecidos pelo sol do fim do inverno enquanto conversavam sobre a separação e provável divórcio entre ele e Bryher. Ludwig deu a Sylvia uma edição rara de *Canção de mim mesmo*, e Julie, Michel e Amélie apareceram com meio quilo de carne de veado e um bolo com cobertura vermelha, branca e azul.

— As cores das nossas bandeiras — disse Julie orgulhosa. Michel parecia melhor nas últimas vezes que ela o tinha visto, e seu sorriso fácil era um presente por si só.

Joyce apareceu com quarenta rosas em vários tons de cor-de-rosa e vermelho, e declarou que Mysrine não se importaria de cuidar da loja enquanto ele levasse Adrienne e ela para almoçar no Ritz. Enquanto Sylvia tentava se manter acordada depois daquela refeição luxuosa do meio-dia, Ernest e a estilosa Pauline Pfeiffer, com quem ele parecia ter a intenção de se casar antes mesmo que a tinta dos papéis do divórcio com

Hadley secasse, chegaram no final da tarde com ingressos para uma luta de boxe. E assim terminou a comemoração do aniversário de Sylvia, com cerveja, *pretzels* macios ao estilo da Baviera, muita torcida e vaias. Na volta para casa, Adrienne e ela pararam numa sorveteria e tomaram casquinhas deliciosas de chocolate, limão e baunilha.

— Eu gosto de Pauline — disse Adrienne —, embora sinta saudades de Hadley.

— Sim — concordou Sylvia. — Sinto a mesma coisa. E...

— E?

Parada na janela do apartamento, Sylvia olhou para sua loja lá embaixo, fechada após um dia festivo com amigos e livros, e tentou elaborar o que estava sentindo.

— Bem, é que o divórcio de Ernest e o novo casamento dele... Isso não tem nada a ver conosco e, no entanto, parece um sinal, ou um presságio. As coisas não parecem as mesmas de oito anos atrás na Odeonia, não é?

— Sei o que você quer dizer — falou Adrienne. — Gosto de muitas mudanças. Os estadunidenses que vieram para cá alegraram a cidade e nossa vida, e a troca de ideias com nossos amigos franceses tem sido maravilhosa. Mas...

— As festas.

— A bebedeira.

— Os divórcios.

— Os ciúmes.

Adrienne se juntou a Sylvia na janela e olhou para a noite escura, a rua deserta. Um lampião a gás iluminava alguns metros antes da Shakespeare and Company e lançava um brilho amarelo e quente na calçada cinza, na pedra creme do edifício.

Parecia um quadro, um momento congelado no tempo e já desaparecendo, empoeirado no passado.

Sylvia queria dizer a Adrienne que, apesar de tudo o que estava mudando à sua volta, seus sentimentos por ela permaneciam os mesmos — mas as palavras ficaram entaladas na garganta. Em vez disso, ela respirou no ouvido de Adrienne da maneira que sabia que a companheira gostava, com esperança. De olhos fechados, Adrienne se virou para ela e a beijou, e Sylvia tentou se perder na pressão de um corpo contra o outro, mas não conseguiu. Uma parte dela ainda estava de pé na janela, olhando para fora e se perguntando o que mais poderia mudar.

— A mamãe está tão deprimida — disse Cyprian.

Elas estavam sentadas numa cafeteria ao lado do *carrefour* do Odeon, tomando café e fumando cigarro. Cyprian estava de férias de suas obrigações na Califórnia, e Sylvia ficou emocionada ao vê-la em Paris.

O pessimismo da irmã em relação à mãe era surpreendente e preocupante, entretanto. Sylvia se sentira encorajada pelas cartas recentes que Eleanor lhe enviara, nas quais ela mencionava de maneira animada as pessoas que entravam e saíam de sua loja. Eleanor também enviava cartas para Amélie toda semana, sempre coloridas e decoradas com desenhos a tinta ou giz de cera.

— Nas cartas, ela parecia contente. Talvez esteja tendo altos e baixos esta semana, não?

— Mais baixos do que altos, eu diria.

— Ela parece melhor quando não está sozinha.

— Ela está com a Holly — replicou Cyprian, na defensiva, e Sylvia se arrependeu de suas palavras. Não tinha a intenção de acusar Cyprian de abandonar a mãe, porque sabia que Holly e o pai estavam com ela. Apagando agressivamente o cigarro e soltando bastante fumaça, Cyprian disse: — Em breve, você verá o que quero dizer. Ela está planejando viajar para cá daqui a um mês para fazer compras.

— Outra vez?

— É a única coisa que a mantém sã. Acho que ela está fugindo do papai.

— Eles pareciam felizes quando estavam aqui para a exposição de Whitman. — Mas Sylvia lembrou, com uma pontada de culpa, que não havia prestado muita atenção aos pais na época.

— Eles sabem dar um bom espetáculo. Você sabe que ele fica bravo com ela pelo que chama de "esbanjar dinheiro com nossas filhas mimadas"?

— Sério? O papai disse isso?

Cyprian assentiu.

— Eu o ouvi dizer exatamente essas palavras.

— Ele nunca expressou nada parecido para mim.

— Nem para mim. Não diretamente — continuou Cyprian. — Ele parece guardar tudo para descontar na mamãe.

— Eu gostaria de ter visto ou ouvido algo disso tudo. Qualquer uma dessas declarações, enquanto eles estavam aqui.

Cyprian deu de ombros.

— O que você teria feito? O que qualquer uma de nós pode fazer? A sorte foi lançada para todos nós. E, de qualquer maneira, quanta atenção você poderia dar a eles, considerando tudo de que está tentando dar conta?

Sylvia sentiu um tom de reconhecimento em sua fala, mas havia também uma pontada de inveja. Era estranho como o jogo tinha virado. Uma década antes, era Sylvia quem desejava ser Cyprian. E agora, cada vez mais, era Cyprian quem queria estar no lugar de Sylvia. A irmã havia desistido de fazer testes inúteis em Hollywood e, embora ainda fosse bonita, a idade começava a transparecer no rosto e no corpo. Sylvia se lembrou de o que a mãe tinha dito sobre o preço da idade e como Cyprian sempre fora parecida com ela. Ficou feliz pela mãe poder contar com Cyprian, mas também se preocupou que a própria irmã pudesse algum dia se sentir tão infeliz quanto a mãe.

Ambas fumaram outro cigarro em silêncio, tomando café entre as baforadas, e Sylvia parou para pensar que fumava muito mais quando a irmã estava por perto. Enquanto apagavam o último dos cigarros no cinzeiro de vidro sobre a mesa, um grande ônibus marrom brilhante parou do outro lado da rua, subindo alguns metros na rua de Condé, em direção a Saint-Sulpice. Saía um fluxo de turistas claramente estadunidenses, com câmeras novas, sapatos de caminhada brilhando de novos e chapéus da moda que provavelmente tinham comprado naquela manhã na Galeria Lafayette.

— O quê... — Cyprian se maravilhou, com a boca aberta.

— Você não ficou sabendo? O sol só nasce no quinto e no sexto *arrondissements*. Cada vez mais tours estão chegando — disse Sylvia.

— E você não pode fazê-los ir embora?

Sylvia deu um suspiro de cansaço e conflito.

— É difícil dizer não ao dinheiro deles. Vendi mais livros a ônibus cheios desses do que costumava vender em um ano.

— Mas eles são tão...

— Felizes e cheios de energia?

— Enjoativos.

— Senti sua falta, irmã.

— Bem, com essas companhias, consigo entender por quê.

— Cá entre nós, eles não são *tão* diferentes dos escritores estadunidenses que há anos passam por aqui. Stein raramente se associa a outras pessoas que não sejam estadunidenses. Djuna, Scott, Eliot, Pound, todos eles são como um clube. Joyce e Ernest são coisa rara por dominarem a língua francesa e terem amizade com os parisienses. Provavelmente é por isso que amo tanto os dois.

Sylvia foi pegar outro cigarro, mas se conteve. Ela não queria sentir tanta sede depois, e também notou que fumar muito podia trazer as auras de uma enxaqueca, um arco-íris pulsante que queria envolvê-la como uma jiboia-constritora.

— Bem, nem todo mundo pode se tornar um local como você — replicou Cyprian, com os olhos semicerrados ainda fixos no grupo do ônibus que parecia estar discutindo para que direção seguir. — Ainda assim, nossos amigos que visitaram aqui nos últimos anos são diferentes *deles*. Quanto tempo eles vão ficar aqui? Uma semana? Dois dias? Só para eles poderem ir para casa no Meio-Oeste e dizer que vieram a Paris, viram um pintor ou escritor famoso, comeram num restaurante sobre o qual leram no *Collier's,* riram ao mergulhar a língua no absinto e, ah, não era o melhor vinho tinto que já tomaram?!

— Não se esqueça de comprar livros na Shakespeare and Company.

Cyprian revirou os olhos.

— Eu nunca pensei que você fosse tão oportunista.

— Uma mulher de negócios inteligente, você quer dizer.

— Bem, suponho que seja por uma boa causa. Você está mantendo os escritores verdadeiros sem dívidas, afinal.

— Eu tento.

— Você faz mais do que tentar... Estou com ciúme, sabe.

Sylvia ficou pasma com essa afirmação, e não tinha ideia de como responder. Mas sua irmã lhe poupou o esforço.

— Tenho algumas boas notícias minhas para contar, no entanto. Conheci alguém que faz da Califórnia um lugar tolerável.

— Conte. — Sylvia expirou, aliviada.

— O nome dela é Helen Eddy. Ela atuava que nem eu, mas agora dá aulas de tênis para crianças. Ela está sempre bronzeada e linda. — Os olhos de Cyprian brilharam. — Decidi que estou muito velha para fingir ser o que não sou.

— Bom para você — disse Sylvia. — Eu adoraria visitá-la algum dia.

— Você vai ter que deixar Paris para fazer isso. Já reparou quantas pessoas vêm visitá-la? Quando *você* pode *nos* visitar?

— Eu não acho isso nada justo — respondeu ela, sentindo-se na defensiva, embora Cyprian estivesse certa. Ela simplesmente nunca tinha pensado nisso antes. Nunca havia sentido uma atração forte o suficiente a ponto de querer voltar para os Estados Unidos. — As pessoas vêm para Paris porque querem vir para Paris.

— E querem ver você. Você não quer nos visitar? Ver onde moramos? Como vivemos?

— Sim, claro — respondeu Sylvia, mas por dentro ela queria dizer que não era verdade. Deixando isso de lado, ela mudou de assunto: — Fale mais sobre Helen Eddy.

⁂

Apesar da carta de Ludwig e das 167 assinaturas protestando contra a pirataria, Roth persistiu em publicar sua versão de *Ulysses*.

— Então ele publicou uma versão ilegal de um livro já ilegal? — perguntou Bob. — E está vendendo como água?

— Bem, ele não tem problema em anunciar o livro como obscenidade — respondeu Sylvia.

— Gênio — disse ele, meio sério.

Sylvia não sabia como ela iria encontrar tempo para lutar mais contra Roth do que ela já tinha feito. Simplesmente não parecia haver horas suficientes durante o dia — o que, ela disse a si mesma, era outro tipo de resposta à pergunta de Cyprian sobre por que nunca visitara os Estados Unidos. Ela tinha muito a organizar: a obra de poesia de Joyce, *Pomes Penyeach*, já estava com Darantiere, assim como a sexta edição de *Ulysses*, e ela montava material promocional pouco a pouco todos os dias; ela estava organizando um volume de críticas sobre *Work in Progress*, de Joyce, para publicação em cerca de um ano; os tradutores franceses de *Ulysses* brigavam e chegavam pedidos para traduzir o romance até mesmo para as línguas europeias menores, como o tcheco e o sérvio. Além disso, Joyce continuava a prejudicar a vista com horas de labuta à luz de velas, atitude que o dr. Borsch continuava a desaconselhar.

Cada vez que ela ouvia os números de Roth — que ele vendeu cem, mil, sete mil cópias de seu *Ulysses* barato e fraudulento —, não conseguia deixar de pensar no dinheiro que não estava ganhando, dinheiro que ele estava roubando dela e de Joyce.

Havia dias em que queria desistir, quando ouvia o canto da sereia daquele celeiro vazio em Les Déserts a chamando.

Então, numa manhã de domingo felizmente preguiçosa, Adrienne disse a ela:

— Acho que deveríamos comprar um carro, para facilitar a ida a Rocfoin e para qualquer outro lugar para onde quisermos escapar.

Sylvia praticamente pulou do sofá onde estavam lendo o jornal e gritou:

— Sim!

Em uma semana, elas eram as orgulhosas proprietárias de um pequeno Citroën azul. As duas o tiraram do estacionamento num estado que Sylvia só poderia descrever como uma alegria ousada, buzinando e gritando "Êêêê!" e balançando os lenços coloridos pela janela. Elas se revezaram na direção, não direto para casa, mas para Versalhes, onde caminharam pelos jardins fazendo piadas sobre comer bolo no fabuloso veículo novo antes de voltar e passar pela Torre Eiffel, buzinando loucamente ao transitar pela residência de Joyce e curiosas para saber se alguém ali tinha percebido ou se importado, antes de enfim chegar à rua do Odeon, onde o sol se punha naquele glorioso dia de junho.

— Eu não me divertia assim fazia anos — disse ela, ofegante, ambas sentadas no carro um pouco mais, não querendo deixar os assentos de couro firmes e perfumados ou parar de olhar para a imagem de sua Odeonia do para-brisa de moldura preta.

Adrienne enroscou os dedos no cabelo de Sylvia na altura da nuca.

— Precisamos nos divertir mais.

— Como você pode soar tão séria quando está falando sobre diversão?

— Porque é sério. Você está tendo muita enxaqueca. Fazendo coisas demais para Joyce. É hora de fazer menos. Aproveite mais a sua vida.

As palavras de Adrienne a deixaram na defensiva.

— Você também está ocupada.

— Verdade. — Adrienne assentiu e então segurou o cabelo de Sylvia. — Eu pretendo começar a dizer mais "não". Mas será mais fácil para mim, porque a família de ninguém depende totalmente da minha empresa.

— Ele não depende totalmente de mim.

Adrienne abaixou a cabeça e ergueu as sobrancelhas.

— Se ele não depende, não terá nenhum problema se você recusar seus pedidos.

Ela sabia que Adrienne estava certa. Naquele dia, ela se sentira livre, tão livre quanto em Les Déserts, ou em Rocfoin, quando estava *longe* das demandas implacáveis de Joyce. Ela se sentira mais leve, mais feliz, mais amorosa. Mais como ela mesma. Ela se sentira novamente como a jovem aventureira que fora a Paris dez anos antes, esbarrara na A. Monnier e se apaixonara por uma loja e uma vida.

— Vou tentar — disse ela, e foi uma promessa tanto para Adrienne quanto para ela mesma de dez anos antes. Ainda assim, a ideia de dizer não a Joyce a deixava ansiosa. *Eu deveria ser capaz de equilibrar tudo melhor*, revelou a si mesma. *Afinal, não estou dando netos para minha mãe. Mas posso dar a ela, e ao papai, outro tipo de legado do qual se orgulhar.*

Ela também refletiu que a jovem que fora à A. Monnier todos aqueles anos antes era apaixonada por leitura e pela escrita de James Joyce. Era um *privilégio* ser editora dele, e seu sucesso estava intrinsecamente ligado ao da Shakespeare and Company, que se tornara sinônimo de sua obra-prima fora da lei; sua loja mudara o curso da literatura. Não, ela não podia desistir dele ou de seu livro.

Sobretudo agora que Cyprian havia contado a ela que seu pai ficava ressentido com a maneira como a esposa ajudava as filhas. Ela simplesmente não podia decepcioná-los, nenhum deles.

CAPÍTULO 21

O *concierge* do hotel balbuciou num francês tão empolgado e incoerente que Sylvia teve de passar o telefone para Adrienne, para que a parisiense nativa pudesse compreender as palavras. O pouco que Sylvia entendeu foi *madame Beach* e *lettre*. Então, ela observou e ouviu enquanto Adrienne assentia, respirava fundo, ouvia e arregalava cada vez mais os olhos. Embora tenha dito os *bons* e os *mercis* necessários, Sylvia percebeu, pelo tom sério, que nada do que estava ouvindo era bom e, quando a companheira desligou, ela estava com os nervos à flor da pele e já havia acendido um segundo cigarro.

— *Chérie* — disse Adrienne suavemente —, sua mãe morreu. No hotel. Ela deixou uma longa carta.

— Morreu? E deixou uma carta? — Embora Adrienne estivesse agora usando palavras que ela podia entender, Sylvia ainda não conseguia compreendê-las.

Até que se deu conta.

Uma carta. Uma longa carta.

— Como ela morreu? — sussurrou Sylvia, a imagem horrível e inesperada da mãe pendurada num lençol piscando em sua mente.

— Comprimidos.

Com a mão no peito, Sylvia começou a respirar acelerado, ou a hiperventilar, ou a soluçar, era impossível saber. De alguma forma, Adrienne a fez se sentar no lugar mais próximo possível. Elas estavam na cozinha? No quarto? Ela não tinha ideia, e depois não teve nenhuma lembrança disso. Tampouco conseguiu ter lembranças específicas ou coerentes das horas seguintes, pois era tudo uma coleção de impressões sombrias entrecortadas: ir para o hotel com Adrienne; ver a mãe rígida na cama, vômito no chão e nos travesseiros; ignorar uma xícara de chá enquanto fazia os preparativos para que um legista escrevesse um atestado e um agente funerário recolhesse o corpo. Era final de junho, e estava quente e claro. Época de casamentos.

Ela sonharia com aquelas horas nas semanas — e anos — por vir. Quando acordava no meio da noite, tremendo e ensopada de suor, os lençóis grudando na pele úmida, ela imaginava aqueles meninos na Sérvia que entravam em latas de lixo para se sentir seguros quando um barulho alto os assustava. Ela pensava em Michel, de cujas noites em claro Julie se recusava a falar. Agora ela também tinha um ferimento profundo demais para sanar, tão profundo que alcançava seus ossos, artérias e veias.

Um pedaço de si que perdera em prol da própria vida, sem nem se dar conta antes.

Eu sinto muito, muito mesmo, mãe.
Se ao menos eu tivesse prestado mais atenção.
Se ao menos eu tivesse dado mais importância às advertências de Cyprian.
Se ao menos eu tivesse passado mais tempo com você.
Se ao menos eu tivesse mostrado mais compreensão. Mais carinho.
Se ao menos eu tivesse mais tempo.

Ela considerou seriamente nem mesmo contar a verdade às irmãs. O suicídio foi uma decisão muito íntima, e a carta escrita pela mãe fora dirigida apenas a ela.

— E ela fez isso aqui, em Paris — disse Sylvia a Adrienne na manhã seguinte. Ela podia sentir uma enxaqueca chegando, um aperto na nuca que se tornaria um golpe brutal em horas e, embora percebesse que ia vomitar a qualquer momento, tomou café e fumou. — Ela poderia ter feito isso na Califórnia. Talvez ela não quisesse que mais ninguém soubesse.

— É um elogio, à sua maneira — comentou Adrienne.

— E uma maldição.

— Todas as tragédias têm um lado bom.

Suzanne. Houve um tempo em que não passava um dia sem que Sylvia pensasse no primeiro amor perdido de Adrienne. Mas nos últimos tempos... bem, ela não conseguia nem se lembrar da última vez que Suzanne surgira em sua mente, e agora ali estava ela de novo, o fantasma pairando no quarto.

— Com que frequência você pensa nela? — perguntou Sylvia.

— Com menos frequência. E, agora, totalmente sem arrependimento.

O punho estava apertando seu cérebro, e uma nova onda de lágrimas chegava, mas uma velha pergunta que ela carregava consigo havia anos flutuava na mente, e saiu de sua boca antes que ela pudesse detê-la.

— Por que Suzanne se casou?

Os olhos azul-claros de Adrienne se encobriram com a velha tristeza.

— Os pais acreditavam que o dinheiro da família dele poderia ajudá-la a obter os cuidados médicos de que precisava.

— Então ela teve que passar os últimos meses num casamento de conveniência? Que indignidade!

— Ele era bom para ela, pelo menos. Ele a amava havia anos. Sofreu muito por tê-la perdido tão rapidamente.

— Então todo o dinheiro dele acabou não sendo suficiente para ajudar, no fim das contas?

— Era tarde demais. Por muito tempo, ela se recusou a se casar. — Sylvia escutou a culpa que Adrienne engolia. — Eu deveria ter dito a ela para se casar com ele anos antes. Mas fui egoísta.

— Você é a pessoa menos egoísta do mundo — disse Sylvia.

— Não, *chérie*, você que é.

Sylvia riu amargamente.

— Então por que minha mãe se suicidou?

— Não havia nada que você pudesse ter feito para impedir.

Como você sabe?

— E Suzanne amava tanto você que nunca a teria ouvido sobre se casar mais cedo, mesmo se você dissesse para ela fazê-lo. — Era a coisa mais verdadeira que Sylvia poderia pensar em dizer.

— Isso é o que eu digo a mim mesma também.

Pouco antes de abrir a loja, Sylvia enviou um telegrama para as irmãs e o pai na Califórnia.

A MÃE MORREU HOJE. MUITA TRISTEZA. CARTA COM MAIS POR VIR. COM AMOR, SYLVIA.

Mais tarde, no fim de um dia vazio, sentada à sua mesa em casa, ela deu mais detalhes. "Mamãe tomou comprimidos demais", escreveu ela e citou a parte da carta em que Eleanor Beach expressou o desejo de ser enterrada no cemitério Père Lachaise, na companhia de Oscar Wilde, Frédéric Chopin e Honoré de Balzac, entre uma ladainha de razões pelas quais também estava exausta, envergonhada e triste por continuar vivendo, não apontando o dedo para ninguém além de si mesma. Sylvia não citou nem parafraseou nenhuma delas. Ela também quase fora pega roubando numa loja de novo. "Estou morta de vergonha", escrevera a mãe. "Meu amor pela beleza mundana é uma falha amoral, e sou muito grata a você por não ter contado a seu pai sobre a última instância, pois temo que ele nunca me perdoaria — nem tanto pelo ato em si, mas pelas razões subjacentes ao ato, sobre as quais me sinto totalmente desesperada." A última coisa que Sylvia escreveu foi que as frases finais de sua mãe transmitiam o quanto ela sentiria falta da família.

Após completar a própria carta lamentavelmente inadequada, Sylvia adentrou a escuridão abafada do quarto e se envolveu em Adrienne, que a abraçou apertado a noite toda.

CAPÍTULO 22

O Quatro de Julho foi duas semanas após a morte da mãe de Sylvia, e caiu numa segunda-feira. No fim de semana anterior, tinham passado alguns dias em Rocfoin, onde a família muito francesa de Adrienne — Rinette, Bécat e Fargue, inclusive — tentou animá-la com guloseimas estadunidenses como "torta" de maçã, que, na verdade, era uma *tarte aux pommes* com mais açúcar, e um prato chamado "Chicken à la king", que a mãe de Adrienne tinha encontrado numa revista estadunidense e cujo gosto era reconfortantemente cremoso e suave na boca.

O clima alegre foi curto, no entanto. Sentindo seu aborrecimento, Teddy começou a segui-la como uma sombra, sempre pulando em seu colo assim que ela se sentava. Sylvia descobriu que acariciar o pelo quente e macio do cachorro a acalmava. Ela percebeu Joyce mordendo a língua enquanto observava esse comportamento olhando de soslaio e desconfiado para ela. Um dia depois de ela ter contado a ele sobre a mãe — os verdadeiros detalhes, os quais ela o fez jurar levar para o túmulo —, ele lhe trouxe o mais belo arranjo de lírios que ela já tinha visto. No dia seguinte, três dias antes de partir para as férias com a família na Bélgica, ele se sentou na cadeira verde e perguntou:

— O que devemos fazer a respeito de Roth?

A pergunta fez os ossos de Sylvia doerem.

— Não acho que possamos fazer muito mais do que já fizemos.

Ele olhou para suas mãos graciosas, as unhas imaculadamente aparadas.

— O sr. Huebsch, agora da Boni and Liveright, me escreveu a respeito da publicação de *Work in Progress*. Ao contrário da srta. Weaver e do sr. Pound, ele parece gostar do que viu até agora. Como você sabe, há algum tempo pensei que uma editora estadunidense estaria em melhor posição para derrotar Roth, e me pergunto se poderia oferecer *Work in Progress* ao sr. Huebsch.

Todo o seu âmago se contraiu dolorosamente.

— Mas estamos há mais de um ano discutindo sua publicação pela Shakespeare and Company. E há o volume de críticas, já em andamento.

— E eu quero que você continue com isso. A crítica. — Ele olhava para ela com tanta inocência, tanta franqueza.

— Sr. Joyce, como o sr. Huebsch poderia ajudá-lo com Roth se ele não publicou *Ulysses*?

A duração de sua pausa antes de responder "Tenho um palpite" fez Sylvia se perguntar o que ele estava tentando evitar dizer a ela. Ela estava tão tomada pelo pesar que não conseguia indagar mais.

Então, quando uma carta do venenoso advogado de Roth chegou na manhã de 4 de julho pelo correio, acusando-a de estar impedindo grandes negócios e grandes homens, ela se pegou soluçando sem controle nos fundos da loja de Adrienne.

— Eu não consigo… — disse Sylvia, num tom quase inaudível. — Eu simplesmente não consigo mais.

Culpa. Pesava como uma bigorna em seu peito.

E se…

Se ela não tivesse estado tão concentrada *nisso*, nesse carrossel inútil com Joyce em relação a Roth, aos olhos, às finanças dele, talvez pudesse ter ajudado a mãe. Talvez elas estivessem no Museu Rodin naquele mesmo dia. Juntas.

Ela olhou nas fundas piscinas dos olhos compreensivos de Adrienne e pensou: *Foi isso o que você quis dizer sobre se preocupar que eu me doe mais do que o necessário.*

Bem. Esta era uma luta que ela não poderia vencer. Até Ernest defendia encerrar uma luta quando um lutador sabia que havia encontrado um adversário superior. "Melhor guardar as forças dele para outro dia", costumava dizer.

Sylvia voltou para a sala dos fundos de sua loja e, com uma caneta que ficava mais leve a cada palavra, escreveu uma resposta para Roth e seu advogado, dizendo que desistia do processo. Em seguida, escreveu para Joyce, que estava na Bélgica.

Meu caro sr. Joyce,

Espero que você e sua família estejam bem e desfrutando de um clima mais ameno no norte. Adrienne e eu continuamos levando o Citroën em excursões nos arredores de Paris. Minha verdadeira razão para escrever, no entanto, é dizer que temo não poder mais tolerar os ataques ad hominem *de Roth e seu advogado, que fazem John Quinn parecer um anjo vingador. Você é livre para seguir nessa luta, se quiser, e se isso incluir a assinatura de um contrato com uma editora estadunidense para* Work in Progress, *que assim seja.*

Enquanto isso, continuarei conforme planejado com Ulysses VI, Pomes Penyeach *e nosso livro de críticas.*

Espero vê-lo novamente quando estivermos ambos bem descansados em setembro.

Mande lembranças à sra. Joyce e às crianças.

Atenciosamente,
Sylvia

Demorou quase um mês para ela receber uma resposta, um mês consumido por horas gastas com Julie preparando as páginas para *Pomes* e escrevendo para outros escritores e intelectuais que gostavam da obra de Joyce, como William Carlos Williams e Eugene Jolas, pedindo contribuições para o volume planejado de críticas.

Depois, havia as despesas médicas. Dr. Borsch escreveu um bilhete muito gentil dizendo que Joyce não pagava nenhuma de suas contas desde 1925. Horrorizada, Sylvia imediatamente assinou um cheque com fundos da Shakespeare and Company, anotando em algum lugar que a quantia deveria ser deduzida do próximo adiantamento que Joyce receberia de *Ulysses*, sabendo muito bem que perdoaria mais aquela dívida, como todas as outras. Mas ela não pôde deixar de ler a carta de Joyce sob as lentes fuliginosas daquela conta:

Cara srta. Beach,

A sra. Joyce e eu estamos bem, obrigado. Lucia está tão aflita pela melancolia que é difícil persuadi-la a sair da cama, mesmo de tarde. A única coisa que a anima são as apresentações de dança que, é claro, gostamos de aproveitar. Embora, como você sabe, eu prefira a ópera.

Fiquei angustiado ao receber sua carta informando que a senhorita desistiu de nossa batalha com Roth. Temo que a recente tragédia por que passou tenha influenciado sua opinião sobre ela, e espero que nenhum de nós tenha motivos para se arrepender mais tarde. Sem dúvida, assumirei a responsabilidade e espero de verdade que assinar com uma editora estadunidense não se torne necessário, uma vez que eles não estiveram ao meu lado quando eu era um humilde escritor de condenada "obscenidade", e a senhorita me salvou. Espero não esquecer tão cedo as minhas dívidas.

Anexei uma lista de pedidos relativos à tradução em francês, bem como pensamentos relativos a Pomes e várias contas que esqueci de pagar antes de sair — poderia, por favor, anotá-las na minha dívida com você? Meus mais sinceros agradecimentos e desculpas.

Tudo de bom para mademoiselle Monnier.

Atenciosamente,
James Joyce

A lista de tarefas tinha três páginas. No dia em que a recebeu, ela se sentiu tentada a amassar o papel e jogá-lo na lata de lixo, mas olhou para cima e para os livros e fotos que revestiam as paredes de sua loja. Seus olhos pousaram na pilha azul brilhante de volumes de *Ulysses* que ainda vendiam tão bem e que tinham tornado sua loja assunto não apenas de artigos de jornais em toda Paris e Nova York, como também da *Vanity Fair*, da *The New Yorker* e da *Saturday Evening Post*. Aqueles ônibus de turismo que Cyprian tanto tinha insultado e com os quais Sylvia secretamente não se importava estavam visitando a sua loja tanto quanto a Paris de *O sol também se levanta*, o romance que enfim igualou o placar entre Ernest e Scott — uma rivalidade da qual ela se sentia privilegiada em participar. Além disso, não eram apenas turistas que visitavam sua loja, como também escritores de verdade.

Era difícil ficar com raiva do escritor que trouxera tudo isso para a sua vida.

Ela mostrou a lista a Mysrine, elas dividiram os itens e organizaram um plano de ação que ainda permitiria que as duas saíssem de férias em agosto. À medida que os dias quentes se arrastavam e Sylvia e Mysrine avançavam rumo às férias, Sylvia enfrentou mais duas enxaquecas e algumas cartas delicadas da família. Primeiro foi a carta de Cyprian, que estava se recuperando em Palm Springs depois de ser diagnosticada com asma:

> *Gostaria de poder dizer que fiquei surpresa, mas esse parece ser o resultado natural da melancolia de mamãe nos últimos anos. Espero que ela finalmente tenha descansado. Tenho certeza de que você não está descansando, no entanto, e lamento que tenha que lidar com esses detalhes sozinha. Acho curioso que ela tenha feito isso em Paris, e não aqui, seu verdadeiro lar...*

A carta de Holly foi mais séria e menos implicitamente hostil:

> *Simplesmente não sei o que fazer. Sinto falta dela todo dia e toda hora. A loja nunca foi minha ideia nem minha paixão, mas mamãe costumava torná-la divertida. Ela era uma grande anfitriã e uma grande amante de coisas bonitas e de pessoas amáveis. A loja parecia um jantar que ela oferecia a todo momento (quando não estava*

comprando). É uma tarefa árdua mantê-la aberta sem ela aqui.

Enquanto isso, Freddy tem se tornado cada vez mais persistente. Eu não me incomodaria com a ideia de ser solteirona — se não totalmente casta, não me importo de dizer isso a você —, mas agora, com a morte de mamãe, a ideia de fechar a loja, me casar e viajar é um tanto atraente. Eu o amo. Nós nos divertimos muito dançando e caminhando por laranjais. Tenho certeza de que estou muito velha para ter filhos, e por mim, tudo bem. Eu me pergunto se um casamento mais tarde na vida poderia ser mais feliz do que um quando se é mais jovem, que requer toda a angústia de crescer juntos, ao mesmo tempo em que se cria os pequenos...

O pai apenas escreveu pouco mais do que "Sinto muita falta de sua mãe. Quem mais me amaria apesar dos meus defeitos?".

Pela primeira vez, Sylvia se perguntou se o termo *geração perdida* de Gertrude poderia se aplicar a ela. Ela costumava ouvir discussões na loja sobre esse rótulo, que Ernest tornara famoso na epígrafe de seu romance. Tanto escritores quanto turistas ficavam orgulhosos ou ofendidos de serem considerados perdidos. Os argumentos raramente tinham nuances, e ela nunca tinha entrado na briga. A *geração perdida* sempre parecera uma espécie de invenção, como aqueles olhos do dr. T. J. Eckle olhando para o monte de cinzas no *Gatsby* de Scott.

Mas, naquela noite sufocante de julho, quando o sol incendiou o céu, uma luz dourada flamejante inundou a rua do Odeon e Sylvia se sentou com a correspondência das irmãs e do pai em sua loja, que estava vazia porque todos tinham viajado para a praia, e pensou: *Perdida significa que já se foi e que não é mais possível encontrar.* Ocorreu-lhe que sua mãe havia realmente se perdido; ela estava sempre tentando voltar para o sonho de Paris e não conseguia ficar; e era mais do que Paris como cidade, era Paris como um conceito da vida brilhante e bela que ela sempre quisera ter e da qual sentia que tivera as rédeas por um breve momento, trinta anos antes. Sylvia havia *encontrado* seu sonho e o estava vivendo —, mas isso foi em grande parte graças ao dinheiro, aos livros e ao amor que a mãe lhe dera na década anterior. A Odeonia não seria possível sem Eleanor Beach.

Será que pode continuar sem ela?
Pode continuar sem Joyce?
Será que consigo sustentar esse sonho?
Ou também estou perdida?

As perguntas deixaram Sylvia inquieta, como se ela precisasse fazer algo. Se ela estivesse em Les Déserts, teria saído para cortar um pouco de lenha e depois ficado com pontadas de dor nos ombros e braços pelo resto da noite.

Estava ficando tarde, mas ainda faltavam horas de sol no longo crepúsculo de Paris; então, Sylvia fechou a loja e caminhou rapidamente pelas calçadas movimentadas do bairro, e, depois pelo Jardim de Luxemburgo, com os olhos se enchendo de cores vistosas e texturas delicadas de petúnias, begônias e rosas de meados do verão. Entre aquelas belezas plantadas, ela encontrou a florista que procurava, uma mulher desdentada chamada Louise, que perdera os dois filhos na guerra, a quem Adrienne havia apresentado Sylvia anos antes, instruindo-a a comprar flores *somente* dela. A carroça de Louise perto do palácio era pequena, mas ela sempre carregava as melhores e mais duradouras flores. As prediletas de Eleanor eram peônias cor-de-rosa, que eram abundantes no fim da primavera, mas não no meio do verão; porém, por um milagre, Louise tinha um único buquê delas naquela noite.

— Elas cresceram devagar, na sombra — explicou ela, quando Sylvia ficou maravilhada com a presença das flores.

Em seguida, chamou um táxi, um dos luxos prediletos de sua mãe, e da janela aberta apreciou o pequeno passeio por Paris: passando pela Sorbonne e depois pelo Sena na Pont de Sully com a Catedral de Notre-Dame logo à sua direita, depois circundando a praça da Bastilha por todo o caminho até o vigésimo *arrondissement*, onde o cemitério Père Lachaise estava tomado por folhas e pelo verde, com fileiras de árvores sombreando incontáveis lápides cinzentas, templos e memoriais. A luz tinha ficado prateada quando ela saiu do carro e passou pela abertura nos altos muros de pedra que circundavam o cemitério. O lugar era uma espécie de labirinto e, embora tivesse estado lá para o enterro poucas semanas antes, Sylvia temia não conseguir localizar a pequena sepultura da mãe. Felizmente, porém, ela não teve dificuldade.

Nunca estou perdida em Paris.

Graças a você, mãe.

Ela colocou as peônias no chão diante da pedra com o nome da mãe e as datas de nascimento e morte; então, sentiu uma brisa agitar seus cabelos e refrescar sua nuca. Respirando o mais fundo possível, ela se perguntou por que fora até lá. Para entregar as flores, evidentemente. O que ela queria desesperadamente era falar com a mãe. Mas Sylvia se sentia estranha falando com ela, mesmo na própria mente.

Então, sentou-se perto das flores, colocou a mão na terra fresca que já estava germinando grama, e agradeceu mais uma vez à mãe. Ficou sentada por algum tempo, como gostaria de ter feito com a mãe quando ela ainda estava viva, enquanto o dia terminava e a lua surgia no céu.

CAPÍTULO 23

Num momento de ironia cruel digno de um romance de Dickens, assim que o sol começou a romper as nuvens e interromper o frio no início da primavera de 1928, e ela e Adrienne começaram a planejar passeios de domingo no Citroën, Sylvia sentiu uma pontada de dor da têmpora direita até a mandíbula quando tomou seu primeiro gole de café numa manhã. Ela vinha ignorando pequenos espasmos na bochecha e na testa por algumas semanas, mas desta vez era totalmente diferente — e distinto das enxaquecas também.

— Você não pode trabalhar hoje — disse Adrienne.

— Mas Mysrine não vem hoje.

— De novo? O que aconteceu com aquela garota? Ela nunca está na loja.

Levando a mão ao rosto, Sylvia se perguntou a mesma coisa. Pareceu-lhe que Mysrine vinha se ausentando um pouco mais ultimamente, mas Sylvia estava tão ocupada com todo o resto que não havia prestado muita atenção.

— E a Julie? — perguntou Adrienne. — Só para que você possa ir ao médico.

— Boa ideia — murmurou ela, com enorme dificuldade.

Amélie ficaria feliz em brincar com os soldadinhos de Larbaud, que normalmente Sylvia mantinha numa caixa de vidro para protegê-los das mãos curiosas e desajeitadas de outras crianças, mas Amélie era cuidadosa e ponderada, então Sylvia deixava a menina usar os brinquedinhos na sala dos fundos.

— Eu vou procurá-la. Coloque uma garrafa de água quente desse lado do rosto. — E com um beijo na outra bochecha, Adrienne correu para a casa de Julie e Michel.

Quase uma hora depois, sentada na sala de espera do consultório da clínica, Sylvia se sentiu ridícula. Estava tudo bem com seu rosto. Ela arriscou um sorriso para a senhora idosa na cadeira em frente à dela, e... nada aconteceu. A dor parou. Ficou tentada a se levantar e sair, quando uma enfermeira chamou seu nome.

Uma médica que ela nunca vira antes, uma mulher próxima da sua idade, cabelo preto longo, com fios grisalhos, desnecessariamente enrolado em um coque na nuca, lhe fez uma série de perguntas sobre a dor, e então disse que ela tinha uma doença chamada neuralgia do trigêmeo.

— É muito raro — explicou a mulher com um sorriso tímido e cheio de remorso.

— Ao contrário das minhas enxaquecas — disse Sylvia, entregando-se a um raro momento de autocomiseração. A última coisa de que ela precisava era de outra doença.

— Enxaquecas? — A médica perguntou, com algo próximo a empolgação. — Tenho um amigo muito bom, um colega, que teve bons resultados no tratamento de enxaqueca. — A médica rabiscou um nome e um número de telefone numa folha de papel. — Entre em contato com ele. Ele já operou milagres.

Sylvia pegou o papel.

— Obrigada. E quanto a essa...

— Neuralgia do trigêmeo. Sim. Sinto muito, não tem cura. Mas as crises em geral são muito curtas, como a que você teve esta manhã. Infelizmente, com o tempo, podem se tornar mais frequentes. Mas você é jovem, então, espero que o progresso seja lento. E um regime para aliviar a enxaqueca também pode ajudar na neuralgia.

De volta à rua, no ar úmido e frio, Sylvia acendeu um cigarro e sentiu a fumaça aquecer seu peito. Ela sabia o que o médico diria: reduza os cigarros para ajudar nas enxaquecas. O dr. Borsch, um oculista, pelo amor de Deus, já havia lhe aconselhado muito sobre isso.

Ela conseguiria lidar com qualquer outro "regime" — caminhadas longas e árduas, muitas frutas, verduras e legumes frescos. Até mesmo dormir mais cedo e não sobrecarregar os músculos dos olhos lendo até tarde da noite. Estava disposta a fazer tudo isso e já havia até intuído que seria bom, pois nunca se sentira melhor do que depois de uma longa permanência em Les Déserts ou Rocfoin, onde muito tempo ao ar livre, menos leitura e mais sono eram características de sua rotina. Graças a Adrienne, ela comia bem o ano todo, embora o inverno fosse sempre uma época de molhos encorpados e refogados substanciais, que Sylvia notara que não combinavam com ela da mesma forma que os pratos mais leves do verão. Mas era impossível comprar rúcula, abobrinha e tomate frescos para comer crus depois de outubro. No final de fevereiro, os únicos legumes crus disponíveis eram as cenouras, as beterrabas e os nabos murchos, e as últimas frutas restantes, aquelas cuja doçura de xarope parecia eliminar toda a parte nutritiva. Nesta época do ano, mesmo uma grande cozinheira como Adrienne não tinha escolha a não ser mergulhar tudo em manteiga e sal.

Mas parar de fumar? Aquilo parecia o fim de algo, não importava a sede que o cigarro lhe dava ou a amarelidão de seus dentes e dedos.

De qualquer modo, era difícil saber quantos de seus problemas se deviam ao fumo, à dieta ou à idade. Naquele verão, ela notou um aumento drástico no número de conversas sobre dores entre os amigos. Antes, apenas Joyce reclamava sem parar dos olhos. Mas, fazia pouco tempo, a sra. Joyce passou a integrar aquele coro, preocupada com seus ciclos; Larbaud se queixava das articulações; Bob, das costas; Fargue, dos pulmões. Até o vigoroso e relativamente jovem Ernest teve uma perna enfaixada por causa de um acidente de bicicleta.

— Todos nós já estivemos num estado terrível — comentou Sylvia com Adrienne depois de um jantar especialmente sentimental, em que todos beberam demais na tentativa de medicar um mal ou outro. — Você acha que estamos envelhecendo?

— Que nada — respondeu ela. — Isso é excesso de vinho, se quer saber minha opinião. — Então, inclinando-se para Sylvia, sussurrou em seu ouvido: — E não pretendo deixar que a idade me pare de forma alguma.

Elas fizeram amor naquela noite, mas Sylvia tinha a sensação de estar fora de si, observando em vez de sentir o corpo de Adrienne. Faltava algo dentro dela desde a morte da mãe, e isso se tornava mais forte em momentos de grande intimidade.

Durante o dia, na Shakespeare and Company, ela conseguia se dedicar ao trabalho e ignorar as aflições. Esperava que o distanciamento que sentia fosse temporário, algo passageiro, como os ataques de neuralgia do trigêmeo ou a enxaqueca, mas depois de muitos dias sentindo-se exausta, mesmo após muitas horas de sono, percebeu que precisava mudar alguma coisa. Por pura força de vontade, cortou o cigarro pela metade e começou a fazer longas caminhadas pelo Jardim de Luxemburgo toda noite no período entre fechar a loja e receber convidados para o jantar com Adrienne ou ir a uma festa em outro lugar.

Ela começou a se sentir melhor, pelo menos nos braços, pernas e pulmões, mas naquele outono, quando um novo grupo de alunos inundou o quarteirão com a primeira das brisas agourentas, Sylvia percebeu o peso dos seus 41 anos. Até os alunos de doutorado pareciam irremediavelmente jovens.

Parecia impossível que ela um dia tivesse tido 22 anos como eles, com as bochechas macias e a vista boa. Assustou-a o fato de reconhecer no próprio cansaço um eco das queixas da mãe. *É tarde demais para mim, Sylvia. Estou velha, engordei e perdi a minha beleza.* E se ela tivesse herdado o conflito interno de Eleanor? E se de fato tivesse, seria possível escapar disso?

— Você sabia que Joyce está pensando em contratar um *ghostwriter* para *Work in Progress*? — perguntou Adrienne certa noite.

Sylvia estava prestes a cair num sono profundo, mas o tom inquieto de Adrienne foi um sinal para que ela se mexesse e respondesse. Os batimentos aceleraram com o nervosismo em relação ao rumo daquela conversa.

— Ele comentou — respondeu ela.

— Você já disse a ele que isso está fora de questão?

— Sugeri que pode não ser a melhor ideia.

— Seria o cúmulo da desonestidade! A ideia de que um leitor que ama *Ulysses* possa comprar seu próximo romance e ser enganado dessa maneira faz meu estômago revirar.

— Concordo, Adrienne, mas o que eu posso fazer?

— Nada, óbvio. Ele não dá ouvidos a ninguém.

— E, de qualquer forma, não estou nem editando o livro; então, não é a minha integridade que está em jogo neste momento. — Dizer isso em voz alta a enchia de alívio. — Se o nome da Shakespeare and Company estivesse no livro, eu argumentaria com ele com mais veemência.

Houve um longo silêncio, durante o qual Sylvia sentiu seu coração praticamente sair pela boca antes de Adrienne enfim dizer:

— Acho que a loja da Shakespeare seria o dobro do que é hoje sem ele.

— Mas como? Ele é uma das maiores atrações.

— Acho que você ficaria surpresa, Sylvia. Eu gostaria de poder ajudá-la a enxergar a Odeonia que vejo sem ele.

Sylvia se sentiu mareada de solidão. Para ela, era *tanto* Odeonia *quanto* Stratford-on-Odéon, não um ou outro.

— Sei que nossas lojas se equilibram, Adrienne. São duas metades de um todo, especialmente para nossos amigos franceses. Mas, para meus clientes estadunidenses, a Shakespeare é uma ilha em si.

Foi a primeira vez que ela disse aquilo em voz alta: sua loja era algo diferente da de Adrienne. Em vez de enchê-la de orgulho, porém, esta noite o pensamento a fez se sentir abandonada.

— Eu não vejo por que isso significa que você deva atender aos caprichos... daquele homem — replicou Adrienne. A maneira como você o serve não é diferente de um casamento. Abra a casa de chá em cima da loja! Realize seu próprio sonho, *chérie*.

— Esse é o meu sonho — retrucou ela, com a voz trêmula. Publicar *Ulysses*, ajudar Joyce, comandar a Shakespeare and Company; tudo aquilo a fazia se sentir necessária.

— Mas é o suficiente?

— Sim — respondeu ela.

Não era mentira; não exatamente. Mas parecia incompleto.

Sylvia percebeu que estava evitando o tópico de Joyce com Adrienne, justamente quando ela mais precisava do sábio conselho da companheira. Mas Adrienne havia perdido a habilidade de ser imparcial em relação a ele. A ideia de que ele não poderia de fato escrever todo o seu romance foi a gota d'água para ela — ele tinha perdido toda a integridade aos olhos da mulher.

Embora nunca tivesse sonhado em pedir segredo, Sylvia ficou mais do que aliviada com o fato de Adrienne manter a informação confidencial. Entre seus amigos franceses, Adrienne reclamaria abertamente da ganância e vaidade de Joyce, mas nunca de sua desonestidade — por respeito à reputação de Sylvia como editora dele. Depois de uma festa em que Adrienne chegou a chamá-lo de Midas, Larbaud ajudou Sylvia a lavar e secar os pratos, enquanto Adrienne continuava conversando animadamente com Fargue e vários outros convidados, e ele perguntou em voz baixa e solidária:

— Como você se sente com relação a Joyce ultimamente?

A solidariedade inesperada do amigo trouxe lágrimas a seus olhos.

— Ele está testando minha paciência, não posso negar — respondeu ela, fungando.

Ele assentiu, secando um ramequim pesado que contivera o primeiro e delicioso prato da refeição de Adrienne.

— O que você acha? — perguntou ela, de repente desesperada pela resposta dele. — Ele é tão diferente assim do homem que conhecemos em 1921?

Larbaud pensou a respeito, pousou a louça e pegou uma panela.

— Todos nós mudamos, evidentemente. E, com o envelhecimento, hábitos e pensamentos que antes eram pequenos se tornam grandes. Nós nos acomodamos. Isso está acontecendo com Adrienne e com Joyce.

— E os hábitos e pensamentos deles se tornam cada vez mais opostos.

Ele assentiu.

— Sinto muito, Sylvia. Isso não deve ser fácil para você.

— Eu amo os dois — disse ela, com um soluço preso na garganta. — Não quero ter que escolher.

Larbaud deixou a panela de lado e pôs a mão nas costas de Sylvia suavemente.

— Espero que você nunca precise fazer isso.

— Mas...? Sinto que você quer dizer outra coisa.

— Se me permitir... Adrienne a ama ferozmente.

— E Joyce, não.

— Ele ama você o quanto pode. Nada disso diminui o quanto você ama cada um deles, no entanto. Eu entendo isso.

Sylvia enxugou o nariz úmido na manga; depois, pousou a cabeça no ombro de Larbaud e desejou que seu coração ansiasse por coisas mais simples.

CAPÍTULO 24

No verão de 1931, as cartas sobre o romance de Joyce começaram a fazer Sylvia se sentir como se estivesse em meio a uma tempestade sem guarda-chuva ou galochas.

Cara srta. Beach,

Estou escrevendo em nome do sr. Bennett Cerf a respeito do romance Ulysses, *do sr. James Joyce. Recebemos uma cópia de seu contrato com o sr. Joyce e estamos bem cientes do tempo e esforço que a senhorita dedicou à publicação desta obra. Compreendemos que passou por muitas provações na publicação, tradução e distribuição da obra, incluindo, mas não se limitando a, o combate à pirataria, aos correios e a leitores e revisores ignorantes. Por favor, entenda que temos a senhorita na mais alta conta.*

O preço de 25 mil libras para liberá-la de seus direitos à obra é muito alto, entretanto; além disso, explicamos algo semelhante ao sr. Joyce sobre seu pedido de royalties de 25% e um adiantamento de cinco mil dólares. Entenda também que teremos que entrar numa batalha judicial dispendiosa e demorada para retirar a proibição da obra nos Estados Unidos. Temos certeza de que o clima no país

*e nos tribunais mudou desde o julgamento de 1921, e isso
pode ser feito, mas não sem alguns percalços.*

*O sr. Joyce parece disposto a negociar, e esperamos que
a senhora também repense sua posição, de acordo com o
interesse desta grande obra-prima.*

*Atenciosamente,
William Bates*

Era uma ironia e tanto. Depois de anos insistindo que eles não precisavam de um contrato formal, no ano anterior, o próprio Joyce exigiu que Sylvia assinasse um documento simples de uma página atribuindo a ele 25% dos royalties de *Ulysses* e dando a ela o poder de aceitar ou rejeitar uma oferta de um editor estadunidense: "O direito de publicar a referida Obra deverá ser adquirido da Editora ao preço estabelecido por ela, a ser pago pelas editoras que adquirirem os direitos de publicação da referida Obra." O acordo por escrito parecia justo, e depois que ele levou *Work in Progress* para outra editora, Sylvia se sentiu profundamente revigorada pelo poder que Joyce lhe dera para vetar ofertas de outros editores. Na época, ela havia presumido que as coisas nunca chegariam a esse ponto.

A única razão pela qual ela estava considerando qualquer oferta de compra de seus direitos sobre *Ulysses* era que uma editora estadunidense talvez pudesse tornar o romance legal nos novos e mais humildes Estados Unidos pós-crise. Pelo menos era isso que Ezra, Joyce, Ernest e Bob pensavam, porque Cerf e um punhado de outros editores da cidade de Nova York estavam cortejando Joyce com argumentos convincentes sobre tribunais mais liberais e uma representação legal mais inteligente. Ernest acrescentou:

— E é porque você publicou primeiro, Sylvia. Foi você que mostrou a todo mundo que o romance poderia encontrar um público corrompê-lo.

Ela queria, antes de mais nada, que o livro tivesse sucesso. Acreditava que continuaria a ser o romance mais importante do século XX: nos anos 1950, 1970 e 1990, as pessoas olhariam para trás e veriam que ele mudou a literatura para melhor. Quase uma década depois de sua primeira edição, isso já se provava verdadeiro: ela gostava de apontar para William Faulkner e seus *Enquanto agonizo* e *O som e a fúria*, ambos escritos por ele no sul dos Estados Unidos — no Mississippi, pelo amor de Deus —, como prova da influência e alcance de *Ulysses*.

Mas ela também tinha que cuidar de si mesma e da Shakespeare and Company. Vinte e cinco mil libras era um preço mínimo justo para uma editora estadunidense comprar dela os direitos de uma década de sua vida e seu sustento futuro. Afinal, eles estavam recebendo a mais valiosa joia da coroa da literatura! Mas, dado o silêncio ao receber sua oferta, três editores — Huebsch, que mudara para a Viking; Laurence Pollinger, da Curtis Brown, e Bennett Cerf, da Random House — todos homens, evidentemente, pareciam pensar o contrário.

Tudo bem, deixe-os. Dentro dela se agitou a jovem feminista que havia feito campanha pelo sufrágio feminino e sentiu a injustiça de as mulheres serem impedidas de tudo o que era importante. Até Harriet Weaver, que tinha disposição de resgatar Joyce todas as vezes, havia escrito para Sylvia em solidariedade, dizendo: "Já é hora de os editores reconhecerem o que você fez por *eles*."

Adrienne ainda disse com veemência:

— Você vale cada centavo e mais, *chérie*.

Ela precisava manter a confiança e a força.

Caro sr. Bates,

Agradeço a sua carta. Eu entendo que você terá que levar Ulysses *a julgamento novamente, e que isso não é pouca coisa. Obrigada por este valente esforço, e espero que triunfe.*

Entenda, entretanto, que sou tão editora quanto você, apesar da disparidade em nosso tamanho. Eu, uma única pessoa, tenho feito os trabalhos de editor, agente, gerente de produção, especialista em impressão, assistente, publicitária e equipe de vendas. Como você sinalizou, também tive problemas legais em nome de Ulysses *e seu autor, e estes tiveram que ser pagos, às vezes com os cofres de meu outro negócio, a livraria e biblioteca Shakespeare and Company, não com os royalties das vendas dos escritos do sr. Joyce.*

Você também está pedindo para comprar de mim os direitos sobre este romance, o que pode parecer algo simples quando escrito numa carta como esta, mas é bastante complicado, na realidade; as repercussões de sua venda são muitas para o editor. Meu investimento em Ulysses *não se limita à edição de Paris, mas inclui direitos estrangeiros em mais de uma dúzia de países, obras críticas sobre o romance e — este motivo não pode ser subestimado — a atividade que ele traz para a Shakespeare and Company. Essa movimentação é incalculável, e perdê-la durante esta Depressão cada vez pior pode ser catastrófico para uma instituição em Paris que muitos de seus escritores já chamaram de lar.*

Falo de escritores como Sherwood Anderson e Thornton Wilder, cujos romances best-sellers irão, tenho certeza, mais do que pagar a conta do novo julgamento de Ulysses *até que o próprio* Ulysses *seja capaz de pagar a dívida mil vezes mais quando você lançá-lo numa edição acessível e comercializá-lo a todos os leitores dos Estados Unidos. Sem mencionar a grande soma que tenho certeza de que ganhará quando uma editora de Londres adquirir os direitos de você.*

O que o sr. Joyce decide a esse respeito é assunto dele. Qualquer acordo que ele possa fazer com você para um adiantamento agora perde a importância em comparação ao que ele ganhará em royalties *quando você lançar o livro em grande escala, e o sr. Joyce está bem ciente disso. Ele é um dos escritores mais astutos que já conheci em relação a questões financeiras, e incluo em meu círculo de amigos e conhecidos praticamente todos os escritores publicados da última década. Não vou receber nada de* royalties *futuros; portanto, não posso me dar ao luxo de assumir compromissos neste momento crucial. Agradeço seu tempo e compreensão.*

Atenciosamente,
Sylvia Beach

Com o coração batendo forte quando terminou de datilografar a carta, Sylvia ofegou como se tivesse acabado de cortar lenha. O que ela não podia dizer nessas cartas, ou em voz alta, para qualquer pessoa que ela conhecia, é que, por mais que quisesse que *Ulysses* circulasse pelo mundo e tivesse grande sucesso, uma parte dela esperava que Cerf dissesse não. *É assim que os pais se sentem em relação aos filhos?* Deus, ela gostaria de poder perguntar isso à mãe.

Meu caro sr. Pound,

O que quer que você possa pensar sobre meu Work in Progress — que está paralisado de qualquer maneira por causa do fardo da luta sobre Ulysses —, acho que deve encontrar uma maneira de apoiar Stephen e Leopold mais uma vez. Você foi o primeiro defensor deles e os entende melhor do que ninguém. Acho que agora também pode entender melhor do que ninguém o beco sem saída no qual as mulheres da minha vida me encurralaram. A srta. Weaver, com seus punhos cerrados e apelos por temperança disfarçados de preocupação com minha saúde; a sra. Joyce, com seu corpo idoso tão necessitado quanto sempre e suas demandas sobre nossos filhos; nossa nova senhoria, Fraulein Merck, que se recusa a nos deixar pagar o aluguel com um dia de atraso; e o pior de tudo é a srta. Beach, que acredita ter parte de um romance que ela não escreveu e me impede de ganhar a vida no futuro por causa dessa noção infundada. Só minha querida Lucia sofre tanto quanto eu.

Acho que a srta. Beach poderia dar-lhe ouvidos se você simplesmente escrevesse uma ou duas linhas para ela. Você publicou trabalhos e os deixou livres. Incentive-a a fazer a mesma coisa, eu imploro.

A sra. Joyce e eu já estamos fartos da umidade desta terrível cidade inglesa, e temos um desejo tão forte pela Itália que você poderá nos ver em breve.

Com a mais profunda gratidão,
James Joyce

Querida Sylvia,

Que notícias terríveis ouvi sobre Ulysses, *embora não possa dizer que é surpreendente. Jane e eu sempre achamos que Joyce é um escritor genial, mas não íntegro, e aquele romance parece amaldiçoar todas as mulheres envolvidas nele, incluindo os personagens! Ainda me dói lembrar da pobre Gerty, tão caluniada na Jefferson Market Courthouse por aqueles juízes ridículos que não conseguiam nem reconhecer o gênero dos editores do capítulo. As mulheres, diziam eles, não conseguiam entender esse tipo de escrita; é muito difícil. Mesmo quando John Quinn, que certamente não era amigo das mulheres, apontou que Jane e eu éramos mulheres, eles não se dignaram a olhar para nós, sentadas bem diante deles.*

Parece que o livro traz à tona o que há de pior nos homens, inclusive em seu escritor. Sinto muito, Sylvia, e gostaria de poder oferecer mais do que minha solidariedade, e você tem isso de sobra. Também dê minhas lembranças a Adrienne.

Desejo a você toda a sorte do mundo,
Margaret Anderson

LEVANTE A CABEÇA, O MUNDO ESTÁ CHEIO DE CANALHAS, E TODOS SABEM QUE VOCÊ NÃO É UM DELES. LEVAREI VOCÊ PARA O DOME NO PRÓXIMO MÊS. ERNEST

Querido Jim,

Receio que haja uma diferença — e até bem grande — entre publicar pequenos trabalhos num periódico como eu fiz e publicar muitas edições de um romance, como Sylvia fez. E você não pediu para ela assinar um contrato? Eu nunca teria aconselhado isso, mas ele existe e você deve honrá-lo; do contrário, não seria melhor do que as mulheres de quem zomba. Sylvia é uma das sensatas. Talvez ela encontre uma solução.

Ezra

Cara srta. Beach,

Lamentamos não poder publicar Ulysses *sob os termos atuais. Esperamos que você reconsidere.*

Atenciosamente,
William Bates

Caro sr. Joyce,

Por mais que a Random House queira publicar seu importante romance, simplesmente não podemos fazê-lo sob os termos estabelecidos pela Shakespeare and Company. Se você tiver fundos para comprar os direitos da srta. Beach pelo preço que ela está pedindo, tenho certeza de que podemos chegar a um acordo entre nós sobre royalties. *Dado o seu contrato, não vejo outra maneira.*

Favor me manter informado de seu progresso.

Atenciosamente,
Bennett Cerf

⁂

— Joyce disse alguma coisa? — perguntou Larbaud.

Sylvia estava sentada na cadeira de madeira do apartamento dele na rua Cardeal Lemoine, onde Joyce e toda a família haviam se hospedado naquele verão de 1921 enquanto ele terminava *Ulysses* furiosa e cegamente. Hoje seu amigo francês estava enrolado em suéteres e cobertores numa poltrona a alguns metros de distância, embora fosse um dia ameno de início de outono. Parecia que ele nunca conseguia se aquecer o suficiente.

— Nem uma palavra — respondeu ela.

Joyce estava em Londres havia meses, casando-se finalmente com Nora no Cartório de Registro de Kensington para garantir a herança para os filhos.

— Espero que o silêncio dele signifique que está consultando conselheiros atenciosos — comentou o amigo.

— Como Léon-Paul? Eugene Jolas? — Ambos cumpriam suas obrigações e concordavam com cada palavra que saía da boca do autor.

— É verdade.

— A última vez que conversamos, ele disse que escreveu para seu agente em Londres para ver se havia uma maneira de resolver isso. Disse que eu merecia que comprassem os direitos.

— Eu me pergunto quanta influência a Depressão está tendo sobre Joyce e as editoras estadunidenses.

Sylvia soltou uma risada.

— Joyce com o bolso sem fundo de Harriet e as editoras estadunidenses com livros enormes como *Adeus às armas*, o mais recente de Dos Passos, além dos habituais romances de Agatha Christie e agora esses livros de Nancy Drew para crianças? Dificilmente. — Dizer tudo isso em voz alta apenas fortaleceu sua decisão.

— Com certeza, menos pessoas estão comprando livros.

— Sim, e estou sentindo o peso disso na Shakespeare and Company, porque é uma loja para boêmios expatriados, não uma grande loja em Nova York para pessoas cujo dinheiro parece não ter fim. Mas tudo o que isso significa é que os editores não correrão riscos por um tempo. Eles vão publicar apenas apostas certas, e *Ulysses* é uma. Eles vão ganhar uma bela quantia com ele. E, na verdade, não me importo com o dinheiro para mim. Eu quase me sinto... impura... discutindo *Ulysses* nesses termos. Eu amo o romance. — Ela deu um tapinha na altura do coração. — Eu amo. Mas eu amo minha loja tanto quanto, e tenho que protegê-la. — Ela pigarreou. — Sabe, nosso velho amigo Samuel Roth fez outra edição de dez mil exemplares. *Dez mil*. Ernest me escreveu dizendo que os tinha visto no Gotham Book Mart.

— Imagino que isso só torne o assunto mais urgente para Joyce. E sei que você não quer sacrificar sua amizade com ele por causa disso.

Ela assentiu. Sim. Em algum lugar de tudo isso estava aquela terrível verdade: ela precisava escolher entre seu relacionamento com o livro e com o escritor. Como isso era possível, já que ela os tinha considerado, amado e apoiado como uma coisa só por uma década? Era doloroso demais pensar naquilo.

Larbaud parecia cansado. Indo até ele, ela colocou a mão fria em sua testa quente e úmida, e o amigo fechou os olhos.

— Preciso ir para casa — disse ela calmamente. — Mas volto em breve.

Ele assentiu.

Sylvia queria muito ir para casa e se enfiar no abraço reconfortante de Adrienne, mas isso estava fora de questão por conta de como Adrienne se sentia em relação a Joyce e aos editores estadunidenses, o que apenas tornava o desejo mais intenso. Larbaud apoiou a cabeça pesada nos travesseiros, e ela sabia que estava na hora de ir.

CAPÍTULO 25

—M eu nome é Kelly, Patrick Kelly. Mas pode me chamar de Paddy.

Sylvia apertou a mão do garoto irlandês de rosto rosado com forte sotaque de Dublin. Ele realmente era um garoto; não havia outra palavra que o definisse. Se ele já tivesse terminado a universidade, ela ficaria surpresa.

— Prazer em conhecê-lo, Paddy. Me chame de Sylvia.

Era um dia calmo na loja, antes que a correria do feriado começasse — pelo menos, Sylvia esperava que a correria do feriado começasse —, e Paddy passeou pela loja com três outros clientes. Mysrine estava doente, e Julie estava ajudando a registrar um envio de novos livros enquanto Amélie fazia alguns trabalhos escolares e Sylvia cuidava da tarefa de que menos gostava: a organização do livro contábil. Ela já havia procrastinado por tempo suficiente, reordenando seu catálogo de cartões da biblioteca — muitos deles haviam saído da ordem alfabética ou sido colocados fora de ordem na loja. Cuidar dos cartões da biblioteca era uma de suas tarefas favoritas; era como olhar um álbum de recortes ou de fotos, estudando com atenção este ou aquele cartão e lembrando-se de o que os clientes haviam levado e o que estava acontecendo em sua vida naquela época.

O livro contábil era nitidamente menos divertido, e ela gostou da distração quando Paddy mais uma vez se aproximou dela na mesa.

— Me perdoe, Sylvia, mas você também não é a editora de *Ulysses*?

Os pelos de sua nuca se arrepiaram, e Teddy trotou até ela e se sentou ansioso a seus pés. O jovem Paddy era um péssimo mentiroso, e ela percebeu que ele já sabia a resposta para aquela pergunta. Mas Sylvia respondeu:

— A Shakespeare and Company é a editora de James Joyce. — Então, ela se inclinou para acariciar as orelhas de Teddy, o que lhe acalmou.

Esmagando o boné com as mãos nervosas, ele corou e riu.

— Sinto muito, srta. Beach, mas eu sabia disso. Veja, recentemente conheci o próprio sr. Joyce. Li todas as palavras que ele escreveu e sinto como se ele fosse minha própria voz, sabe?

Pobre garoto, pensou ela. Ficou óbvio no mesmo instante que ele carecia da inteligência e do porte de Samuel Beckett, seu favorito entre os aspirantes irlandeses que faziam peregrinações à loja.

— Também adoro o trabalho dele — disse ela ao nervoso Paddy.

— Veja, porém, e espero que não me considere insolente porque não tenho nada além da mais alta estima pela senhorita, mas ouvi dizer que há alguns editores estadunidenses interessados em publicar *Ulysses*. E torná-lo legal onde atualmente está proibido.

— Isso mesmo. — Os pelos começaram a irritar seu pescoço.

Julie ergueu os olhos do trabalho para observar o novo convidado.

— É que seria tão... bom se isso acontecesse. E aí toda a minha família em Boston seria capaz comprá-lo.

— Eles podem comprar agora — disse Sylvia. — Não tive problemas para colocá-lo nas livrarias estadunidenses há pouco tempo. Oficialmente, ainda está proibido, mas minha impressão é a de que as autoridades agora têm outra perspectiva. A pirataria é o maior problema agora.

Até no Japão, ela refletiu, pensando na carta que recebera de um editor legítimo em Tóquio, se queixando do problema.

Paddy deu de ombros, inclinando a cabeça.

— Sim, bem, talvez. Mas a edição azul é cara para trabalhadores como meus primos, e eu disse a eles para não comprarem a versão pirata, pois isso é roubo, seria a mesma coisa que roubar do bolso do sr. Joyce.

Que conversa mais estranha. Ela queria que tudo acabasse o mais rápido possível, e deu um meio sorriso.

— Agradeço, Paddy, assim como tenho certeza de que o sr. Joyce também. As questões sobre os editores estadunidenses são muito complicadas, entretanto, e tenho certeza de que você pode compreender que elas também são confidenciais. Se precisar de ajuda para encontrar algo na loja ou na biblioteca, me fale. — Ela então direcionou os olhos para o livro contábil, embora os números flutuassem como peixes diante dela.

Teddy latiu e abanou o rabo, pedindo mais carinho.

— É claro, é claro. Me perdoe de novo... — Paddy franziu a testa para o cachorro.

Ele voltou a olhar as prateleiras, e Sylvia e Julie trocaram um olhar do tipo *quando ele vai se mancar e ir embora?*. Ela estava começando a acertar os números na página quando Paddy se aproximou pela última vez, com o boné na cabeça e aparentemente pronto para sair sem comprar nada ou se cadastrar na biblioteca.

— Acho que o livro deveria estar disponível para todos, sabe?

Ela se perguntou como ele conseguiu reunir coragem para firmar e abaixar a voz daquele jeito, pois, com aquelas palavras, parecia muito mais velho e astuto do que seu rosto infantil indicava.

Paddy começou a aparecer dia sim, dia não na Shakespeare and Company, e realizava tarefas para Joyce.

— Ele está até me entregando em mãos as cartas de Joyce — se atreveu Sylvia a comentar com Adrienne, que balançou a cabeça e visivelmente mordeu a língua.

— Ele incluiu este bilhete para você numa carta mais longa para mim. — Paddy lhe entregou o envelope.

Estava evidente que ele fora instruído a esperar até que Sylvia terminasse de ler, porque aguardou ansiosamente enquanto ela se ocupava com uma caixa de periódicos que acabara de chegar.

Por fim, ele indagou:

— Você não vai ler, srta. Beach? Posso responder na minha carta para ele.

— Estou ocupada agora, Paddy, e sei o endereço do sr. Joyce em Londres. Também posso comprar os selos.

Ela evitou mais contato visual com ele e tentou se ocupar o máximo possível. Por fim, ele foi embora.

Na vez seguinte, Adrienne estava na loja. Ela aparecera para levar a Sylvia uma pilha de volumes que haviam sido entregues erroneamente na La Maison, e Sylvia os apresentou.

— É uma honra conhecê-la, *madame* Monnier — cumprimentou Paddy, tirando o boné e fazendo uma reverência ridícula. — Já ouvi muito sobre a conselheira mais próxima e inteligente da srta. Beach.

Foi escárnio que ela ouviu naquele "conselheira mais próximo e inteligente"? Sylvia pensou ter ouvido o eco das *obscenas de Washington Square*, de John Quinn. Joyce teria recorrido à mesquinhez em sua raiva de Sylvia, ou a opinião de Paddy estava se infiltrando em suas falas ensaiadas?

Adrienne deve ter ouvido também, pois pressionou os lábios, formando uma linha fina.

— Sylvia não precisa de conselhos. Ela é a melhor dona de loja e bibliotecária de Paris.

— Eu não quis ofender, senhorita... Quer dizer, *madame* Monnier, só...

— Só Joyce é ridículo o suficiente para usar *madame* e senhorita conosco, Paddy. Você pode me chamar de Adrienne ou simplesmente Monnier, como é o costume literário francês. Tenho certeza de que Sylvia também o instruiu a chamá-la pelo nome de batismo.

— Ah, mas eu não poderia, eu...

— Porque Joyce disse a você como nos chamar e você é um cachorrinho obediente.

— Ora, *madame*... Quer dizer, Adrienne, não há necessidade de me insultar.

— Eu gosto de cachorros, Paddy, não tinha mesmo intenção de insultar.

Sylvia se sentia assistindo a uma luta de boxe de Ernest. De vez em quando, mesmo que todos soubessem quem iria vencer, era emocionante ver o lutador espancar seu oponente.

Como se convocado em nome de sua espécie, Teddy pulou na perna de Adrienne, e ela se inclinou, brincou efusivamente com suas orelhas e beijou o topo de sua cabeça.

Paddy fechou a cara.

Sylvia quase caiu na gargalhada.

Então, como se tivesse ouvido uma campainha anunciar o fim do round, ele colocou o boné e disse:

— Foi um prazer, Adrienne. Monnier! Srta. Beach, vejo você em breve, tenho certeza.

Assim que a porta se fechou, as duas mulheres caíram na gargalhada. Elas riram tanto que Sylvia ficou até com dor, e teve que se sentar na cadeira verde. Teddy pulou em seu colo e latiu de felicidade.

— Sim, Teddy, nós amamos cachorros — disse ela, abafando uma nova gargalhada.

Recuperando a respiração na cadeira próxima, Adrienne fechou os olhos e se curvou como se tivesse desfrutado do maior dos prazeres. Uma onda quente de amor e admiração tomou conta de Sylvia.

Grata por não haver mais ninguém na loja naquele momento, ela se declarou:

— *Je t'aime, Adrienne.*

Adrienne pegou a mão de Sylvia.

— Eu também amo você, Sylvia. Espero que tenhamos enxotado daqui para sempre aquela doninha terrível.

— Não acho que as doninhas sejam tão espertas quanto os cachorros.

As duas tornaram a rir.

O incidente proporcionou a Sylvia e Adrienne uma forma bem-humorada de falar sobre Joyce e Paddy, o que acendeu de forma significativa o assunto entre elas. Piadas e jogos de palavras sobre cachorros e outros animais eram abundantes, incluindo o que se tornou uma categoria maravilhosamente herética de trocadilhos sobre o Jesus Torto e animais de estimação. "Talvez Jesus devesse ter um cachorro para atacar Judas." "Messias e seus cachorros-da-montanha mimados." À medida que o Natal se aproximava, Adrienne encontrou algumas estatuetas de cachorro e as adicionou à decoração em Rocfoin.

Um deles era um rottweiler, e seu pai perguntou, na maior inocência:

— Você não acha que esse pode comer o cordeiro?

Ao ouvirem isso, Adrienne e Sylvia gritaram de tanto rir, para grande consternação da mãe e do pai Monnier.

Infelizmente, como diz o ditado, quem é vivo sempre aparece, e Paddy surgiu de novo na Shakespeare and Company, e parecia ter criado coragem durante sua ausência.

— Meus primos me disseram que a edição de Roth está vendendo bem nessa época de festas. O sr. Joyce está muito magoado.

— Assim como eu — retrucou ela.

Aparentemente, Joyce estava em contato próximo com esse menino. Embora soubesse que era ridículo pensar num livro dessa maneira, ela olhou para a pilha de capa azul de *Ulysses* e pensou: *Você nunca faria isso comigo*.

— Parece que a senhorita não se importa nem um pouco, srta. Beach. A única coisa que pode fazer para salvar *Ulysses* e o sr. Joyce é permitir uma edição estadunidense.

— Quero que haja uma edição estadunidense. Mas também quero ser tratada com respeito.

Assim que disse isso, ela se arrependeu. Qualquer palavra que pronunciasse era um convite para uma resposta de Paddy.

— Quem não está tratando a senhorita com respeito? Certamente não está se referindo ao sr. Joyce. Ele não manda flores todos os anos para comemorar a edição que a senhorita publicou? Ele não se lembra da senhorita no seu aniversário? Ele não acabou de lhe enviar um lindo presente da Harrods de Natal?

Como você sabe disso?

— Não tenho o hábito de discutir presentes com ninguém, muito menos com um estranho.

— Ora, srta. Beach, com certeza somos mais do que estranhos um para o outro, a essa altura.

Não gostaria de dizer o que realmente somos um para o outro.

Como se fosse uma deixa, Teddy rosnou para Paddy. O garoto respirou fundo, como se estivesse sendo maltratado.

— Por exemplo, sinto que nos conhecemos bem o suficiente para lhe dizer que o sr. Joyce está sofrendo muito por causa de seu orgulho.

Ela teria rido da ideia de James Joyce sofrendo em Londres, jantando no Brown's e no Savoy, se não tivesse ficado tão abalada com a possibilidade de Joyce estar dizendo a Paddy o que falar a ela.

— Verdadeiros amigos podem discordar sem que isso acabe com o relacionamento — replicou ela, entre dentes. — Portanto, se você é meu amigo, Paddy, peço que reconheça que temos uma diferença de opinião e deixe isso para lá.

— Com certeza — disse ele.

Mas ela sabia que não era a última vez que ouviria ele falar sobre o assunto. Admitir para si mesma que Paddy era simplesmente o megafone de Joyce desfez algo dentro de Sylvia. Era como se houvesse uma corda bem enrolada no centro de seu corpo e alguém tivesse aparecido com uma faca para cortar um pedaço e a coisa aos poucos estivesse se desfazendo e se expandindo dentro dela.

Havia apenas uma pessoa com quem ela podia se imaginar falando sobre essa dor, a única pessoa que a permitiria dizer tudo o que precisava, sem argumento ou sugestão. Deixando a loja nas mãos de Julie à tarde, antes do pôr do sol, Sylvia correu para o Jardim de Luxemburgo e comprou uma linda poinsétia de Louise e, temendo o frio, pegou um táxi para o Père Lachaise, embora normalmente ela pegasse o metrô para economizar.

Nos três anos desde a morte da mãe, Sylvia se surpreendeu ao se tornar uma tagarela frequente ao lado do túmulo. Mais ou menos uma vez por mês, ela comprava flores de Louise —

sempre peônias, quando as tinha — e se aventurava no Père Lachaise ao pôr do sol, o que era mais difícil nos meses de inverno, mas ela conseguia. Nos dias de primavera e verão, quando havia bastante luz e tempo, podia fazer um longo e sinuoso trajeto até o túmulo da mãe, passando pelos de Proust, Molière e Jacques-Louis David, cuja bela pintura simples de Marat havia sido uma das prediletas da mãe, embora só a tivesse visto em reprodução fotográfica, nunca pessoalmente, no Museu Real da Bélgica. Como Sylvia gostaria de ter feito uma viagem a Bruxelas para ver a pintura original com a mãe...

Ela sempre trazia um cobertor de lã grosso que dobrava muitas vezes para se separar da terra fria e úmida, e encolhia as pernas. Naquele dia, no final de 1931, ela puxou o casaco o máximo que pôde e ainda tremia.

— Não sei como desapegar — disse ela à mãe, falando apenas em sua mente. — A amizade ou o livro. São a mesma coisa. Para mim, pelo menos. Aparentemente, não para ele. E as finanças estão péssimas, nas duas lojas. Adrienne disse algo sobre vender o Citroën outro dia, e não sei se podemos suportar isso. Sei que parece bobo, pois é apenas um carro, mas também é o local de muitas boas lembranças. Seria uma tragédia ter que vendê-lo. É como dar um beijo de despedida nas lembranças. E o que acontecerá com a Shakespeare se não for mais a casa de *Ulysses*? Não mais sua *Ítaca*? O que vai acontecer com a loja? E comigo? — As palavras saíam agora mais altas e mais rápidas, quase a aquecendo. Quase, porque ela estava começando a sentir os dedos dos pés e das mãos dormentes. — O que somos nós, eu e minha lojinha que você me ajudou a abrir... o que somos nós sem o nosso *Ulysses*?

Não foi a lembrança da voz da mãe que ela ouviu em resposta, mas a de Adrienne: *Gostaria de poder ajudá-la a enxergar a Odeonia que vejo sem ele.*

Sylvia olhou para baixo e viu que sua mão direita sem luva havia arranhado a terra fria, deixando suas unhas pretas. Quando ela tirara a luva? Depois de sacudir a sujeira o máximo possível, colocar a luva de volta e limpar o nariz úmido com o lenço que sempre guardava no bolso esquerdo do casaco, ela se levantou com certa dificuldade. Havia algum tempo que não tinha um ataque de neuralgia do trigêmeo, mas suas articulações estavam denunciando a idade naquele inverno. Sylvia pensou que estava sentindo o formigamento de uma enxaqueca também.

— Me envie um sinal, mãe — disse ela em voz alta. — Algo que me diga o que devo fazer.

O sol estava baixo no céu, e os galhos nus das árvores formavam padrões complicados e assustadores no céu violeta, como uma cena de Poe.

— Boa noite — desejou a Eleanor Beach.

Sylvia não era uma mulher supersticiosa. Portanto, era impossível explicar, até para ela mesma, por que pedira um sinal à mãe e por que procurava por um em todos os lugares.

Ela esperou.

A temporada de Natal de 1931 foi decepcionante. Alguns de seus melhores e mais antigos clientes pararam para lhe desejar tudo de bom e até mesmo lhe oferecer biscoitos caseiros ou vinho, para conversar sobre planos de férias ou a situação do mundo e depois se desculpar por não ter comprado a pilha usual de livros para a família e amigos: um perdera o emprego; o pagamento de outro no liceu havia sido reduzido; outros teriam que voltar para os Estados Unidos; a mãe idosa de outro precisava de cuidados e seria necessário deixar Paris.

Até Michel entregou a Sylvia um pacote de carnes com a metade do tamanho usual, com os olhos arregalados de pesar.

— Sinto muito, Sylvia, mas as pessoas não estão comprando tanto, então não estou estocando a quantidade normal.

Curiosamente, Michel parecia ter se reanimado com a queda da economia e, por tabela, Julie sorria mais e demonstrava mais energia.

Ela tentou levar tudo isso na esportiva, embora o desfile de não clientes a fizesse pensar que deveria se apegar a *Ulysses* e ao dinheiro que estava pedindo pela obra, em vez de deixar por menos.

— Acho que devemos vender o Citroën enquanto ainda há gente suficiente com dinheiro para comprá-lo — disse Adrienne numa noite tranquila, enquanto se deitavam no escuro depois de um jantar simples de sopa e baguete, que as duas comeram enquanto liam.

— Sim, concordo. Mas... vai ser tão difícil deixá-lo.

Adrienne deslizou a mão sobre a mesa ao encontro da de Sylvia, e as duas entrelaçaram os dedos.

— Outros carros virão.

No dia seguinte, ela recebeu uma carta de Joyce no correio da noite.

Cara srta. Beach,

Espero que a temporada de férias em Stratford-upon--Odéon seja tão animada quanto nos anos anteriores. A sra. Joyce e eu sentimos falta da árvore no canto entre os livros e da excelente cidra que às vezes preparam para aliviar o frio das tardes mais geladas.

Gostaria de poder dizer que está tudo bem conosco, mas Lucia parece pior nesta cidade miserável — como não poderia? — e minha querida Nora está lidando com os próprios problemas de saúde. Um médico disse que ela vai precisar de uma histerectomia em breve. Estamos consultando uma segunda opinião. Meus olhos estão... bem, eles são meus olhos. Não pude ir à Suíça para realizar o procedimento planejado porque tenho sido muito solicitado aqui em Londres.

Em menos de dois meses, nosso Ulysses *fará dez anos, e seu escritor fará meio século. Os dois marcos são quase impossíveis de acreditar, exceto que sinto todos esses cinquenta anos em cada articulação e fibra do meu corpo. Posso ouvir o tique-taque do relógio, as horas, os dias, e os anos que me restam. Não quero perder tempo.*

Comecei a escrever novamente.

Espero que, ao final deste ano, e com ele, uma década de Leopold e de Stephen, você possa encontrar em seu coração o desejo de nos libertar.

Não poderei terminar Work in Progress *se estiver tão distraído assim com o destino de* Ulysses, *que é sinônimo do destino de minha família. Com minha esposa e filha demandando cuidado e remédios, preciso me colocar numa posição de segurança para conseguir pagar as contas sem me preocupar, e eu realmente acredito que Cerf e sua Random House podem fazer isso por mim. Por favor, Sylvia, reconsidere sua posição, por mim.*

Com o mais profundo respeito,
James Joyce

Praticamente na mesma hora em que terminou de ler a carta pela terceira vez, que fez com que o nó em seu corpo se expandisse a ponto de sufocá-la por dentro, Paddy entrou na loja.

Ela estava prestes a fechar a livraria.

A noite do início do inverno estava bem escura, e uma neve fininha começava a cair — grandes flocos brancos brilhavam nas calçadas sob o brilho dos lampiões a gás. Ela ansiava pelo conforto da cidra que Joyce havia descrito na carta, mas ela e Adrienne haviam decidido não oferecer o luxo naquele ano, exceto na véspera de Natal. Antes de ler a carta, Sylvia estava ansiosa por uma refeição quente e um copo de vinho com Adrienne.

Paddy entrou com uma rajada de ar frio e úmido.

— Boa noite, srta. Beach — disse ele alegremente. — Meu Deus, não há nada como Paris durante o Advento.

— Sinto muito, Paddy, mas eu estava prestes a fechar.

Teddy saiu trotando da sala dos fundos ao som da porta e, ao cheiro da neve, deu uma olhada em Paddy, e então vagou até Sylvia e caiu aos pés dela.

— Não vou demorar — disse ele, aproximando-se da mesa.

Ocorreu a ela que ele nunca tinha comprado nada, em todas as vezes que visitara a Shakespeare and Company. Nem um livro sequer.

Seus olhos eram de um azul glacial. Ela já os havia notado antes?

E o cabelo era preto como a penugem de um corvo. *Disse o corvo.* Poe outra vez.

Ele a fixou com aqueles olhos e disse:

— Esta é minha última tentativa. Tenho que voltar a Londres em alguns dias. Mas eu só quero perguntar uma última vez: por que a senhorita está atrapalhando James Joyce e seu grande romance? Atrevo-me a dizer que é o maior romance deste século.

— Ainda não passou nem um terço do século. — *Simplesmente não consigo* concordar com nada que ele diga, mesmo que eu concorde que seja verdade.

Ele deu de ombros.

— Eu falei que me atrevo a dizer. É apenas um palpite. O que não é um palpite é que a senhorita é um obstáculo. Está evidente para todos que se preocupam com Joyce, exceto a senhorita.

Sylvia encontrou seu olhar e procurou uma resposta. Nada do que ela pudesse dizer o convenceria, ou convenceria o próprio Joyce. Mesmo sabendo que Paddy iria embora em breve, ela não ficou aliviada. Joyce simplesmente enviaria outra pessoa no lugar dele.

Sou dispensável para ele.
Depois de tudo o que fiz.

Sylvia se sentiu verdadeira e completamente zangada com ele pela primeira vez. *Não sou diferente de Harriet ou de qualquer outra pessoa na vida dele. Ele não é nenhum Ulysses, lutando para voltar para casa em Ítaca, fiel a sua Penélope e a seu Telêmaco. Ele pode ser capaz de escrever sobre esses personagens, mas ele próprio não é um deles.*

Eu estive errada esse tempo todo.

Naquele momento, embora a loja estivesse em completo silêncio, e o único som ou movimento fosse de Teddy roncando levemente no chão, uma das páginas de Whitman que sua mãe lhe enviara quando a loja abriu na rua Dupuytren caiu da parede. O vidro dentro da moldura que protegia os rabiscos do poeta rachou com o contato e fez um belo de um barulho.

Teddy se assustou e latiu. Paddy nem piscou.

Se esse não era o sinal que ela tinha pedido, ela não sabia o que era.

Obrigada, mãe.

— Tudo bem — disse Sylvia, imediatamente sentindo o nó dentro de si se dissolver. — Joyce pode ficar com o precioso livro dele. Mande-lhe um feliz Natal.

PARTE QUATRO
1933-1936

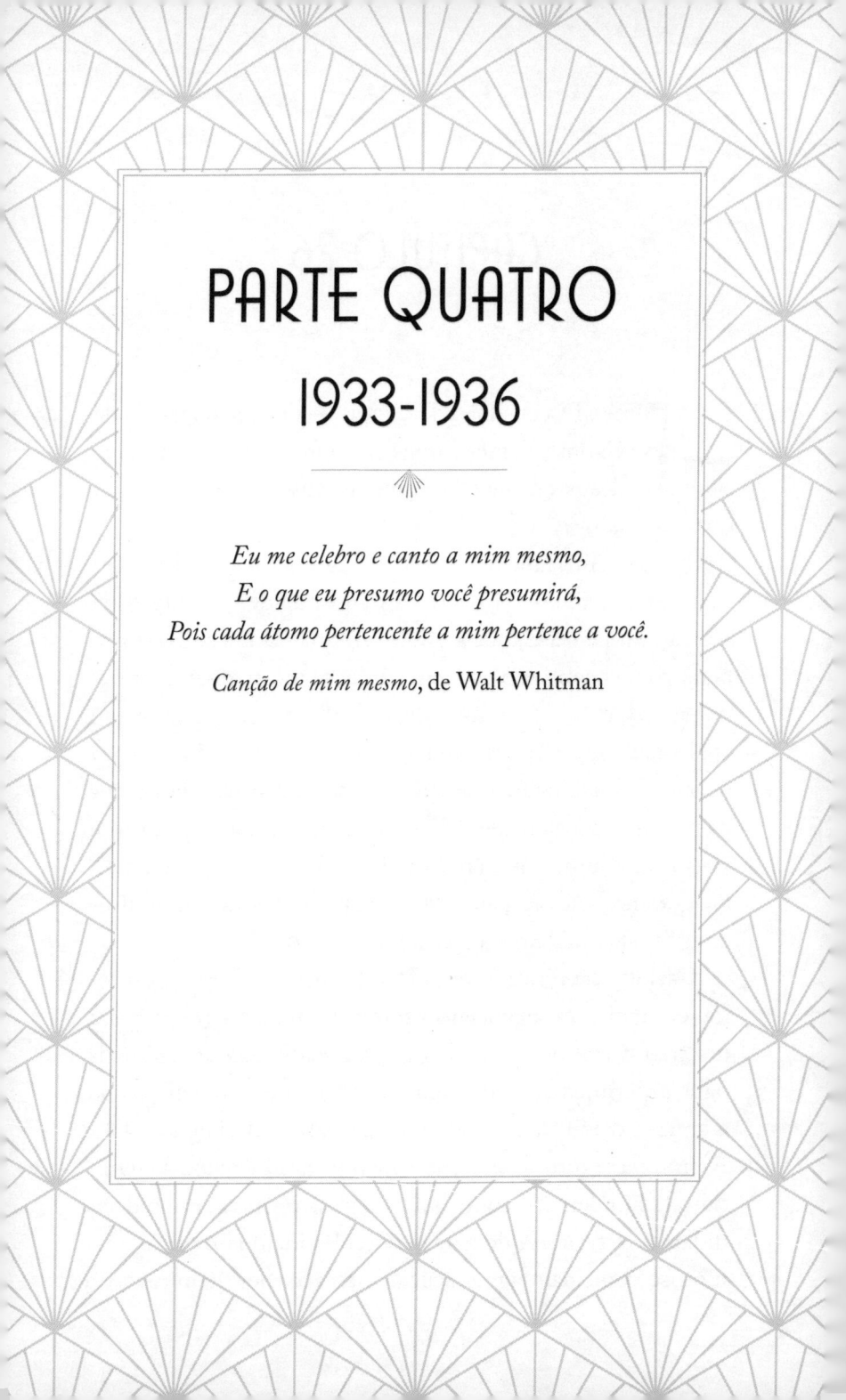

Eu me celebro e canto a mim mesmo,
E o que eu presumo você presumirá,
Pois cada átomo pertencente a mim pertence a você.

Canção de mim mesmo, de Walt Whitman

CAPÍTULO 26

—Feliz Dia de Ação de Graças — desejou o marido de Carlotta, James Briggs, segurando uma taça de Bordeaux em seu apartamento ensolarado no décimo sexto *arrondissement*.

Sylvia e Adrienne vinham comemorando com eles o feriado estadunidense já havia três anos, desde que a querida amiga de infância Carlotta Welles enfim decidira se casar. Esperar para encontrar o par certo tinha se mostrado uma atitude sábia. James era um querido, e Carlotta estava claramente apaixonada por ele, um banqueiro viúvo com um forte senso de *joie de vivre* que conseguira manter a fortuna apesar dos paroxismos do mercado. Ele lia muito e gostava de teatro e viagens, e juntos fixaram residência em Paris — o que era mais do que um consolo para Sylvia, pois muitos de seus outros amigos estadunidenses pareciam estar partindo.

Carlotta sempre adorou o Dia de Ação de Graças e, mesmo em Paris, conseguia encontrar os ingredientes certos para um tradicional banquete de peru recheado. Sempre animada para experimentar novos pratos, Adrienne também passou a amar a data que era toda voltada para comida e gratidão. Assim, ela se tornou uma participante entusiasmada do feriado estadunidense, e contribuía com sua própria versão decididamente francesa de batata-doce, batida quase como uma mousse com manteiga e açúcar mascavo. Seu item favorito no bufê era a torta de abóbora, que ela nunca se ofereceu para fazer — o melhor elogio para a culinária de Carlotta.

— Vamos agradecer ao Kentucky, o trigésimo terceiro estado a ratificar a Vigésima Primeira Emenda — continuou James, e as taças tilintaram.

— Quantos estados mais precisam concordar para que a lei seja aprovada? — perguntou Adrienne.

— Mais três para um total de 37 — respondeu Carlotta —, que são três quartos de nossos 48 estados.

— Ouvi dizer que a Pensilvânia será o próximo — comentou James com as sobrancelhas levantadas e a taça erguida.

— Então, o Grande Experimento, cujo título é absurdo, acabará — declarou Sylvia.

— Sim. O número de pessoas que morreram como resultado desta proibição ilícita é impressionante — disse James, sério.

— Admiro o país de vocês por tentar transformar ideais tão elevados em lei — disse Adrienne —, mesmo que neste caso não tenha dado certo. E então ser capaz de admitir que está errado... é algo difícil para qualquer pessoa fazer, que dirá para um país inteiro.

— Você faz grande apologia de nossa nação — comentou James calorosamente. — Quase me faz querer morar lá de novo, mas aí vocês não estariam lá.

— Cyprian realmente sugeriu que nos mudássemos para a Califórnia. — Sylvia riu.

— Não até nos mudarmos de volta também! O que não temos planos de fazer — disse Carlotta em tom de advertência.

— Não se preocupe — assegurou Sylvia. — A França é a nossa casa. Eu não coloco meus pés nos Estados Unidos há quase vinte anos.

Ela se lembrou daquela longa conversa com Cyprian, que a encorajou a visitá-la, mas assim que a mãe se foi e Carlotta se mudou para a França... qualquer impulso que Sylvia pudesse ter sentido de cruzar o oceano se desvaneceu.

— A Califórnia soa tão exótica quanto a China para mim! — exclamou Adrienne.

— O quê, o lugar de onde as pessoas pulam? — gritou James, referindo-se ao recente artigo de Edmund Wilson sobre San Diego ser a cidade com mais casos de suicídio do país.

Sylvia também devorou o artigo, e isso a fez pensar na mãe sob novas perspectivas. Afinal, Pasadena não ficava muito longe de San Diego. O comercialismo e a beleza desolada e sublime das paisagens seriam, real e ironicamente, incentivadores de pensamentos suicidas?

— Ah, querido, você é um esnobe do Leste — disse Carlotta, tocando afetuosamente em seu braço.

— Imagino que sim.

Ele a beijou, e Sylvia desviou o olhar deles e de Adrienne. Depois de um longo — muito longo — período de celibato, elas vinham tentando ser mais amorosas, mas algo não estava funcionando. Não era fácil, emocionante e ao mesmo tempo reconfortante, como costumava ser quando eram mais jovens. Ela não conseguia descobrir o motivo. Certamente, depois de tanto tempo juntas, a intimidade deveria pelo menos ser reconfortante. Mas o que o corpo de Adrienne precisava parecia ter mudado, e Sylvia não sabia mais como agradá-la; tinha a sensação de que Adrienne poderia querer tentar coisas novas, mas Sylvia não tinha energia ou vontade. Embora a neuralgia tivesse melhorado, suas enxaquecas estavam piores e, ultimamente, sua menstruação parecia durar semanas e deixá-la fraca e sonolenta. O melhor antídoto era o tempo ao ar livre, a jardinagem e o corte de lenha em Les Déserts ou Rocfoin.

Ela não queria pensar sobre nada daquilo naquele dia, no entanto. Só queria chafurdar no abraço da amizade e nos pratos familiares.

— Você não está esperando outra decisão dos Estados Unidos? — A pergunta de Carlotta interrompeu seus pensamentos.

— Estou — respondeu Sylvia. — O juiz Woolsey acabou de ouvir o caso de *Ulysses* e está levando uma semana para deliberar.

— Woolsey é um bom homem — disse James. — Fiz uma matéria que ele deu em Columbia. Sempre me pareceu uma pessoa justa e liberal, sem ser imprudente. Ele tomará a decisão certa.

— Como você se sente em relação a tudo isso? — Só uma velha amiga como Carlotta para fazer as perguntas difíceis.

— Claro que quero que o livro seja um sucesso. E se o juiz Woolsey decidir a seu favor, as portas se abrirão para outros. D. H. Lawrence, por exemplo. E Radclyffe Hall. E este jovem Henry Miller, que se tornou um frequentador da loja.

— Ficarei surpresa se a proibição não for suspensa — disse Carlotta. — Toda aquela censura violenta de 1921 parece bem estranha agora.

Sylvia assentiu.

— Há anos *Ulysses* não é apreendido. Na verdade, o advogado de Bennett Cerf, Morris Ernst, teve de ir pessoalmente à alfândega de Nova York para solicitar que os oficiais apreendessem uma cópia da minha edição, a fim de desencadear os acontecimentos jurídicos que levariam o romance de volta aos tribunais.

— Ah, este? — Adrienne franziu a testa emulando desdém enquanto pegava um livro próximo, fingindo ser o oficial da fronteira falando com Ernst, um pequeno show que ela costumava fazer para os amigos quando eles contavam essa história. — Este livro entra na fronteira o tempo todo. Não prestamos mais atenção.

Ela jogou o livro por cima do ombro enquanto todos riam.

— Mas é desagradável — admitiu Sylvia. — Eu amo o livro e tenho boas lembranças de trabalhar com Joyce para publicá-lo. Mas minha vida parece... mais calma... sem ele. — Num sopro fortificante e com um sorriso na direção de Adrienne, ela acrescentou: — E Adrienne estava certa todos esses anos quando me disse que a loja ficaria melhor sem ele.

— Você trabalhou muito para conquistar isso — disse Adrienne, pondo a mão quente na de Sylvia.

Era verdade: ela havia trabalhado muito e estava orgulhosa do que conquistara em dois anos, pois dobrara o número de assinantes da biblioteca e aumentara as vendas com um pouco de publicidade adicional. Para sua surpresa, o movimento não diminuiu sem *Ulysses* e seu autor, que se mantivera bem longe da Odeonia desde seu retorno a Paris após um tempo em Londres.

De fato, a reputação da Shakespeare and Company como centro da vida literária expatriada em Paris só tinha aumentado, e alguns amigos como Gertrude e Alice — que há muito haviam convidado Sylvia e Adrienne para a rua de Fleurus, mas raramente compareciam a eventos na rua do Odeon — começaram a frequentar a loja de novo. Mas a verdadeira vantagem, pelo menos financeiramente, foi que Sylvia não adiantou mais nenhum dinheiro a Joyce nem perdoou nenhum de seus empréstimos. A Shakespeare and Company estava solvente e segura sem seu Jesus Torto.

Mesmo assim, parte dela ansiava por aqueles primeiros dias da década de 1920, quando tudo parecia uma nova e emocionante aventura.

Aparentemente sentindo o complicado emaranhado de emoções da amiga, Carlotta disse:

— Ainda há muitas lembranças a serem construídas.

— Muitas — concordou Adrienne.

— Tenho certeza de que vocês estão certas — replicou ela. Tinham que estar.

Se novas lembranças fossem construídas, seria em parte porque a própria Paris estava sendo refeita por um tipo totalmente novo de artista no Rive Gauche, na margem esquerda. Em vez de topar com dez estadunidenses que conhecia quando ia tomar um café ou uma taça de vinho no Dôme, se tornara muito mais provável que Sylvia se sentasse e falasse sobre a Espanha ou a Alemanha com um dos muitos artistas refugiados desses países que fugiram de Franco ou do Reich cada vez mais draconiano — em particular do antissemitismo e do anti-intelectualismo que fizeram tantos, como seus novos amigos Walter Benjamin e Gisèle Freund, se sentirem inseguros.

Benjamin e Gisèle foram, em muitos aspectos, os maiores representantes da Multidão da rua do Odeon: ele, filósofo e escritor; ela, fotógrafa e professora. Até o fato de estarem se exilando por conta própria dos respectivos países os tornava parecidos com os estadunidenses da década de 1920. Mas os Estados Unidos de 1920, ou mesmo de 1927, embora conservador e isolacionista, não era ameaçador da maneira que a Alemanha de 1933 havia se tornado. Calvin Coolidge dificilmente era Adolf Hitler, e John Sumner não era nada comparado a esse Joseph Goebbels que controlava a mídia alemã. Os estadunidenses escapavam para beber, escrever e amar de maneira livre e, com frequência, voltavam para sua terra natal; na verdade, eles estavam voltando em massa para casa. Os artistas alemães estavam escapando da perseguição e presumiam que nunca voltariam ao país onde nasceram. Eles se desesperavam de nunca mais poderem ver irmãos, primos e pais.

Os olhos desses novos expatriados estavam envoltos com o violeta das noites de preocupação maldormidas, enquanto os dos estadunidenses eram vermelhos de ressaca — nada que uma baguete, um café e um copo de suco com champanhe não conseguissem curar. Essa diferença conferia um novo ar sombrio aos cafés, lojas e festas no Quartier Latin e em Montparnasse. No entanto, esses exilados políticos pareciam determinados a viver a vida em sua plenitude — *da verdadeira maneira Whitmaniana*, Sylvia gostava de pensar consigo mesma. Ela e Adrienne compareciam a jantares e leituras, concertos e palestras com a mesma frequência de sempre.

Adrienne estava se sentindo em casa como anfitriã, montando lista de convidados para jantares com o máximo de estímulo intelectual, depois experimentando todo tipo de receita de um novo lote de livros de culinária, bem como ingredientes e métodos para pratos exóticos que aprendera em outras casas. De fato, as refeições que faziam nos apartamentos minúsculos eram tão surpreendentes quanto as histórias de seus anfitriões — *goulash*, *spaetzle*, repolho recheado e iogurte fresco com mel para acompanhar histórias de humilhações públicas, lojas se fechando e templos vandalizados.

Mas depois de um longo ciclo de trabalho e socialização que durava algumas semanas, Sylvia sentia uma necessidade intensa de fugir. Na maior parte do tempo, Adrienne acompanhava Sylvia a Les Déserts, mas algo nela também se tornara mais vibrante na presença de tanta inquietação e necessidade. Era mais do que cozinhar. Sylvia desejava que a nova Paris pudesse uni-las, mas, em vez disso, as fez ansiar por diferentes tipos de conforto. Ela queria evitar um pouco da socialização e fazer caminhadas mais longas ou até aulas com Adrienne — os cursos de horticultura no Jardim de Luxemburgo, de que ela ouvira falar, pareciam interessantes, mas quando Sylvia os mencionou a Adrienne, a francesa riu.

— Eu preferia bater um bife a plantar flores — respondeu.

— Eu não *quero* só passar o tempo ao ar livre — replicou Sylvia —, eu *preciso* disso. O ar fresco e o esforço físico têm feito maravilhas para minhas dores de cabeça e a neuralgia.

— É maravilhoso, e espero que você continue fazendo isso — disse Adrienne, pegando uma cenoura e começando a descascá-la. — Não precisamos fazer tudo juntas.

Mas sempre fizemos. Sylvia puxou um fio solto de um guardanapo.

— Faça a aula de jardinagem! Vou adorar que você apareça com flores lindas em casa. — Adrienne pontuou sua declaração com um beijo na bochecha de Sylvia antes de voltar para suas cenouras.

— Tudo bem, vou fazer — afirmou Sylvia.

E quando fez, ficou surpresa ao descobrir que não sentia falta de Adrienne conforme memorizava os nomes e os usos de várias plantas nativas e aprendia a obter uma delicada vida verde a partir de minúsculas sementes marrons enterradas no solo.

CAPÍTULO 27

— Você parece bem — observou Sylvia, enquanto Joyce encostava sua bengala numa prateleira e se acomodava na cadeira verde como se fosse quatro anos antes. Sylvia ficou ansiosa com ele na loja e bateu nos bolsos à procura de um cigarro para se acalmar, mas estavam vazios, porque ela estava tentando diminuir. Ela pegou uma caneta e a girou.

— *Pareço* — replicou ele. — Essa é a palavra-chave.

Quando foi a última vez que ela o viu? Seis meses antes, talvez, quando ele apareceu com Samuel Beckett para pegar um livro e saiu antes que ela pudesse perguntar como ele estava. Estavam no meio do verão agora, e ele estivera em Zurique por algumas semanas, finalmente passando por uma cirurgia no olho lá porque o dr. Borsch havia falecido. Embora usasse um tapa-olho, a aparência e a cor do rosto de Joyce estavam melhores. Ela presumiu que fosse o efeito do hospital suíço, que ela entendia estar cercado por lindas colinas verdejantes e flores silvestres e que encorajava os pacientes a passarem o tempo ao ar livre e os alimentava bem. Sem dúvida melhor do que as comidas pesadas e os vinhos tintos dos estabelecimentos parisienses que ele preferia.

— Você já ouviu falar sobre o progresso de *Ulysses* nos Estados Unidos? — perguntou ele.

Como ele pode soar tão casual, como se eu fosse apenas uma leitora ou admiradora qualquer?

— Já — disse ela, com cuidado —, e parabéns pela decisão de Woolsey.

— Sim — respondeu ele, pensativo, quase distraído. — Fiquei satisfeito com a decisão. Assim como o sr. Cerf. Ele articulou o que você e as srtas. Heap e Anderson sempre disseram sobre o livro, que o romance é arte. Você e elas foram as primeiras a defendê-lo.

Ela não pôde evitar; mesmo depois de tudo, o elogio encheu o coração dela de orgulho. Sylvia, Margaret e Jane eram de fato as pioneiras. Havia algo nisso, em serem as pioneiras.

— Ninguém mais parece entender o que as palavras do juiz Woolsey significam para mim. Achei que você poderia.

Meu Deus, ele parece solitário. Pela primeira vez, ela percebeu que talvez ele não estivesse gostando do exílio de Stratford--on-Odéon. Por muito tempo, ela sentiu principalmente raiva e traição quando pensava em Joyce, mas naquele dia os sentimentos eram de pena e tristeza.

— Eu entendo — disse ela. — As palavras significaram muito para mim também.

O dia em que leu a decisão num jornal estadunidense no Loup, ela teve que enxugar as lágrimas. "Ao escrever *Ulysses*, Joyce procurou fazer um experimento sério num gênero literário novo, se não inteiramente romanesco", o juiz Woolsey escreveu e depois descreveu em detalhes tudo o que havia para admirar no livro.

— Mas, pelo que eu saiba — continuou ela —, ainda está agarrado nos tribunais?

— O procurador-geral dos Estados Unidos está apelando — disse ele, sua voz ainda bem uniforme, praticamente desinteressada. — Mas o sr. Cerf me disse que os juízes Learned e Augustus Hand serão favoráveis ao nosso livro.

"Nosso livro". Dele e de Cerf? Ou dele e meu?

— Bem, desejo tudo de bom. — E ela falava sério; sentia isso em seu coração inflado e sensível.

— Conte algumas novidades suas.

— Ah, está tudo como de costume, na verdade — gaguejou ela, sem saber que pedaço do animado ano da loja ela deveria compartilhar com ele; parecia que quase não se conheciam mais. — Ernest vem e vai como sempre, embora eu sinta que as coisas com Pauline podem não ser só flores. Adrienne e eu fizemos amizade com Walter Benjamin e sua jovem amiga fotógrafa Gisèle Freund. Ah, e Henry Miller é um frequentador assíduo agora. Acredite ou não, ele tem a mesma agente literária que Gertrude.

— O Minotauro do Quartier Latin? — Ele levantou a voz e parecia mais animado. — Ouvi dizer que o último livro dela esgotou, e que foi escrito para ganhar dinheiro e nada mais.

— *A autobiografia de Alice B. Toklas*. Achei muito bom. E nem tudo o que é popular se esgota.

— Eu dificilmente culpo os grandes artistas que se *popularizam* depois de um grande sofrimento. Mas *mudar o estilo de alguém* apenas para ser acessível? — Ele balançou a cabeça e resmungou.

— Não tenho tanta certeza de que foi isso o que ela fez.

Sylvia se perguntou se esta era a primeira vez que ela discordava de Joyce sobre literatura, e com tanta franqueza. O que ela nunca disse a ele foi que suspeitava que os leitores apenas ficaram mais acostumados a uma prosa como a de Stein — e à dele. Já não era tão chocante quanto nos anos pós-guerra. Provavelmente era hora de outros virem e chocarem as pessoas. Esse jovem Henry Miller, talvez. Então, ela se limitou a dizer:

— Pode haver uma suavização da Stein original em *Alice*, mas ainda é reconhecidamente ela.

Joyce deu de ombros, deixando o assunto de lado.

Os dois ficaram em silêncio por um momento e então, como se acordando de um sonho, ele olhou em volta e perguntou:

— Onde está Teddy?

— Ele morreu no ano passado.

— Sinto muito, srta. Beach. Sei o quanto você o amava.

— Amava mesmo. Obrigada. — Havia um nó em sua garganta novamente. Sempre que ela pensava no leal cãozinho da loja, o nó voltava. — Parece que tudo o que amamos se vai.

Seus olhos se encheram de lágrimas. Desta vez, ela precisava do maldito cigarro.

— Com licença — sussurrou, correndo para a sala dos fundos da loja e abrindo a gaveta onde mantinha um maço de cigarros para emergência, temendo que pudesse estar tão vazio quanto seus bolsos. Mas, *ah*!, o maço estava praticamente cheio. Ela acendeu um ali, no balcão, e deu uma tragada profunda e firme, e em menos de um minuto já estava no fim dele. Ela caminhou de volta para a loja, fumando um segundo cigarro mais devagar e mais atenta, e viu Joyce se preparando para sair, pondo o chapéu e procurando sua bengala como se não soubesse exatamente onde a havia colocado, no mesmo local onde a deixava desde que a loja se mudara para aquele endereço havia mais de uma década.

Ele a encontrou, se apoiou nela e olhou para Sylvia com seu olho bom.

— Foi um prazer vê-la, srta. Beach.

— Igualmente, sr. Joyce.

Então, acenou com a cabeça e saiu, deixando-a ali, onde ela engataria um cigarro atrás do outro pela próxima hora. Que se danassem as enxaquecas.

Poucos dias depois, um mensageiro de bicicleta lhe trouxe uma pequena estátua de argila de um terrier com um cordão de tecido vermelho amarrado no pescoço, do qual pendia um pequeno sino de latão com um toque alegre. Na boca ligeiramente aberta do cão havia um cartão, que ela abriu. Segurando o choro, seus olhos percorreram o garrancho quase ilegível de Joyce com a última estrofe de "In Memoriam", de Tennyson.

> *Eu considero verdade, independentemente do que aconteça;*
> *Eu sinto isso, quando mais me entristece;*
> *É melhor ter amado e perdido*
> *do que nunca ter amado.*

※

— Três vezes mais alto? — Os olhos de Adrienne estavam arregalados e incrédulos.

Sylvia assentiu e engoliu um gole de vinho que queimou sua garganta arranhada pelo cigarro.

O aluguel da loja, há muito acessível, iria triplicar de preço.

"Eu também preciso ganhar dinheiro", escrevera o proprietário na carta que enviara a ela. Ele morava a alguns quarteirões de distância, então estava, era óbvio, com vergonha de dar a notícia em pessoa.

— Ora essa! — Adrienne começou a mexer ruidosamente na cozinha. Depois de tirar suprimentos suficientes dos armários e da geladeira, proclamou: — E não temos nada de bom para comer.

— Não estou com fome mesmo — disse Sylvia.

— Gauloises não são jantar.

Em menos de uma hora, Adrienne realizou o truque de mágica que Sylvia passou a considerar como a marca registrada de um grande chef: transformar o que pareciam ingredientes descartados numa refeição deliciosa. Neste caso, uma única cebola e duas batatas viraram uma sopa perfumada, acompanhada de pão dormido que Adrienne transformou numa torrada com um pouquinho de manteiga e Gruyère.

Sylvia gostaria de ser capaz de saboreá-la melhor.

— O que eu vou fazer agora?

— Para começar, você vai parar de pagar o aluguel do apartamento. Eu consigo dar conta sozinha.

Sylvia abriu a boca para protestar, mas Adrienne colocou a mão entre o rosto das duas e disse:

— Não quero ouvir isso. Tenho certeza de que alguns de nossos amigos vão ajudar com a Shakespeare.

— Não posso pedir a eles que me ajudem dessa forma. A loja precisa expandir seus negócios de alguma maneira. Mas como? A parte da venda já é ofuscada pela biblioteca, e hoje ninguém tem dinheiro para gastar.

— Vamos pensar numa solução. Tenho certeza de que mais clientes fiéis poderiam ser persuadidos a fazer uma assinatura do outro lado da rua, especialmente quando descobrirem o que está acontecendo.

— A Shakespeare and Company sempre foi uma instituição de caridade, Adrienne.

— Eu sei, *chérie*. Mas são outros tempos.

Assim que terminaram de jantar, a campainha tocou, e as duas mulheres se assustaram.

— Quem será? — perguntou Sylvia.

— Não faço ideia. São quase dez da noite. — Adrienne olhou pela janela para a rua. — É Gisèle. Espero que não haja nada de errado.

— Peça a ela para entrar — disse Sylvia.

Era estranho — convidados tarde da noite costumavam ser bem comuns, mas quando todos eram mais jovens. Houve um longo período de estagnação, e agora elas estavam vendo mais e mais dessa nova safra de jovens artistas depois do jantar. Sylvia precisava admitir que isso a incomodava, embora esse não parecesse nem um pouco ser o caso para Adrienne.

Adrienne desceu as escadas apressadamente e ressurgiu momentos depois com Gisèle.

— Sinto muito incomodar — disse a jovem com o francês carregado pelo sotaque alemão, embora sua voz fosse suave e baixa. Combinava com seus olhos e cabelos escuros, com cachinhos que ela mantinha curtos e controlados com uma grande quantidade de brilhantina. Os braços e pernas eram longos e finos, acentuados pelas calças largas e blusas brancas que ela gostava de usar. Ela também usava um casaco azul-marinho.

— Bobagem, você não incomoda — replicou Adrienne enquanto enchia a chaleira para fazer um chá. — Eu disse para você passar aqui se precisasse de alguma coisa. Por favor, sente-se.

Gisèle tirou o casaco e o pendurou no encosto de uma das cadeiras de madeira da cozinha, depois se sentou dando um grande suspiro.

— Recebi uma carta de minha mãe hoje. As coisas só estão piorando em Berlim, e meus pais se recusam a ir embora. Além disso, Walter está deprimido de novo. Eu não sabia a quem recorrer.

Por um bom tempo, Sylvia havia presumido que Walter Benjamin e Gisèle tinham um relacionamento, pois costumavam ficar juntos na loja, e era evidente que se conheciam havia anos e gostavam muito da companhia um do outro. Mas, nos últimos tempos, Gisèle tinha começado a aparecer na loja com outras mulheres, a quem ela tocava de maneiras sugestivas —

sussurros ao pé do ouvido, um toque prolongado nas costas —, e Sylvia começou a se perguntar se Gisèle poderia ser flexível em suas atrações, como Bob, Bryher, Fargue ou Cyprian.

— Você consegue convencer seus pais a virem para cá ficar com você? — perguntou Adrienne.

— Já tentei muitas vezes. — Gisèle segurou a xícara com as duas mãos e soprou o vapor. — Não sei como convencê-los de que Berlim está perigosa para eles agora. Eles acham que estou sendo boba.

— Você é tudo menos boba — disse Adrienne com indignação, se sentando numa das cadeiras junto a Gisèle e Sylvia. Ela pegou um biscoito *linzer* e deu uma mordiscada. Gisèle seguiu o gesto.

Havia algo perturbador em ver Adrienne e Gisèle juntas, ainda que Sylvia não conseguisse entender por quê.

— É difícil convencer os pais de qualquer coisa — disse Gisèle. — Eles sempre acham que sabem mais do que nós.

Tenho idade para ser mãe de Gisèle? Sylvia se surpreendeu. Ela era uns vinte anos mais velha do que a fotógrafa, que tinha 25, então era possível. Adrienne era cinco anos mais nova do que Sylvia, o que sempre pareceu quase nada. Na verdade, Adrienne parecia mais velha do que ela em muitos aspectos, tendo aberto a La Maison anos antes da Shakespeare and Company, durante a Primeira Guerra. De repente, porém, os 41 anos de Adrienne pareciam pelo menos uma década a menos do que os 46 de Sylvia, não apenas por causa de Gisèle, como também por causa das doenças da meia-idade de que Sylvia parecia não conseguir se livrar.

Gisèle expirou dramaticamente.

— E Walter? Ele está tão para baixo que às vezes me preocupa. Ele pode estar correndo mais perigo consigo mesmo do que meus pais com os nazistas. Pelo menos, agora.

Essa revelação fez Sylvia se sentir mal, e ela se perguntou, como sempre fizera ao longo dos anos: *Que sinais eu perdi de que mamãe se suicidaria?* E acrescentou: *Que sinais eu perdi e que essa garota está percebendo em Walter Benjamin?*

Adrienne colocou a mão na de Gisèle e disse baixinho:

— Se ele quiser fazer isso, não haverá como detê-lo. — Então, olhou para Sylvia e lhe deu um pequeno sorriso culpado.

Com a mandíbula rígida e os olhos claros fixos em sua xícara, Gisèle assentiu. O coração de Sylvia palpitou com a validação discreta de Adrienne do desamparo melancólico de que sofria. Havia uma reafirmação naquilo tudo, um reconhecimento do vínculo, do passado e dos segredos compartilhados. Sylvia pensou com convicção que Gisèle Freund e esses outros intrusos do fim da noite tinham muita vida para viver antes de estabelecerem relacionamentos íntimos e duradouros como o delas.

CAPÍTULO 28

8 de agosto de 1934

DECISÃO DE *ULYSSES* MANTIDA

Os juízes Learned e Augustus Hand, da Corte de Apelações dos Estados Unidos, mantiveram a decisão do juiz Woolsey, do fim do ano passado, numa votação de dois contra um com a dissidência do juiz Martin Manton. Citando Woolsey, os juízes concordam que o livro "não tende, em nossa opinião, a promover a luxúria" porque "as passagens eróticas estão submersas na obra como um todo".

A decisão do tribunal de apelações é importante, mas uma mera *coda* no mundo literário, o que tornou a decisão de Woolsey parte do próprio cânone, visto que foi impressa em todas as edições do romance de Joyce, que começou a ser vendido em janeiro deste ano, apenas um mês depois que sua decisão foi tomada. Essa velocidade impressionante pode ser explicada pela agilidade de Bennett Cerf, da Random House. Uma hora após a decisão de Woolsey, ele ordenou que os tipógrafos começassem o trabalho.

Woolsey, que leu o livro de Joyce na íntegra, declarou que "apesar de sua franqueza incomum, não detecto em lugar algum o olhar malicioso do hedonista". Ele passou a declarar o romance "um experimento sério" no qual "Joyce tentou — parece-me, com um sucesso surpreendente — mostrar como a tela da consciência, com suas impressões caleidoscópicas, sempre mutantes, (...) afeta a vida e o comportamento do personagem que ele está descrevendo". Além disso, "porque Joyce foi fiel à sua técnica (...) ele foi alvo de tantos ataques e seu propósito foi tantas vezes mal compreendido e mal interpretado".

Ao ler a decisão de Woolsey, o próprio Joyce proclamou: "Assim, metade do mundo falante de língua inglesa se rende."

Hoje, *Ulysses* é inteiramente livre na nação dos corajosos, e o caminho está traçado para que outras obras da literatura sejam ousadas e experimentais sem medo da censura. Mais do que isso, parece haver apetite por esse tipo de escrita nestes tempos difíceis: em apenas três meses nas prateleiras, Cerf relata que *Ulysses* vendeu 35 mil exemplares.

Embora tivesse lido resumos das notícias em cartas e telegramas enviados para Les Déserts, Sylvia só pôs as mãos em matérias impressas completas quando retornou à Shakespeare and Company, em setembro, e leu as muitas cópias de notícias que seus amigos tinham guardado para ela e entregue pessoalmente. Muitos deles escreveram versões de "É óbvio que você já sabia disso" (Ernest), ou "Típico; um homem precisava dizer isso para que fosse verdade" (Cyprian), ou "Não poderia estar mais orgulhoso da minha filha por ser a *primeira* editora deste famoso romance" (o pai dela).

Consumir as notícias oficiais e mais cartas de uma só vez, enquanto tomava café e, com os dentes cerrados, tentava não fumar um cigarro atrás do outro nos fundos da loja, ao mesmo tempo que Julie cuidava da parte da frente, foi quase demais para Sylvia. Mais de uma vez, seus olhos transbordaram de lágrimas, e ela deu uma arfada, o choro misturado ao riso, transbordando orgulho e tristeza, amor, gratidão e alívio.

Entre as cartas, havia uma de Holly, que anunciava que ela e o marido, Fred, haviam adotado um menino na Inglaterra: eles enviaram uma foto do bebê com um gorro e embrulhado num cobertor, de modo que tudo o que conseguia ver dele era o rosto fofo e os olhinhos fechados. Mesmo assim, este era seu primeiro e provavelmente único sobrinho! E foi totalmente inesperado. Holly era alguns anos mais velha do que Sylvia, que havia presumido que as irmãs Beach não teriam filhos e seriam produtivas de outras maneiras. Mas, com a loja de Pasadena fechada e o mundo muito incerto, Holly decidiu que formar uma família era o caminho mais seguro para se ocupar e ter segurança. Enquanto isso, em Palm Springs, Cyprian vivia contente com Helen Eddy, respirando o ar do deserto, que supostamente curaria todos os tipos de doenças.

Sylvia olhou para a fotografia do bebê da irmã e sentiu — como sempre sentia ao olhar para o rosto de tantas crianças ao longo dos anos — uma onda de calorosa afeição e felicidade pela mãe dele, e espanto e admiração ao pensar no que o menino poderia se tornar. O próximo Joyce? Antheil?

Mas isso era tudo. De vez em quando, seu carinho e curiosidade pelo novo bebê de um ente querido eram temperados por um pressentimento em relação às limitações que a criança poderia impor à mãe, ou o medo de que a criança pudesse crescer e ser incontrolável como Lucia, ou ter a saúde frágil como Suzanne.

Essa foto do seu *sobrinho*, no entanto, não deveria inspirá-la mais? Um desejo intenso de segurá-lo? Uma agitação no próprio útero? Um arrependimento de que teria uma vida sem filhos? Mas ela não sentia nenhuma dessas coisas. A vida estava preenchida. Ela não conseguia se imaginar inserindo uma criança ali, um ser totalmente dependente dela. Shakespeare and Company era sua peculiar prole.

Assim como *Ulysses*. Embora os jornais atribuíssem todo o crédito pelo triunfo da obra a cinco homens — três juízes, Cerf e seu advogado —, as cartas de seus amigos e familiares lembravam-na da verdade.

※

— Gisèle tem praticado os retratos, e eles são maravilhosos. Eu continuo dizendo a ela para fazer uma série sobre os escritores da Odeonia — comentou Adrienne a seus amigos.

Eles estavam reunidos em torno da mesa da sala de jantar para uma refeição que exigira quase uma semana de compras, pois ela teve que parar diversas vezes em todas as mercearias favoritas, esperando que os donos estocassem certos itens que costumava considerar comuns: manteiga, açúcar, roquefort, frango. Até frutas, verduras e legumes sazonais estavam difíceis de encontrar; ela tinha que estar lá quando chegasse uma entrega de peras para conseguir cinco delas, todas verdes, o que exigira dias de paciência e cuidado para que amadurecessem adequadamente na cozinha.

— Cozinhar virou uma espécie de caça — observou Adrienne.

Mas valeu a pena quando ela colocou os pratos perfeitamente assados, salteados e misturados diante dos amigos animados e contentes. Naquela noite, eram Carlotta e James, Gisèle e Walter.

— James e eu estávamos conversando sobre fazer nossos retratos, não é? — Carlotta pousou a mão no braço do marido e se virou para Gisèle. — Podemos até não ser escritores, mas certamente poderíamos pagar. Você aceitaria?

— Seria um prazer — replicou Gisèle.

A jovem tinha se tornado presença constante nas duas lojas e até comprava livros de vez em quando com seu parco salário da Sorbonne, onde dava algumas aulas. A maneira como ela cuidava do tímido e brilhante Walter Benjamin comovia Sylvia, sobretudo porque agora estava evidente para ela que, se um dia tinham sido amantes, já não eram mais. Gisèle havia se estabelecido no cenário lésbico do Rive Gauche e se tornara frequentadora assídua do salão de Natalie Barney, que Sylvia e Adrienne haviam visitado com mais frequência na década de 1920. Mas Gisèle e Walter eram mais como irmãos: ela o provocava gentilmente, e conseguia convencê-lo a participar de jantares e outros eventos sociais que ele poderia ter evitado, como a festinha daquela noite. Na maior parte do tempo, ele permanecia quieto, mas parecia se divertir com a companhia e costumava ficar à vontade.

— *Wunderbar* — disse ele sobre a sugestão de fazer o retrato dos Briggs —, mas também concordo com Adrienne que você deveria tirar fotos dos escritores. Pode haver pouco tempo para fazer essas coisas.

— Mas normalmente os artistas esperam para ser chamados para *tirar* a foto, para serem contratados por isso. Isso valia até para os pintores. Você está sugerindo que eu pergunte aos escritores se posso tirar foto deles?

— Por que não? Você também é artista — disse Adrienne. — Não é diferente de procurar um modelo, e sei que os pintores costumam propor retratos para determinadas pessoas.

Gisèle ficou quieta, pensativa.

— Posso entender sua hesitação — disse Sylvia. — Acontece a mesma coisa na loja. Não gosto de empurrar livros ou bisbilhotar, e prefiro deixar as pessoas virem até mim. Se elas quiserem algo, vão perguntar. Por outro lado, acredito nos artistas e em seus projetos, e faria qualquer coisa para ajudar a promovê-los; então, se você se sentir tímida em perguntar a certos escritores, tenho certeza de que posso ajudar nesse sentido.

Adrienne sorriu para Sylvia.

— Exatamente! Assim como eu. Deixe-nos ajudar.

Sob a mesa, Benjamin deu um tapinha no joelho da amiga.

— Que amigos maravilhosos temos em Paris — disse.

Carlotta bateu palmas com um sorriso enorme.

— E, quando as fotos estiverem na Galeria Anderson, poderemos dizer que estávamos lá quando a série foi concebida.

James beijou a esposa.

A conversa vagou para os lamentáveis estados da economia e da Europa, como sempre acontecia, e depois, para a situação da La Maison e da Shakespeare and Company.

— Estou bem — contestou Sylvia.

— Sylvia, temos um banqueiro aqui. Você deveria fazer perguntas — disse Adrienne.

— Ele é um amigo — corrigiu Sylvia, sentindo o rosto ficar vermelho de vergonha, embora não tivesse certeza do motivo, pois Carlotta era uma de suas amigas mais antigas e já sabia das terríveis dificuldades da Shakespeare por causa da inflação, da deserção dos estadunidenses de Paris e do aumento do aluguel. Como perdeu todos os seus ganhos no início dos anos 1930, Sylvia mal conseguia pagar as contas, dispensou Mysrine e raramente pagava a Julie, com exceção dos livros grátis e dos presentes ocasionais, embora a amiga insistisse que gostava de ajudar na loja, independentemente do salário.

— Eu fiquei pensando nisso — disse James com delicadeza. — Você já pensou em vender ações? Tenho certeza de que muitos patronos das artes adorariam dizer que são donos de um pouco da Shakespeare and Company.

— Isso não significa que Sylvia deixaria de ser a proprietária? — perguntou Adrienne.

— Sim. Não seria mais a única proprietária.

— Bem, então isso está fora de questão — disse Adrienne acompanhada dos acenos enfáticos de Gisèle e Benjamin.

Em silêncio, Sylvia concordou. Ela nunca poderia vender a Shakespeare and Company.

— Inclusive, essa venda de ações foi o que enfiou a economia mundial nessa confusão — disse Benjamin.

James sorriu amavelmente.

— Em parte. Mas também fico feliz em pensar que é o que vai nos tirar da confusão.

— Depois que o New Deal do seu novo presidente tiver uma chance de se firmar — disse Benjamin.

James deu de ombros.

— Espero que os planos de Roosevelt funcionem. Com certeza estamos num território desconhecido aqui. Mas não se pode dizer que a economia esteja em pleno funcionamento novamente até que o mercado de ações esteja saudável. E isso significará comprar e vender ações.

Desta vez foi Benjamin quem deu de ombros. Evidentemente os dois discordavam, mas nenhum deles achou que valia a pena brigar por causa de economia naquela noite.

— Agradeço o interesse de todos pela Shakespeare and Company — disse Sylvia. — E, James, talvez pudéssemos nos sentar e conversar sobre minhas opções? Espero que haja algo que eu possa fazer, além de vender partes da loja.

— Vou pensar e pesquisar um pouco — prometeu ele.

Não foram os jantares animados e embriagados dos anos 1920, e Sylvia não invejava os jovens artistas que estavam se mudando para a Paris dos anos 1930, mas ela foi dormir naquela noite cheia de esperança. Ela e sua loja estavam estabelecidas e eram respeitadas; havia verdadeiro conforto nisso. Já tinham enfrentado outras tempestades juntas. O que seria mais uma?

CAPÍTULO 29

—Por que você parece tão para baixo? — perguntou-lhe Jean Schlumberger numa noite, em 1935, após uma celebração na loja de Adrienne do primeiro número de seu novo periódico, *Mesures*.

— Pareço? Sinto muito — respondeu Sylvia, forçando um sorriso. — É uma noite tão festiva.

— Você não me engana — replicou ele. — Fale.

— Recebi hoje a notícia de que a Shakespeare and Company não pode se inscrever para receber ajuda do governo francês porque sou estadunidense. — Ela se sentiu envergonhada de admitir que precisava de ajuda, mas também estava exausta com o esforço de esconder o fato.

— Mas isso é um absurdo — disse Jean, parecendo genuinamente indignado.

— O que foi? — perguntou Paul Valéry, juntando-se a eles com Jules Romains e André Gide.

Jean explicou, e Gide compartilhou sua indignação.

— A sua loja e a de Adrienne se tornaram mais importantes para as relações franco-americanas em Paris do que qualquer tratado, estátua ou discurso. É o lugar onde nos encontramos e trocamos ideias. Não podemos permitir que a metade falante de língua inglesa desta parceria sofra.

— Concordo totalmente — declarou Paul Valéry. — É um crime que Sylvia não possa receber subsídio de nosso governo, dado que sua loja se tornou tão essencial para nós, franceses, para não falar dos expatriados que vêm e vão e gastam dinheiro em estabelecimentos franceses.

— Certamente você fez mais do que essa Mary Ryan na Irlanda, que apenas ensina francês numa ilhazinha e foi nomeada para a Legião de Honra — acrescentou Jean.

— Eu li sobre ela — disse Sylvia. — E ela tem mais conquistas do que você imagina. É a primeira mulher na Inglaterra ou Irlanda a se tornar professora titular numa universidade.

— Isso explica bastante. — Jean cruzou os braços sobre o peito e franziu a testa.

— E se... — pensou em voz alta Romains. — E se Sylvia fosse a anfitriã de uma série de leituras exclusivas em sua loja e cobrasse por elas? Como no teatro. Tenho certeza de que todos nós ficaríamos felizes em ler nossas obras em andamento. E tenho certeza de que seus famosos amigos estadunidenses fariam a mesma coisa, não é, Sylvia?

Estalando os dedos, Jean ergueu os olhos com entusiasmo e Sylvia assentiu. Algo estava tomando forma, algo que poderia salvar sua amada loja — e de alguma forma era apropriado que fossem seus amigos franceses, os *potassons* originais da La Maison des Amis des Livres, a pensar nisso. Afinal, eles eram os residentes permanentes. Mesmo os estadunidenses que amavam Paris eram transitórios, e aqueles que ficavam, como Gertrude e Alice, nunca aplicavam a teoria de "quando em Roma, aja como os romanos" em sua vida no exterior. Sylvia desejou que seu querido amigo Valery Larbaud estivesse lá para participar do plano, mas ele estava se recuperando no campo com a família.

— Talvez, em vez disso, as leituras devam ser gratuitas, mas disponíveis apenas para membros, que pagam uma espécie de assinatura — sugeriu Jean —, acima e além da sociedade da biblioteca.

— Mas eles não seriam donos de parte da loja, certo? — questionou Sylvia.

— Claro que não — respondeu Jean. — Eles seriam amigos da loja. Clientes.

— Por falar em Sylvia e seus clientes — disse Adrienne, inserindo-se na conversa —, um agente literário estadunidense passou na semana passada para perguntar se Sylvia estaria interessada em escrever suas memórias.

O orgulho de Adrienne por essa oferta estava ficando embaraçoso; ela trazia isso à tona em todas as oportunidades.

— Eu neguei — explicou Sylvia, pigarreando.

— Mas por quê? Seria um trabalho importante! Uma história pessoal de uma das melhores décadas de Paris — argumentou Romains.

— Ele me disse que eu teria que minimizar as rivalidades e os sentimentos ruins, e eu não queria me sentir censurada desde o início. — Ela já havia sofrido censura o suficiente para uma vida só. Mas, em parte, a verdade, que ela não podia nem mesmo compartilhar com Adrienne, era que ainda estava com muita raiva de Joyce e dos outros homens com quem ele havia conspirado para ser capaz de escrever sobre o autor sem ressentimentos. Tinha certeza de que Adrienne a aconselharia a usar essa raiva como combustível; não necessariamente para deixar Joyce sem graça, mas para encher as páginas de palavras. Palavras verdadeiras.

No breve tempo em que considerou escrever o livro de memórias, Sylvia se perguntou se talvez fosse melhor deixar as verdades verdadeiras da vida para a ficção. Era mais seguro para todos os envolvidos.

— Se algum dia você quiser escrever suas memórias, então serei o primeiro a comprá-las — afirmou Gide —, mas se nunca o fizer, que assim seja. A Shakespeare and Company é uma grande obra de arte por si só, que qualquer um ficaria orgulhoso de ter produzido.

— Obrigada — disse Sylvia, sentindo-se ao mesmo tempo envergonhada e orgulhosa com todos os elogios.

Jean bateu palmas e esfregou uma das mãos na outra com vontade.

— Enquanto isso, vamos começar os Amigos da Shakespeare and Company.

Ela mal conseguiu dormir naquela noite planejando tudo, mas não se sentiu cansada no dia seguinte. No meio da noite, começou a rabiscar ideias para se preparar para o almoço que Jean prometeu a ela para que sentassem e redigissem um apelo inicial para Amigos em potencial. Ele foi enfático ao dizer que deveria vir dele e de outros escritores franceses, e não de Sylvia.

— Para manter intacta sua encantadora humildade — disse Jean.

Olhando a loja naquela manhã, ela não se sentiu triste, como nos últimos meses, quando temeu perder a livraria. Mas... havia alguns itens sem os quais pensou que poderia viver.

— Julie — chamou ela —, quanto você acha que o desenho de Blake pode valer?

Levantando os olhos do livro contábil, Julie observou fixamente o desenho e ergueu as sobrancelhas.

— Eu não sei. Mas... bem, suponho que seja como vender as pérolas da avó, não? Muito triste, mas necessário. Talvez um dia você possa recuperá-lo.

Sylvia iniciou um catálogo de papéis, fotos e manuscritos que ela achava que poderiam ser vendidos para manter a loja funcionando. *Se os Amigos trouxerem membros suficientes*, disse a si mesma, *posso interromper a venda. É melhor estar preparada.* Os itens mais difíceis de incluir na lista eram os que estiveram com ela desde os primeiros dias, como as páginas de Whitman e os desenhos de Blake. Quase tão difíceis eram os itens de Joyce que ela pensava que seriam bastante populares: um primeiro rascunho de *Um retrato*, quando ainda se chamava *Stephen Hero*, e a carta assinada por tantos escritores e pensadores famosos — Albert Einstein! A assinatura dele ainda era incrível para ela — a favor de *Ulysses* e contra a pirataria de Samuel Roth.

Assim que se espalhou a notícia sobre os Amigos da Shakespeare and Company, graças em grande parte ao artigo de Janet Flanner na *The New Yorker*, choveram ofertas de ajuda. Marian Willard, que fora uma cliente assídua nos anos 1920, até escreveu e se ofereceu para formar uma sucursal dos Amigos na cidade de Nova York. Parecia ridiculamente previsível que os membros estadunidenses fossem em grande parte mulheres abastadas com cheques robustos de fundos de suas contas bancárias substanciais, enquanto os membros franceses fossem homens ou casais que pagavam os trezentos francos por dois anos de filiação.

Embora tudo fosse muito encorajador, Sylvia continuou com as vendas. Na primeira semana após o envio de seus catálogos, Bryher escreveu dizendo que compraria o desenho de Blake por mil dólares, "com a condição de que continuasse pendurado exatamente onde está na loja", o que fez Sylvia rir muito de surpresa e gratidão, quase chorando.

Que diferença da carta que Joyce lhe escreveu:

Cara srta. Beach,

Chegou ao meu conhecimento que a senhorita pretende usar os melhores papéis que lhe dei como presente ao longo dos anos.

Embora eu nunca venha a sugerir que eles não são seus para fazer o que bem entender, devo dizer que me dói saber que minha editora favorita está sendo levada a fazer isso. E, na verdade, nunca quis que o mundo visse minhas primeiras páginas — considere, por favor, que isso seria uma vergonha para mim.

Atenciosamente,
James Joyce

Como Joyce escreveu a carta de seu belo apartamento no sétimo *arrondissement* em vez de comparecer à loja para fazer o pedido pessoalmente, Sylvia presumiu que ele de fato achava que os papéis não eram dela, mas era orgulhoso demais para admitir isso em voz alta, cara a cara. Ela esperou sentir a raiva familiar pela tentativa dele de fazê-la se sentir culpada, mas a emoção nunca veio à tona, e esperava que isso significasse que estava fazendo progresso em seu coração quanto ao escritor. Seu objetivo era não sentir mais nada em relação a James Joyce. Ou, pelo menos, parar de sentir aquela raiva lancinante.

Havia algo esclarecedor sobre o processo de venda daqueles itens antigos e, ao mesmo tempo, o de embarcar num novo projeto — como se a Shakespeare and Company pudesse começar de novo, como se ela estivesse fechando um grande livro e começando outro.

Chuvas torrenciais típicas da primavera inundaram a cidade. O rio Sena atingiu níveis perigosamente altos, e havia dias em que a rua do Odeon parecia o próprio rio, com correntes de água escorrendo do teatro no início da rua para o *carrefour*, que às vezes parecia um lago urbano, com mesas e cadeiras de bistrô flutuando numa rua lateral. Quando o sol enfim apareceu, ele brilhou na cidade encharcada, e Sylvia foi capaz de retomar as longas caminhadas que fazia pelos vastos parques e jardins, o que melhorou as enxaquecas e as menstruações intensas que vinha enfrentando ultimamente.

— É bom ver seus passos mais leves — observou Adrienne uma noite enquanto elas bebiam vinho branco fresco e beliscavam queijo e cerejas.

— É bom me sentir mais leve.

Sylvia olhou para o vaso de gerânios na janela. Ela plantara apenas duas semanas antes, e lá estavam brotando em coral e fúcsia. Fiel à sua palavra, Adrienne havia sido efusiva em seu prazer com o desenvolvimento das habilidades de Sylvia na horticultura, quase a ponto de envergonhá-la ao elogiar as flores a qualquer convidado do jantar que as mencionasse. Mas Adrienne sempre tivera certeza dos talentos de Sylvia. E isso não era algo que Sylvia amava nela? Sim, talvez ela devesse admitir isso finalmente. Por que foi tão difícil por tanto tempo?

— Eu tenho um segredinho — revelou Adrienne, de repente parecendo uma menina.

— Ah, é?

— Alguns dos *potassons* se uniram para nos nomear para a Legião de Honra!

— Mentira! — O pensamento deixou Sylvia tonta de alegria.

— Verdade!
— Mas como você sabe disso?
— Um passarinho me contou.
— Ora essa, Adrienne.
— Jean me contou. Mas você não deve deixar transparecer que eu lhe disse. Ele nos chamou de deusas presidentes das relações franco-americanas. — Ela não teve medo de esconder o prazer em ser chamada de divindade.
— Deusas?
— Não fique surpresa assim, Sylvia! Olhe para a gente!
Ambas explodiram em gargalhadas desenfreadas. Estavam com o rosto brilhoso e cheirando a um dia inteiro de trabalho, as saias e blusas amassadas e úmidas de suor.
— Se formos deusas, eu odiaria ver como é um simples mortal — Sylvia disse entre as gargalhadas. — Bem — continuou, quando enfim conseguiu se controlar —, independentemente do que a Legião decida, é uma grande honra.
— É, sim. — Adrienne assentiu.
Tão rápidas quanto a risada, as lágrimas escorreram. Ser reconhecida dessa forma por seus amigos franceses... era demais.
— Não chore, *chérie*. — Adrienne serviu mais vinho para cada uma, e então encostou sua taça na de Sylvia. — O que é que Tennyson escreveu em seu poema "Ulysses"? "Embora / Não sejamos agora aquela força que antigamente / movia a terra e o céu, o que somos, somos."
— "Um mesmo temperamento de corações heroicos / Enfraquecidos pelo tempo e pelo destino, mas fortes e cheios de vontade" — continuou Sylvia, embora a emoção em sua garganta não permitisse que ela recitasse a última linha.
Mas o sorriso que Adrienne deu a ela era poesia suficiente.

CAPÍTULO 30

A noite de sábado, 6 de junho de 1936, parecia um casamento — era uma celebração, assim como uma coisa que termina enquanto a outra começa. Amigos de todos os tempos de sua vida estiveram presentes em sua homenagem e em homenagem à Shakespeare and Company e à leitura de T. S. Eliot de *A terra inútil*: Ezra, Joyce, Carlotta e James, Julie e Michel, Larbaud, Valéry, Schlumberger, Gide, Margaret e Jane, Gertrude e Alice, Samuel, Walter, Simone de Beauvoir e Jean-Paul Sartre, e até Ernest e a nova namorada, Martha Gellhorn, uma jornalista que conhecera na Espanha e por quem ele evidentemente se apaixonara. Sylvia pensou: *Ernest, será que algum dia você vai aprender?*

Foi a quinta leitura dos Amigos e a primeira de um escritor de língua inglesa, após as leituras de Gide, Valéry, Schlumberger e Jean Paulhan. Todas foram um sucesso, com sessenta cadeiras amontoadas na biblioteca da Shakespeare and Company lotadas às nove da noite, o horário do início do evento, e os participantes seguravam taças de vinho e bebiam enquanto o escritor *de la nuit* lia um trabalho em andamento.

Era difícil dizer qual realmente era o acontecimento principal: a hora da literatura sonora e teatral, ou a animada recepção posterior, na qual o público/frequentadores da festa brindavam ao autor, aos Amigos e à Odeonia enquanto se deliciavam com os quitutes preparados por Adrienne e Rinette. A conversa muitas vezes se voltava para o destino da França numa Europa que parecia estar mudando diariamente, com uma guerra sendo travada na Espanha e um ditador na Alemanha cujas promessas "nada mais eram do que lixo", como disse Gide. Mas de alguma forma, mesmo aquelas conversas, naquelas noites, davam uma sensação de devaneio, amortecidas pela qualidade etérea do crepúsculo e das estantes de livros que se erguiam de maneira protetora entre eles e o mundo exterior.

Eliot, que chegara de Londres naquela manhã, afirmou que não tinha um novo poema em andamento porque estava no intervalo entre as peças, e começou a ler seu best-seller de longa data da Shakespeare and Company, *A terra inútil*, publicado em 1922, apenas poucos meses depois da edição de *Ulysses*. Sylvia se perguntou se Joyce se lembrava daquele ano tão vividamente quanto ela. Sentado na plateia ao lado de Nora, os dedos enlaçados no colo, seu rosto estava inescrutável.

O lugar estava mais do que lotado, com retardatários parados como sardinhas em duas fileiras improvisadas na parte de trás. Gisèle estava lá com sua câmera, como parecia estar em todos os lugares nos últimos tempos, tirando fotos de escritores e artistas famosos, assim como Adrienne e Sylvia haviam feito acontecer depois de suas promessas de Ação de Graças, alguns anos antes. Na verdade, Gisèle estava fazendo seu nome — outra história de sucesso da Odeonia de cuja criação Sylvia se orgulhava em ter contribuído.

Como Sylvia já havia sido a anfitriã de algumas dessas leituras, e esta era a última da primeira temporada, ela se sentia relaxada e feliz naquela noite. Parecia uma reunião de todas as pessoas favoritas; talvez as únicas outras pessoas que ela gostaria que estivessem ali também fossem seus pais e irmãs. Mas fizera uma visita agradável ao túmulo da mãe naquele dia e estava pensando em viajar para a Califórnia para ver o pai e as irmãs. Gertrude havia retornado recentemente de uma turnê pelos Estados Unidos, onde deu palestras e leu para um público que chegava a centenas, "mas nunca mais de quinhentos", disse ela ao grupo reunido em seu salão com falsa modéstia, apesar de Sylvia a ter ouvido rir disfarçadamente. Ouvir a experiente Gertrude Stein falar com tanto entusiasmo sobre o vasto céu do oeste, os arranha-céus perfurando o azul acima de Nova York e as nuvens de tempestade pairando sobre Washington fez Sylvia desejar pela primeira vez em séculos visitar o país onde nasceu. Uma nova aventura. Que pensamento maravilhoso.

Embora ela se sentisse tentada a continuar falando com todos os convidados sobre um pouquinho de tudo, como se fosse o evento mais agitado e festivo de sua loja, nove horas era o momento de começar. Jean Schlumberger subiu ao palco improvisado e chamou a atenção de todos com o tilintar alegre de uma colher numa taça de vinho.

Depois que Jean apresentou Eliot e a plateia aplaudiu antecipadamente, a sala ficou em completo silêncio. Sylvia sentiu uma empolgação efervescente, embora já tivesse lido o poema centenas de vezes. Ela até o traduziu para o francês.

Eliot pigarreou e gaguejou:

— Bem, meu Deus, vocês são meus amigos; então, vão ter que me respeitar menos do que isso. — E todos riram de novo.

E tornaram a ficar em silêncio.

Como um pastor na manhã de Páscoa, Eliot solene e alegremente abriu a primeira edição de seu poema que Sylvia não conseguira incluir nas vendas e começou.

— Para Ezra Pound, Il Miglior Fabbro.

Mais aplausos. Ezra se levantou e fez uma reverência, e Eliot sorriu abertamente.

— Lá vamos nós. — E depois continuou.

I. O enterro dos mortos

Abril é o mais cruel dos meses, germina
Lilases da terra morta, mistura
Memória e desejo, aviva
Inertes raízes com a chuva da primavera.

Mistura memória e desejo. Esse era o ponto crucial, não era?, pensou Sylvia. *Como ele sabia disso tão jovem? Éramos todos tão jovens em 1922.*

Sylvia fechou os olhos e deixou que as palavras de Eliot a inundassem, e a sensação foi como ler o poema pela primeira vez. Parecia, mesmo depois de catorze anos, surpreendentemente novo, fresco e vivo.

Ó andorinha andorinha
Le Prince d'Aquitaine à la tour abolie
Com estes fragmentos escorei minhas ruínas
Pois então vos conforto. Hierônimo outra vez enlouqueceu.
Datta. Dayadhvam. Damyata.
Shantih shantih shantih

Quando ele terminou, houve um brevíssimo instante de silêncio antes que ela abrisse os olhos e visse cada pessoa sentada se levantar num estrondo de saudação, aplausos, assobios e pés batendo forte. Ninguém mais entusiasmado do que a própria Sylvia no meio da multidão, na qual ela não conseguia nem ver Eliot no pequeno estrado, até que de repente um caminho se abriu, e Eliot abriu os braços para ela, convidando-a a juntar-se a ele, os olhos vivos e brilhando. Sem saber o que estava acontecendo — parte dela ainda estava inserida no poema, naquele sombrio mundo antigo que ele conjurou na noite de Paris —, ela caminhou em direção a Eliot, que colocou o braço em volta dos ombros de Sylvia e a virou para encarar a plateia, que fazia ainda mais barulho, algo impensável para ela até acontecer.

Nada à vontade, golpeada pelas palmas percussivas, Sylvia não conseguia fazer contato visual com ninguém à sua frente e, portanto, sua visão ficou embaçada. Controlando um sorriso que emergiu de um lugar de extrema vergonha, mas também profundamente grato dentro dela, bateu palmas para os amigos.

— A Sylvia! — gritou Ernest, erguendo o copo e assobiando.

— À Shakespeare and Company! — gritou outra pessoa, o que resultou em mais assobios de gratidão.

— A vocês — replicou ela.

Relembrando a noite da inauguração da Shakespeare and Company, quando Cyprian e Adrienne a fizeram falar, Sylvia jurou não se pronunciar naquela noite, ainda que sentisse o mesmo nível de orgulho e alegria que naquela ocasião exuberante. Esta ocasião falou por si só.

Assim que os aplausos diminuíram e todos reencheram seus copos e pratos, o som na sala retornou a um tom baixo e ressonante, e Sylvia voltou a se sentir confortável. Ela gostava de pular de uma conversa para outra e, cerca de uma hora depois, se viu cara a cara com Joyce. Apenas Joyce. Ela não se lembrava da última vez que estiveram só os dois numa sala cheia de pessoas.

Ele a presenteou com uma caixa embrulhada em papel prateado luminoso com uma fita de cetim branco.

— Por favor, aceite esta forma totalmente inadequada de lhe agradecer por possibilitar que *Ulysses* conquistasse os Estados Unidos e, agora, a Grã-Bretanha.

Sylvia sentiu as bochechas e as orelhas ficarem quentes, e não conseguia mover as mãos para aceitar o presente.

— O livro é seu, sr. Joyce. Publicar nossas onze edições foi presente suficiente. — *Talvez, finalmente, depois de todo esse tempo, tenha sido.*

— E esta foi a primeira casa e continua sendo a mais verdadeira. Stratford-on-Odéon. *Ulysses* não seria o que é sem este lugar.

Sim. As palavras dele ainda significavam muito para ela.

— Stratford é a verdadeira casa de *Ulysses*? Com certeza você está misturando suas metáforas. — Ela tentou brincar para se desvencilhar. Suas orelhas ainda pegavam fogo.

— Desisti de procurar uma aproximação de Ítaca anos atrás. — Lá estava aquela tristeza de novo, aquele remorso.

Pigarreando, ela continuou com mais leveza:

— Entendo que as felicitações são necessárias. Li que o livro vendeu 35 mil exemplares em três meses! É melhor do que *Gatsby*! E mais do que já vendi, de todas as nossas edições juntas.

— Independentemente disso, a Random House não é a Shakespeare and Company. — Ele pegou a mão dela... *ele já tinha feito isso antes?*... e pousou nelas a caixa embrulhada. — Qualquer presente é lamentavelmente inadequado para lhe pagar, mas significaria muito para mim se você aceitasse este. — Ele hesitou, apoiando-se em sua bengala, e depois disse: — Há algo que sempre quis lhe perguntar.

— Meu Deus, pergunte.

— Por que você nunca publicou outro livro? Sei que Lawrence pediu que você editasse *Filhos e amantes*. E talvez pudesse ter ajudado *O poço da solidão*.

Ela tinha sido questionada tantas vezes ao longo dos anos, e todas as respostas que dera até ali — *Ulysses* me mantém ocupada o suficiente; a loja demanda muito tempo; a Shakespeare and Company é a casa de um só escritor — soou repentina e lamentavelmente incompleta.

— Acho que foi porque senti muito a injustiça de o que foi feito com seu livro. Todos os outros livros proibidos que precisavam de ajuda vieram depois. Gostei de participar do primeiro e único do tipo. *Ulysses* e a Shakespeare and Company. — Ambos primeiros e únicos, importantíssimos. Se ela não pudesse admitir essa ambição para Joyce, não poderia admitir para mais ninguém.

— Eles são... complementares, não são? O livro e a loja?

— Um díptico.

— Uma ópera em duas partes.

Sylvia riu.

— Como somos antiquados.

— Obrigado, Sylvia. Por tudo.

— Foi um grande prazer, James.

Com os olhos vagando pelas prateleiras tão familiares, ele acrescentou:

— Estou muito feliz que este lugar mágico tenha tantos amigos assim para protegê-lo.

Então, antes que ela pudesse responder, ele se virou e foi procurar Nora.

A caixa que pusera em sua mão não pesava nada. Ela não conseguia imaginar o que poderia estar ali dentro. A curiosidade tomou conta de Sylvia, que foi para a sala dos fundos para abrir a embalagem. Dentro havia um cheque de royalties da Random House em Nova York, em nome de Joyce, que ele havia transferido para Sylvia.

Com estes fragmentos escorei minhas ruínas, de fato.

Shantih.

Talvez essa paz fosse possível, afinal.

NOTA DA AUTORA

Sylvia e Adrienne foram condecoradas cavaleiras da Legião de Honra, o mais importante prêmio pelo serviço que a França concede a seus cidadãos e oficiais militares — Adrienne, em 1937, e Sylvia, em 1938. Embora meu livro termine em 1936, quase vinte anos depois de ter começado, porque senti que contei a história da vida de Sylvia como livreira e editora da maneira mais satisfatória possível, ela viveu uma vida longa em Paris até 1962, quando morreu aos 75 anos. Aqui estão alguns destaques desses anos.

Primeiro, algumas más notícias: Sylvia e Adrienne se separaram em 1937. Adrienne se envolveu com Gisèle Freund enquanto Sylvia visitava a família nos Estados Unidos, o que resultou na mudança da estadunidense para o apartamento acima de sua loja, que um dia fora ocupado por George Antheil. Então, em 1941, durante a ocupação nazista em Paris, um oficial alemão tentou comprar um exemplar de *Finnegans Wake*, e Sylvia se recusou a vendê-lo para ele. Acho que há uma ironia poética maravilhosa nisso: Joyce a pôs em apuros uma última vez, até mesmo do túmulo (pois ele morreu no mesmo ano). O oficial alemão ficou furioso com a recusa de Sylvia, e disse a ela que ele e seus homens voltariam depois para fechar a loja.

Mas eis algumas notícias melhores: um grupo de amigos dedicados a ajudou a fazer a mudança de todos os livros para o quarto andar de seu prédio, desmontar as prateleiras e pintar a placa da Shakespeare and Company, erradicando efetivamente qualquer evidência da loja e frustrando os esforços dos nazistas. Os livros permaneceram escondidos com sucesso até o fim da guerra, e mais tarde ela doou muitos deles para sua antiga concorrente, a Biblioteca Americana em Paris.

Não contentes com o fechamento da loja, os nazistas levaram Sylvia para um campo de internamento na cidade turística francesa de Vittel. Felizmente para ela, não era nada parecido com os campos de concentração. O acampamento para estadunidenses e cidadãos britânicos que se recusavam a voltar para casa funcionava quase como um *resort*, e a máquina de propaganda alemã o usava como um falso exemplo de como todos os seus campos eram administrados. Sylvia teve que ficar lá por apenas seis meses, porque Jacques Benoist-Méchin, um dos tradutores originais de *Ulysses*, que se tornou um importante oficial do governo de Vichy, interveio em nome dela, que pôde voltar para casa — outro exemplo verdadeiramente comovente de como as amizades que ela fez com os escritores de Paris se voltaram a seu favor quando ela estava em apuros.

Embora tenha sobrevivido à guerra e haja uma história incrível de Ernest Hemingway descendo a rua do Odeon logo após a libertação de Paris, em 1945, para "liberar a Shakespeare and Company", Sylvia nunca reabriu a loja. O biógrafo de Sylvia, Noël Riley Fitch, revela que ela disse aos amigos: "Não se deve fazer nada duas vezes." Suspeito que suas razões fossem mais profundas do que isso. Suspeito que assim que a loja fechou, ela conseguiu enxergá-la "de fora", como a grande obra de arte que era, seu próprio *Ulysses*.

Também suspeito que ela não queria fazer tudo de novo e a experiência acabar parecendo fraca em comparação com a notável primeira, que começou em 1919. Por isso, pioneira que foi, embarcou em novas aventuras. Sylvia escreveu suas memórias, *Shakespeare and Company: Uma livraria na Paris do entreguerras*, que recomendo em particular por seu relato encantador sobre a libertação da loja e do porão do Ritz por Hemingway.

Também suspeito que a reverência de Sylvia por aqueles primeiros anos foi o que permitiu que ela restabelecesse uma relação com Adrienne, mesmo depois da traição de sua parceira. Embora não haja evidências de que as duas mulheres voltaram a ter um romance, elas permaneceram amigas muito próximas, e compartilhavam jantares e os detalhes de seu dia a dia, em especial depois que Gisèle fugiu para a Argentina, em 1942 (ela voltou a Paris após a guerra, como mais uma amiga, e desfrutou uma carreira bastante ilustre como fotógrafa). Infelizmente, porém, Sylvia perdeu Adrienne em 1955.

Depois de ser diagnosticada com a doença de Ménière e de sofrer alucinações em decorrência da vertigem, Adrienne decidiu tirar a própria vida, uma perda que Sylvia nunca superou, talvez porque lhe lembrasse de como perdeu a mãe.

Sylvia não se detém nesses tristes episódios de sua vida em suas memórias e, para celebrar sua vida no clima que ela mesma deixou para trás, também tentei não fazê-lo; em vez disso, busquei explorar sua vida de uma forma que mostrasse por que quando mais velha ela poderia querer manter os holofotes sobre os tempos felizes.

Foi o livro dela que me apresentou sua história pela primeira vez quando eu estava na faculdade. Cursando Belas Artes com ênfase em língua inglesa e obcecada pela década de 1920, encontrei um exemplar usado numa das caixas abertas na frente das livrarias da avenida Telegraph em Berkeley, Califórnia, e logo li e adorei. Fico surpresa por eu ter levado um quarto de século e dois romances históricos para perceber que ela merecia seu próprio tratamento ficcional!

Shakespeare and Company, de Sylvia, é um volume fininho, sobretudo se considerarmos a vida longa que ela teve. E, como Fitch costuma apontar, há muitas passagens que ela esboçou, mas deixou de fora ou editou para o público leitor que, com sua total ciência, ficaria extremamente interessado nos escritores famosos que se tornaram personagens de sua história. Em todos os casos, ela escolheu ser positiva e afetuosa em relação a seus amigos e colegas — mas o fato de ter alterado a própria história para sua autobiografia foi libertador para mim. Senti que isso me dava permissão para fazer a mesma coisa.

Escritores de ficção histórica, especialmente ficção biográfica como *A livreira de Paris*, são questionados o tempo todo: "Quanto do que está sendo contado é real?" A resposta de cada escritor para isso é diferente, e o espaço da nota do autor é o lugar sagrado em que todos nós explicamos de que forma nos afastamos do registro histórico. Para mim, entretanto, o problema com essa abordagem é que nunca quis sobrecarregar esta pequena sessão já cheia de informações com todos os meus muitos e muitos *mea-culpa*.

Mas acho que os leitores merecem algumas respostas. Desta vez pensei em dizer o que é real e, em seguida, dizer, sem me desculpar, que tudo o mais é fruto da minha imaginação — o que espero que nos poupe muito tempo, angústia e tinta.

Então... *O que é real?*

Uma realidade que suspeito que muitos leitores considerarão surpreendente — como eu achei em minha pesquisa! — é a franqueza da vida homoafetiva retratada no romance. Os anos do pós-guerra foram imensamente complicados do ponto de vista social, o que tentei dramatizar o tempo todo. Por um lado, o conservadorismo era a norma — nos Estados Unidos, a Lei Seca havia tornado o álcool ilegal, o sentimento anti-imigração estava em alta, e a censura crescia sob as Leis de Comstock e de espionagem, como a censura do próprio *Ulysses* demonstra. Esse conservadorismo afetou tanto a vida heterossexual quanto a *queer*. Por outro lado, fiquei encantada ao descobrir que este também era um momento de notável liberdade, quando os bares clandestinos e cabarés gays em cidades como Nova York e Chicago floresceram, pois o álcool era tão ilegítimo quanto atos homoafetivos, mas os artistas e intelectuais da época abraçaram ambos. Paradoxalmente, as tendências conservadoras e liberais costumavam existir lado a lado, como no personagem real de John Quinn. Em Paris, porém, o liberalismo social das cidades estadunidenses aumentou por causa da tolerância legal, pois as relações homoafetivas foram descriminalizadas desde a Revolução Francesa, que fez da capital um paraíso para os amantes gays por mais de um século.

Além disso, minha pesquisa revelou um ponto essencial e surpreendente: o armário como o entendemos hoje é uma construção recente.

De fato, como um dos maiores estudiosos da história LGBTQIAP+, George Chauncey aponta, num artigo do *The New York Times* que acompanhou o lançamento de seu trabalho seminal *Gay New York*, "A supressão sistemática da comunidade gay [no final do século XX] não era devida a alguma antipatia social antiga e imutável, nem era um sinal de passividade e aquiescência por parte dos gays. As forças anti-gays criaram o armário em resposta à abertura e assertividade de gays e lésbicas no início do século XX". Embora Sylvia e Adrienne, Margaret, Jane, Gertrude e Alice possam não ter "saído do armário" no sentido do século XXI, essas mulheres davam como certos seus estilos de vida e suas identidades de uma forma que as pessoas LGBTQIAP+ muitas vezes não conseguem hoje, irônica e tragicamente.

Pelo que tenho conhecimento e de acordo com a pesquisa que fiz, as datas essenciais são precisas: as de abertura e fechamento da loja, a guerra, as datas de publicação de todos os livros mencionados, as datas do julgamento, as mortes e as datas da viagem de Sylvia.

Nessa mesma linha, todos os principais eventos relativos à publicação de *Ulysses* são precisos. A data de 2 de fevereiro de 2022 é, portanto, o centenário da primeira edição do romance de Joyce, que ela previu acertadamente que mudaria o curso da literatura do século XX. Sylvia também renunciou a seus direitos sobre o romance uma década depois, para que a Random House pudesse usar seus consideráveis recursos para tornar o livro legal — algo que acabou trazendo sua sincera satisfação, porque ela realmente desejava o melhor para o livro e seu autor. Tentei imaginar a montanha-russa de orgulho, alegria e desânimo que ela sentia em seu relacionamento pessoal e profissional com Joyce, que tinha uma relação direta com seu papel como editora dele.

Tirando Julie e Michel, os personagens principais e seus cônjuges são reais; se você pesquisá-los no Google, vai encontrá-los. E as maneiras pelas quais os personagens se entrelaçam também são baseadas em fatos.

Um personagem menor, mas importante, é fictício. Patrick "Paddy" Kelly é uma representação dos muitos ajudantes de Joyce, um dos quais Padraic Colum, que de fato existiu, a quem Joyce enviou para convencer Sylvia a desistir de *Ulysses*.

Além das datas principais, não consultei diários ou cartas para ter certeza de que certo personagem definitivamente estaria em Paris em determinado dia. Se eles estivessem em Paris naquele ano, isso era o bastante para mim. Tampouco consultei boletins meteorológicos para dias específicos. Se convinha à minha narrativa ter chovido em determinado dia, choveu. (No entanto, de fato ocorreram chuvas torrenciais e inundações na primavera de 1935!) Às vezes, por causa da tensão narrativa, eu ligeiramente alterava as datas; por exemplo, John Quinn visitou Paris duas vezes, uma quando a loja na rua Dupuytren estava aberta e outra depois que mudou para a rua do Odeon, mas mencionei apenas uma visita, no verão em que a loja se mudou, de modo que pudesse pelo menos visitar os dois locais, que é a essência do que aconteceu; além disso, ele, na verdade, enviou fotos de suas páginas do episódio de Circe, mas não sem todas as idas e vindas que descrevo. Também fiz Joyce ficar longe de Paris em 1931 um pouco mais do que os cinco meses que ele realmente levou para se casar com Nora em Londres. E, como os verdadeiros aficionados de Hemingway vão querer que eu confesse, admito que o fiz entrar em cena cerca de seis meses antes, em 1921, do que ocorreu de fato.

    Vamos falar um pouco mais sobre os personagens e suas ações, uma vez que são a eles — compreensivelmente — que os leitores mais se apegam, querendo saber de suas provações e tribulações. O que é real? Serei a primeira a admitir que não li todas as cartas, biografias ou anotações de diário disponíveis para os personagens principais deste romance, em parte porque, se assim o fizesse, eu nunca teria escrito meu próprio livro (sim, realmente há uma quantidade impressionante de informações sobre esse elenco particular de desajustados). Além disso, como o romance parte do ponto de vista de Sylvia, o essencial, para mim, era capturar o que ela pensava e sentia a respeito das pessoas em sua vida. Mas escolhi escrever o romance na terceira pessoa porque queria que os leitores vissem coisas que Sylvia talvez não enxergasse; então, li o máximo que pude — o suficiente para ajudar a criar meus próprios personagens, que funcionariam na história e também preservariam o que percebi ser a essência das pessoas reais.

Note o teor interpretativo e brega desse último parágrafo. Porque simplesmente não existe o James Joyce real, ou o verdadeiro Hemingway, ou a Adrienne Monnier de fato. Eles estão mortos. A única coisa que os escritores podem fazer é interpretar a vida deles. Como Hilary Mantel disse em suas brilhantes palestras na BBC, os leitores de ficção histórica "não estão comprando uma réplica, ou mesmo uma representação fotográfica fiel", mas "uma pintura com marcas de pinceladas". Que distinção lindamente colocada. A única coisa que eu acrescentaria é que, quando lemos romances históricos, estamos interpretando a interpretação do autor — então, juntos, escritor e leitor se afastam ainda mais de qualquer "verdade" sobre o que aconteceu.

Dito isso, tentei, com toda a sinceridade e humildade, imaginar como teria sido para Sylvia viver sua vida notável na Shakespeare and Company. Tentei não cometer erros e, no fim desta obra, incluí uma bibliografia dos livros mais importantes que li. Também consegui integrar algumas das minhas próprias experiências de vida a este romance, pois, quando jovem aspirante a escritora, trabalhei numa livraria independente no Brooklyn, em Nova York, que era um antro de talento literário, assim como a loja de Sylvia — escritores famosos como Mary Morris e Paul Auster eram frequentadores assíduos, e todos nós que trabalhamos lá éramos escritores aprendizes em vários estágios de nossas carreiras.

Anos antes disso, trabalhei no departamento de conservação da biblioteca de minha universidade. Meu passado entre as pilhas de livros certamente me impulsionou para a história de Sylvia e me deu algumas dicas sobre o dia a dia de um lugar como a Shakespeare and Company, bem como uma apreciação permanente do poder que os livros que colocamos nas mãos dos leitores têm de mudar vidas. Nada me agradava mais do que um cliente que voltava e queria saber o que deveria ler em seguida.

Os outros artigos de Sylvia estão na Biblioteca da Universidade de Princeton. Inclusive, em 2020, quando eu estava finalizando meu manuscrito, Princeton lançou um site fantástico chamado Shakespeare and Company Project, que mostra que todos os recibos e cartões de biblioteca de Sylvia foram digitalizados, catalogados e inseridos num banco de dados pesquisável para que você possa verificar, por exemplo, o que James Joyce pegou emprestado ou comprou em 1926. O projeto tem uma variedade de outras ferramentas maravilhosas de aprendizado do século XXI que eu acho que a própria Sylvia teria adotado, e se você reluta em deixar este mundo enquanto lê essas palavras finais, eu o incentivo a ir lá e explorar.

Você também pode visitar outra livraria Shakespeare and Company em Paris. Fica a dez minutos a pé da original, e foi fundada como Le Mistral por outro livreiro estadunidense, George Whitman, em 1951. Ele mudou o nome da loja para Shakespeare and Company em 1964, no quatrocentésimo aniversário de William Shakespeare e, como tal, é uma homenagem à loja original de Sylvia, com placas e informações sobre sua livraria nas prateleiras. A loja abriga escritores inexperientes, que são chamados de *Tumbleweeds*, e embora eu não tenha tido o prazer de ser um deles, muitos outros escritores dos quais você talvez já tenha ouvido falar o foram, como Dave Eggers e Anaïs Nin.

A atual proprietária da Shakespeare and Company é a filha de George Whitman, que deu a ela o nome de Sylvia. Como era apropriado, esta última encarnação da loja também realizou o sonho de Sylvia Beach de ter um café adjacente e, se você se sentar lá e tomar um chá, poderá admirar o rio Sena e desfrutar de uma vista espetacular da Catedral de Notre-Dame. Eu tive o prazer de fazer isso enquanto estava pesquisando para este livro.

Eu me senti tão sortuda quanto qualquer um dos escritores presentes neste romance em ser escritora em Paris, olhando para a catedral gótica que passava por grandes reparos após o incêndio de 2019, me lembrando de que a arte muitas vezes emerge das cinzas.

AGRADECIMENTOS

Escrevi a maior parte deste livro durante a pandemia da Covid-19, quando o fato de não poder ver meus amigos e família ao vivo fez com que eu sentisse que eles eram ainda mais preciosos para mim. Fui constantemente movida pelas maneiras criativas que encontramos de ficar juntos, mesmo que fosse por uma tela — na verdade, um dos presentes de 2020 e 2021 foi poder participar de tours de livrarias de amigos que viviam em todos os lugares do país, festas que eu nunca poderia ter participado sem a faca de dois gumes que é o Zoom.

E foram livrarias e bibliotecas como a Shakespeare and Company que tornaram esses eventos possíveis, encarando o desafio e mudando seus eventos, recomendações, pedidos e clubes de livros on-line para que os leitores pudessem continuar a se conectar com escritores que já amavam e também descobrir novos. Em grande parte, a reconstrução da venda e empréstimo de livros que ocorreu à minha volta enquanto eu escrevia inspirou minha concepção deste romance.

Obrigada, proprietários de livrarias e suas equipes, bibliotecários, voluntários, editores, agentes, profissionais de marketing, *bookstagrammers* e todos os que arregaçam as mangas todos os dias para garantir que os livros caiam nas mãos dos leitores certos — durante a pandemia e em todos os anos. Embora *A livreira de Paris* possa ser sobre uma loja famosa e escritores igualmente conhecidos, a prática diária da leitura é um processo humilde, profundo e gradual; a leitura promove empatia, ajuda a relaxar, nos mostra o mundo, educa. São vocês que tornam possível essa atividade que transforma vidas.

Também gostaria de agradecer a pessoas específicas que tiveram participação direta na produção deste livro, porque, por mais romântica que seja a imagem do escritor num sótão rabiscando noite adentro, o fato é que livros não são feitos assim. Muitos amigos leitores-escritores de confiança mergulharam nos rascunhos desta obra, deram um *feedback* preciso, discutiram comigo e seguraram minha mão quando as coisas ficaram difíceis: Lori Hess, Heather Webb, Alix Rickloff, Christine Wells, Cheryl Pappas, Renee Rosen, Elise Hooper, Evie Dunmore, Danielle Fodor, Kip Wilson, Diana Renn, Kelly Ford e Mary Garen. Sarah Williamson, minha parceira de pesquisa: sempre teremos Paris. Companheiros Lyonesses, nosso bebedouro virtual é uma das minhas partes favoritas do trabalho. E um agradecimento especial a Kevin Wheeler — seus *insights*, sua confiança em mim e sua disposição para conversar e conversar (e conversar!) significam mais do que consigo expressar aqui; todas as risadas também ajudam.

Kate Seaver, tenho muita sorte por você ser minha editora. Sua confiança, sugestões e apoio foram determinantes, especialmente para este livro. Obrigada. Kevan Lyon, minha agente extraordinária. Obrigada, obrigada, obrigada por sua paciência, positividade e defesa. Fico honrada de ser uma Lyon.

Taryn Fagerness e Tawanna Sullivan, fico muito grata por todo o trabalho árduo na venda de *A livreira de Paris* no exterior! É uma emoção especial saber que leitores de lugares distantes como Londres, Madrid, Milão e até mesmo o Rio de Janeiro lerão traduções deste romance — que tem tanto a ver com tradução — em seus países de origem.

Berkley Dream Team: vocês cuidam tão bem de mim! Claire Zion, obrigada pelo entusiasmo com a história de Sylvia — saber que você acreditava neste livro foi uma grande motivação. Ivan Held e Christine Ball, obrigada pela visão e liderança de vocês. Craig Burke e Jeanne-Marie Hudson, sou muito grata por sua experiência e luta — aprendi muito sobre o turbilhão da publicação de livros com vocês e suas equipes. Fareeda Bullert, Tara O'Connor e Yasmine Hassan, obrigada pelas muitas horas de dedicação incansável para garantir que meu livro chegue a leitores que irão adorá-lo. Angelina Krahn, agradeço muito por sua revisão e edição atentas e aprecio demais nossos diálogos nas margens das páginas. Nicole Wayland, Rakhee Bhatt e Lindsey Tulloch, obrigada por se preocuparem com os detalhes para garantir que o texto se sobressaia.

E, bem, preciso dizer algo sobre essa capa incrível. Kate, vou agradecê-la novamente por suas ideias que levaram à impressionante pintura da Shakespeare and Company de Terry Miura. E Terry: me faltam palavras! Vou valorizar seu trabalho para sempre — só o calor da luz fala por si, e obrigada por imortalizar Teddy de forma tão adorável. Rita Frangie e Vikki Chu, do departamento de arte: a transformação da pintura na capa do livro foi pura alquimia! E Nancy Resnick, obrigada por tornar o livro tão lindo por dentro quanto por fora.

Mamãe e papai, vocês foram o melhor exemplo de leitura, de férias divertidas e de amor incondicional que uma filha poderia ter. E Elena, você é minha menina favorita e o meu melhor. Fui totalmente abençoada no departamento "família".

Por último, mas não menos importante, leitores, OBRIGADA. Não importa o que você pegue de uma prateleira, você mantém o sonho de ler vivo. E isso é tudo.

BIBLIOGRAFIA SELECIONADA

Anderson, Margaret. *My Thirty Years' War*. Nova York: Horizon Press, 1969.

Banta, Melissa e Oscar A. Silverman (org.). *James Joyce's Letters to Sylvia Beach, 1921-1940*. Bloomington: Indiana University Press, 1987.

Beach, Sylvia. *Shakespeare and Company: Uma livraria na Paris do entreguerras*. Rio de Janeiro: Casa da Palavra, 2004.

Birmingham, Kevin. *The Most Dangerous Book: The Battle for James Joyce's Ulysses*. Nova York: Penguin, 2014.

Fitch, Noel Riley. *Sylvia Beach and the Lost Generation: A History of Literary Paris in the Twenties and Thirties*. Nova York: W. W. Norton, 1985.

Hassett, Joseph M. *The Ulysses Trials: Beauty and Truth Meet the Law*. Dublin: Lilliput Press, 2016.

Hemingway, Ernest. *Paris é uma festa*. Rio de Janeiro, Bertrand Brasil, 2013.

Joyce, James. *Dublinenses*. São Paulo: Penguin-Companhia, 2018.

Joyce, James. *Um retrato do artista quando jovem*. São Paulo: Penguin-Companhia, 2016.

Joyce, James. *Ulysses*. São Paulo: Companhia das Letras, 2022

Monnier, Adrienne. *The Very Rich Hours of Adrienne Monnier*. Lincoln: University of Nebraska Press, 1996.

Tamagne, Florence. *A History of Homosexuality in Europe: Berlin, London, Paris, 1919-1939*. Nova York: Algora, 2004.

Walsh, Keri. *The Letters of Sylvia Beach*. Nova York: Columbia University Press, 2010.